文化产业学项目成果 本书系金陵科技学院校级重点学科

刘禹锡

公文书牍导读

LIUYUXI

GONGWEN SHUDU DAODU

程宏亮 著

安徽师范大学出版社

·芜湖·

责任编辑：李克非

装帧设计：润一文化

图书在版编目(CIP)数据

刘禹锡公文书牍导读 / 程宏亮著 . — 芜湖 : 安徽师范大学出版社，2017.7(2018.3重印)

ISBN 978-7-5676-2912-7

Ⅰ. ①刘… Ⅱ. ①程… Ⅲ. ①刘禹锡（772-842）－公文－文学研究 Ⅳ. ①I207.6

中国版本图书馆 CIP 数据核字（2017）第 098625 号

刘禹锡公文书牍导读

程宏亮　著

出版发行 : 安徽师范大学出版社

芜湖市九华南路 189 号安徽师范大学花津校区　邮政编码 : 241002

网　　　址 : http://www.ahnupress.com/

发 行 部 : 0553-3883578 5910327 5910310（传真）E-mail : asdcbsfxb@126.com

印　　　刷 : 虎彩印艺股份有限公司

版　　　次 : 2017 年 7 月第 1 版

印　　　次 : 2018 年 3 月第 2 次印刷

规　　　格 : 700mm×1000mm　1 / 16

印　　　张 : 15.25

字　　　数 : 220 千字

书　　　号 : ISBN 978-7-5676-2912-7

定　　　价 : 47.00 元

前　言

"一曲南音此地闻,长安北望三千里"

——刘禹锡《采菱行》

今日江南,秋季采菱是一道美丽的风景,若能听到采菱女的美妙歌声,或会使人心神荡漾而流连忘返。梦回大唐,江南武陵采菱女的袅袅歌声定然也会令人兴奋,然而贬谪至此的刘禹锡听到此曲却是黯然神伤,因为,长安是他永远的心结,他的理想为长安而生,他的抱负为长安而壮,他的忧愁又为长安而久久挥之不去……

刘禹锡一生都在为高远的政治理想而奋斗,然而他的官运并不顺达,可他始终没有向困厄和打击低头,虽"二十三年弃置身"(刘禹锡《酬乐天扬州初逢席上见赠》),但始终铭记"初心不可忘"(刘禹锡《咏古二首有所寄》)的忠诚与担当。他不认可韩愈关于天之"赏功罚祸"学说,也不满足于柳宗元"天人不相预"之论,坚信天人之际的关系当是"交相胜……还相用"(刘禹锡《天论》中)。他不畏惧谗佞奸邪,一次又一次地吟桃花而含讥刺,或如"玄都观里桃千树,尽是刘郎去后栽"(刘禹锡《元和十年自郎州召至京戏赠看花诸君子》),又如"种桃道士归何处,前度刘郎今独来"(刘禹锡《再游玄都观绝句》)。他相信新陈代谢的革新力量,有诗曰:"沉舟侧畔千帆过,病树前头万木春。"(刘禹锡《酬乐天扬州初逢席上见赠》)他鼓舞锲而不舍的信念,有诗道:"千淘万漉虽辛苦,吹尽狂沙始到金。"(刘禹锡《浪淘沙九首》其八)他乐享自然的美好与人情的温馨,如其诗云:"东边日出西边雨,道是无晴还有晴。"(刘禹锡《竹枝词二首》其一)他具有开朗坦荡的情怀,如其诗曰:"芳林新叶催陈叶,流水前波让后波。"(刘禹锡《乐天见示伤微之敦诗晦叔三君子皆有深分因成是诗以寄》)他不惮命运的挑战,即使在生命日薄西山之际,依然以骐骥和雄鹰为喻,抒发出壮志豪情,其云:"骥伏枥而已老,鹰在韝而有情。聆朔风而心动,眄天籁而神惊。力将疼兮足受绁,犹奋迅于秋声。"(刘禹锡《秋声赋》)

刘禹锡(772—842),字梦得,洛阳人,唐朝文学家、哲学家和政治家。

刘禹锡与古代绝大多数士人一样,视政治追求为终其一生的奋斗目标,仕进生涯中累官至检校礼部尚书、太子宾客,分司东都,官品为正三品,去世后又被追赠为户部尚书。据其官品观之,刘禹锡仕宦终极当为高官,其晚年似乎也很得皇帝优宠,但他并不算一个成功的政治家,因为,他的许多政治目标没有实现,诸如革除经济弊政、抑制宦官势力、打击藩镇割据等。自从"永贞革新"失败后,他身遭贬谪,流落偏远荒服之地,转徙于朗州司马、连州刺史、夔州刺史、和州刺史任上,经历了"二十三年"(当为虚数)的困顿生活,其宝贵年华似已销蚀大半、黯然失色。之后,于大和元年(827)春,刘禹锡回到洛阳,在东都任职过主客郎中;次年(828)三月,回到长安续任主客郎中,后兼任集贤殿学士;大和三年(829)被授予礼部郎中,仍兼任集贤殿学士,直至大和五年(831)十月出任苏州刺史止。在长安近四年的时间里,刘禹锡深处京城,官品为从五品上,此与永贞元年(805)任尚书省工部员外郎之从六品下相比,已提高了四个品位,且后期又任礼部四司之一礼部司(头司)之主官,这时他能算上有成就的政治家吗?刘禹锡至苏州履任新职后,在谢表中向皇上汇报了长安四年的业绩,其云:"四换星霜,供进新书,二千余卷。"(刘禹锡《苏州谢上表》)用这份成绩单去同永贞年间革新派们所确立的新政目标作比较,显然差距遥远,可以说刘禹锡大和年间在长安居官四年依然没有成为一个有成就的政治家。大和六年(832)二月刘禹锡至苏州重领郡符,抗击水患,赈济灾民,当有所作为,因此获得了"赐金紫"(刘禹锡《子刘子自传》)之恩宠。苏州之治,政绩卓越,但依然算不上大有作为。苏州之后,刘禹锡再无施展才能、实现夙愿的机遇和条件了。卸任苏州刺史后,刘禹锡先后转任汝州、同州刺史,开成元年(836)秋,他因患足疾而再回洛阳,迁太子宾客,分司东都,自此步入晚年居官赋闲时期。根据以上对刘禹锡仕宦历程的梳理,或可知,他在政治实践中,历经挫折,并不顺达;治政出色,但并不伟大。

　　刘禹锡在几十年的宦海颠簸中,虽然在治国理政方面难有丰功伟绩,但他一直在探索着人类社会的运行与发展问题,执着地思考着中国哲学中古老的命题——天与人之间的关系,并取得了一定的成果。因此,后人也称之为哲学家。刘禹锡哲学思想主要体现在他的《天论》三篇中,文中提出了"天人交相胜还相用"的命题,并使用"理"、"数"、"势"等范畴来阐释事物发展的客观规律。方克立主编的《中国哲学大辞典》"刘禹锡"词条下评价曰:"他在哲学上的主要贡献是对先秦以来'天人之际'理论作了系统的总结,发展了中国古代哲学的唯物主义思想。"又认为:"(刘禹锡)企图用儒家的一些范畴来解释佛学,这是由隋唐佛学向宋明理学过渡的尝试。"[1]卞孝萱、卞敏《刘禹锡评传》认为:"刘禹锡的《天论》三篇是继荀况《天论》之后具有理论总结性的战斗无神论著作。"[2]这些评价都给予刘禹锡哲学以积极的肯定。任继愈《中国哲学发展史·隋唐卷》指出:"刘禹锡所理解的世界本质本身只是世界本质的部分属性,不具有实体性,不足以赋予这些原则以至高无上的权威,无法从哲学本体论的高度构成统一的体系。"[3]由此评价或能感知刘禹锡难以成为哲学大家的原因所在。

　　然而,刘禹锡的名字自中唐以来即闻名遐迩,之所以如此,当与刘氏文学作品的不朽魅力和深远影响密不可分。刘禹锡诗名籍甚,家喻户晓,与白居易齐名,合称"刘白"。白居易誉其为"诗豪"。赵璘评价云:"元和以来,词翰兼奇者有柳柳州宗元、刘尚书禹锡及杨公(敬之)。刘、杨二人,词翰之外,别精篇什。"(赵璘《因话录》卷三)吕本中云:"苏子由晚年多令

---

①方克立主编:《中国哲学大辞典》,中国社会科学出版社,1994年版,第305页。
②卞孝萱、卞敏:《刘禹锡评传》,南京大学出版社,1996年版,第179页。
③任继愈主编:《中国哲学发展史》,人民出版社,1994年版,第533—534页。

人学刘禹锡诗,以为用意深远,有曲折处。"(吕本中《童蒙诗训》)刘禹锡文名虽不及诗名响亮,但亦有极高的声誉。刘禹锡同时代散文家李翱云:"翱昔与韩吏部退之为文章盟主,同时伦辈,惟柳仪曹宗元、刘宾客梦得耳。"(刘禹锡《唐故中书侍郎平章事韦公集纪》)柳宗元也盛赞禹锡之文:"隽而膏,味无穷而炙愈出。"(刘禹锡《犹子蔚适越戒》)刘禹锡将李翱、柳宗元的观点皆引入自己的文章中,表明他自己也承认如此评价。《四库全书总目》评价刘禹锡云:"其古文则恣肆博辨,于昌黎、柳州之外自为轨辙。"刘禹锡众多散文都能鲜明体现评论家们所总结出来的特征。

孟子云:"颂其诗,读其书,不知其人,可乎?是以论其世也。"(孟子《孟子·万章下》)历代评论者多赞成孟子之论,孟氏"知人论世"的理论也遂成为中国文学批评的重要方法。中国古代文人多以从政为官为主业,刘禹锡即是典型代表之一。据以常理、常情,职场的经历和体验,往往决定或影响着人的性格与志趣的养成,交往对象的选择,与环境之间的互动关系(依存或冲突等),对社会问题的选择性关注或分析,等等,而这些要素恰恰是古代官员创构作品的素材来源和激活心智的触发媒介。因此,针对刘禹锡,以其居官的岗位及职掌为中心,深入考察其为官经历与思想感情状态当是拓展刘禹锡文学创作及其他精神成果研究的一道法门。鉴于此,本书选择刘禹锡公文书牍为探讨对象,力图通过考察这些与他居官活动最有关切的应用文,旨在形成一定的成果,从而为读者更有效地接受刘禹锡精神滋育、为学术界更好地深化刘禹锡研究提供一些力所能及的帮助。

本书的写作宗旨在于指导阅读,阅读对象为刘禹锡不同时期的表状书启类作品30篇,其中有表文18篇,状文4篇,书信2篇,启文6篇。本书选文以卞孝萱校订的《刘禹锡集》①为蓝本,同时参阅瞿蜕园《刘禹锡集笺

①《刘禹锡集》,中华书局,1990年版。

证》①与陶敏、陶红雨校注的《刘禹锡全集编年校注》②,涉及版本字词和标点差异之处,也取清董诰《全唐文》③中的相同篇目以参考,分析比较,择善而从。各类文章编次以写作时间先后为序。每篇导读文章撰写体例大体相同,均先引出原文;然后列出[注释],在字词注解中适度摄入相关联的历史与文化知识;之后,设置[助读]内容,各篇助读文章乃作者精心结撰之处,或为本书内核所在。所撰助读文章,有的着重从文学与写作学的角度进行文本分析,如刘禹锡致柳宗元、韩愈的2篇书信,而更多的则是以文史交融的方式去阐释与文本有重要联系的话题。阐述中既注重解读唐朝三省六部与御史台的官制知识,也注意分析与话题相关的、与时代密切关联的政治、文学、历史、风俗等社会文化现象。各篇选文及其导读内容既独立成篇,又相互连接而形成有机整体。读者选单篇阅读或破序阅读,当有所得,但循序通读效果或许更好。如此,既可整体把握刘禹锡仕宦生涯中的思想状况和情感倾向,又可从多角度去感知刘禹锡行止与其生存环境之间的互动关系,由此,或能更有针对性地去认识刘禹锡的命运变迁及其诗文作品的风貌特征。

在本选题研究和书稿撰写过程中,阅读了一批时贤成果,受到诸多启发,在此谨致衷心的感谢。由于水平有限,加之成稿仓促,疏漏之处在所难免,敬请方家批评指正!

程宏亮

2017年3月于金陵科技学院

---

①《刘禹锡集笺证》,上海古籍出版社,1989年版。

②《刘禹锡全集编年校注》,岳麓书社,2003年版。

③《全唐文》,中华书局,1983年版。

目　录

表　状

书　启

表　状

让同平章事表[1]

　　臣某言：高品吴千金至[2]，奉制加臣银青光禄大夫、同中书门下平章事、兼徐泗濠等州节度观察处置等使[3]，余如故者[4]。初受恩荣，若登霄汉；退思尘忝[5]，如履春冰。臣诚惶诚恐，顿首顿首[6]。

　　臣闻以德诏官，以劳定赏。苟或虚授，人无劝心[7]。臣白守方隅，累更时岁。荷唐、虞宣力之寄[8]，乏齐、鲁报政之能[9]，愧无可称，以答高位。岂意圣慈弘奖，天泽荐加，以燮赞之崇名[10]，被庸虚之陋质。惧速官谤[11]，有玷大猷[12]。伏以宰相之职，安危是注。其在当否，系于惨舒[13]。惟以材升，例无平进。举不失德，则副苍生之心；苟非其人，或致外夷之哂。

　　臣虽愚昧，尝览前言。岂敢冒荣，遂安窃位[14]？辄思事理，冀尽刍荛[15]。若以汴河要津，漕运所切，徐方俶扰，师旅未宁[16]。谨当上禀睿谋，下贞戎律[17]。克期而进，屈指可平。励众率先[18]，是臣之志。既行其事，必在正名。所加节制，安敢饰让[19]？至于银青贵服，金铉重名[20]，勋绩无闻，岂宜滥及？伏乞赐寝前命，俯亮愚衷[21]。微臣遂知止之宜，圣朝无不称之服[22]。名器斯慎[23]，退让有闻。遐迩聆风,孰不知劝[24]？其新授官告,谨重封进[25]。无任恳祷屏营之至[26]。

【注释】

[1]让:谦让；推辞。同平章事:古代官名。为"同中书门下平章事"的简称,即宰相。唐代以尚书、中书、门下三省长官为宰相,因官高权重,不常设置,选任其他官员加同中书门下平章事之名,简称"同平章事",同参国事。平章,共同商议的意思。

[2]高品:宦官的官阶或品级高者。吴千金:人名。其常充任宫中派出的使者以宣布皇帝的敕命。

[3]奉制:接受天子的命令。银青光禄大夫:散官名,为高级阶官名号。隋初置银青光禄三大夫,秩(官吏的俸禄)为正三品,授予有声望的文武官员；隋炀帝时降为从三品。唐始以银青光禄大夫为文散官,秩仍为从三品。银青:为"银印青绶"的简称,即白银印章和系印的青色绶带。杜佑《通典•职官十六》:"光禄三大夫皆银章青绶,其重者诏加金章紫绶,则谓之金紫光禄大夫。其重者既有金紫之号,故谓本光禄为银青光禄大夫。"

[4]余如故:指勋、封、赐等天子授予的职位、荣誉、财产如前不变。

[5]尘忝:谦词,犹言忝列。多谓自己的才能有辱于所任的职位。

[6]顿首:书简表奏用语。表示致敬。

[7]劝心:努力进取之心。

[8]唐、虞:唐尧与虞舜。宣力:效力；尽力。

[9]报政:陈报政绩。《史记•鲁周公世家》:"鲁公伯禽之初受封之鲁,三年而后报政周公。周公曰:'何迟也？'伯禽曰:'变其俗,革其礼,丧三年然后除之,故迟。'太公亦封于齐,五月而报政周公。周公曰:'何疾也？'曰:'吾简其君臣礼,从其俗为也。'"齐、鲁二诸侯国君之事,后遂成为地方官员政绩卓著之典。

[10]燮赞:协调赞助。燮,协和、调和的意思。赞,辅佐之意。

[11]速:招致。官谤:因居官不称职而受到的责难和非议。

[12]大猷:谓治国大道。

[13]惨舒:指忧乐、宽严、盛衰等。汉张衡《西京赋》:"夫人在阳时则舒,在阴时则惨,此牵乎天者也。"

[14]冒荣:贪图荣耀。窃位:谓才德不称,窃取名位。

[15]刍荛:割草采薪,引申指草野之人。此处为自谦之辞,意指自己见解浅陋。

[16]汴河:即汴水,隋朝称通济渠。唐宋时汴河是南北大运河的重要漕运通道,东南各省的粮粟等物资入京师皆由此道。今久湮废。徐方:徐州。傲扰:开始扰乱,骚乱。

[17]贞:匡正,整肃。戎律:军务,军纪。

[18]率:一作"之"。

[19]节制:此处指所授予的徐泗濠等州节度观察处置等使职务。饰让:伪让,故为推让。

[20]贵服:唐制,三品以上官员佩金鱼袋,服紫,此谓章服,用来显示其高官显爵的身份。银青光禄大夫享受此礼遇。金铉:举鼎之具。贯穿鼎上两耳的横杆。金属制,用以提鼎。常比喻三公之类重臣,文中指宰相。

[21]寝:止息,停止。亮:通"谅"。体谅;谅解。

[22]遂:顺应,符合。知止:谓懂得适可而止;知足。不称:不相称。服:任用。

[23]名器:名号与车服仪制。奴隶社会与封建社会用以区别尊卑贵贱的等级。语本《左传·成公二年》:"唯器与名,不可以假人,君之所司也。"杜预注:"器,车服;名,爵号。"

[24]遐迩:远近。聆风:闻风。劝:勤勉;努力。

[25]官告:即告身。古代官吏的委任状。封进:封还进奏。封,缄封退还,此处指封还诏敕。

[26]无任:敬词。犹不胜。旧时多用于表状、章奏或笺启、书信中。屏营:惶恐貌。

【助读】

汴河要津,杜佑的关切与忧思

刘禹锡《让同平章事表》属公牍类应用文,写于贞元十六年(800)六月,作者时任杜佑幕府掌书记。自中国古代秘书史的角度视之,幕府掌书记的主要职掌为古代秘书工作,起草公文信札以及为长官出谋划策为居该职位者的主要工作任务。刘禹锡任此职务期间为杜佑起草了二十多篇表状类奏文,本文在刘禹锡文集中处于表类文章之首篇,系代杜佑上奏皇帝辞让同平章事而作。今之读者阅读该篇表文,既能感知刘氏精工典雅的公牍文体貌,也能了解到文中所涉及人物之间的关系,如杜佑与天子、杜佑与刘禹锡等,更可由文章内容去了解一段杜佑领兵抗击地方藩镇的历史。在此,对刘禹锡表文所提及的平叛事件及汴河水运的战略内涵作些阐述。

其一,写作背景与内容提要。《旧唐书·德宗下》载:"(贞元十六年五月)徐泗濠节度使、检校尚书右仆射、徐州刺史张建封卒。壬子,徐州军乱,不纳行军司马韦夏卿,迫建封子愔为留后。"结合《旧唐书·张建封传》的记载,可还原出事件之梗概。张建封死后,判官郑通诚代行留后之职,但他惧怕军士谋乱,欲引浙西兵入州城为增援,但事情泄漏,三军愤怒,发生兵变,郑通诚、杨德宗等被杀。徐州军士不接受朝廷委派的行军司马韦夏卿,拥立张建封子张愔为留后,并上请朝廷给予批准。朝廷当初并不同意,并将濠、泗二州割给淮南管理,意在调遣淮南节度使所辖兵力北上平乱。同年六月加淮南节度使杜佑为同平章事(即宰相),并兼领徐泗濠节度使。杜佑身受隆恩,诚惶诚恐,于是令刘禹锡起草了让出同平章事的请求。文中从多方面陈述了不就宰职的理由、感激皇恩的心理以及忐忑不安的情绪。同时,表文还表述了另外两层重要意思:徐泗濠所处位置乃汴河要道,事关重大;面对徐州军士作乱的时局,表达出欲整顿军队、平定叛乱的坚定决心。

其二,汴河水道的地理内涵与战略意义。汴河,又称汴渠或汴水,即隋朝所开凿的通济渠。自今荥阳县北引黄河水向东南流,经今开封、商丘等市,至安徽宿州、灵璧和江苏泗洪县,尔后入淮河(对岸为江苏盱眙县)。隋、唐、北宋时,该水道十分重要,成为沟通黄河、淮河、长江三大水系的关键环节。洛阳、开封借汴河而沟通四方,行于水上的漕运和商旅船只往来不绝,水运景象甚是繁荣。唐时东都洛阳为中原地区的交通枢纽,经水路,舟船向西沿黄河、广通渠可通长安;向东北经永济渠可至涿郡(今北京);而经汴河于楚州(今淮安)进入扬楚运河(即古邗沟,又名山阳渎),则可到达淮河地域和长江以南。扬楚运河南端与长江相接,跨长江、过京口,扬楚运河则又与江南运河水系连通而达于余杭。唐初,关中平原的出产已很难满足京师的需要,每年需从江南和东南沿海调运粟米以补京城食用;至高宗、玄宗时期,仰于南方的需求量扩大,而至肃宗、代宗之际,由于安史之乱的影响,北方人口流离、田地荒芜,长安和中原地区对淮南和江南地区的物质供给就更为依赖了。此时,汴河当是唐王朝生命线上最为关切的血脉通道,借其使南北运河各水脉互联互通,从而使黄河流域、长江两岸各区域(远至两广)以及东南沿海的水运体系连为一体。至于京杭大运河的全线贯通,则是有元一代的事情,那时元朝定都北京,南北水运大通道已撇开了隋、唐、北宋枢纽中心城市洛阳、开封,东移而取直。若将原先以洛阳、开封为中心向东北延伸的永济渠和向东南延伸的汴河想象为一个逆时针旋转90度的汉字"人"之造型(字之头可表示为洛阳、开封一带),那么京杭大运河自今淮安向北至天津、北京,则是将"人"字撇与捺的两个底部端点连接起来成为一条线,"撇"点可比作淮安,"捺"点视为天津、北京一带,如此,南北大运河就不再绕道中原而通过今江苏徐州和山东省地域取直通航了。因此,元以后汴河已不再发挥国家层面上的南北漕运之功能,实际上,在北宋灭亡、宋室南迁杭州后,汴河缺乏疏浚,泥沙逐渐沉积以至淤塞,其漕运功能即已衰落,甚或已失去了水运价值。下面不再探讨唐朝之后的大运河,还是将话题转回到中唐时期汴河的漕运功能与地位上来。"肃宗末年,史朝义兵分出宋州,淮运于是阻绝,租庸盐铁溯汉江而上。"(《新唐书》卷五十三)此句在于说明以洛阳为中心而连通淮南、江南的水运通道被安史乱军阻断了,但南方的物资依然可以通过汉江一线运至中原和关中以供朝廷之用。经汉江这条运输线虽可替代南北漕运,但比之于汴河水道而言,很不便利,绕远而存风险,辛苦又不经济。《资治通鉴》卷二百二十三"代宗广德二年"下载:"自丧乱以来,汴水堙废,漕运者自江汉抵梁、洋,迂险劳费。""梁"为梁州,"洋"指洋州,二州均在今陕西境内。唐德宗建中初期,东西二条南北运输线一度皆被切断,朝廷万分紧张。《新唐书》卷五十三云:"及田悦、李惟岳、李纳、梁崇义拒命,举天下兵讨之,诸军仰给京师。而李纳、田悦兵守涡口,梁崇义扼襄、邓,南北漕引皆绝,京师大恐。江淮水陆转运使杜佑以秦、汉运路出浚仪十里入琵琶沟,绝蔡河,至陈州而合,自隋凿汴河,官漕不通,若导流培岸,功用甚寡;疏鸡鸣冈首尾,可以通舟,陆行才四十里,则江、湖、黔中、岭南、蜀、汉之粟可方舟而下,缘白沙趣东关,历颍、蔡,涉汴抵东都,无浊河溯淮之阻,减故道二千余里。会李纳将李洧以徐州归命,淮路通而止。"建中元年杜佑征为金部郎中,充江淮水路运使,建中二年改为度支郎中,充水运使如故。东西二道均被阻断,朝廷即将陷入物资供给的深度危机，杜佑作为江淮水运使，理当竭其心智为皇帝解忧，于是他开创性地提出一套如引文中所述的疏河引渡的拯救方案。但随着李洧归顺朝廷，徐州（时含泗州地域）重新回到了朝廷掌控之中，汴河中断危机解除，唐王朝度过了一劫，杜佑之谋划遂罢。至德宗贞元十六年，张建封之子张愔违命朝廷，欲成割据之势，杜佑担纲平叛重任，因其曾履职江淮水运使，自然对汴河水道的漕运价值有着清醒的认识，汴河经行乱军掌控之"徐方"，从而使杜佑倍感责任重大，于是在这篇表文中，刘禹锡以杜佑口吻发出了充满豪情的克敌誓言。

从事后观之，此次上表陈让宰职，并未获得皇帝批准，于是在同年七月，刘禹锡又为杜佑起草了《谢平章事表》，以表谢主隆恩之意。

请朝觐表[1]

臣某言：臣闻臣之事君，有犯无隐[2]。悃诚所至，敢不罄陈？伏惟圣明，俯赐矜察[3]。云云[4]。

臣代受国恩，忝承门荫[5]。脱巾筮仕，敢期荣名[6]？陈力效官，靡树声绩。始因孤直，骤历清班[7]。复加朝奖，作藩外府[8]。远违辇下，十有四年[9]。恪守淮渍，逮今一纪[10]。犬马怀恋，寝兴匪遑[11]。蒲柳易衰，迟暮俄及[12]。窃位时久，妨贤愧深。况历官已来，四十八考。祗奉朝谒，时才二周[13]。服勤郡符[14]，荏苒垂老。屏营魏阙之思，梦想承明之游[15]。如迫馁寒，不忘衣食。伏惟睿鉴，俯亮愚衷。早赐择人，与臣交代。授受之际，冀无可虞[16]。然后脂车，奔赴京辇[17]。微愿斯毕,虽死犹生。

臣顷以戎务方殷,猥加宰辅[18]。今既事罢,实惭此名。为有藩镇同时[19],未敢轻上印绶。伏以圣朝赫赫,左右惟贤。汉愧得人,周惭多士[20]。臣才略既短,齿发又衰。柄用之地[21],甘心自绝。所冀退归旧里,沐浴皇风。绝钟鸣漏尽之讥,展维桑与梓之敬[22]。匪惟名器不假,实贵骸骨可全[23]。知止之心,神祇所鉴。无任恳悃忸营之至[24]。

【注释】

[1]朝觐:臣子朝见君主。觐,拜见。

[2]有犯无隐:封建时代所提倡的一种事君之道。意指臣下宁可冒犯君上而不可有所隐瞒。

[3]伏惟:亦作"伏维"。下对上的敬词,多用于奏疏或信函,念及、想到的意思。矜察:怜悯体察。

[4]云云:一般多用为表示有所省略之词。《汉书·汲黯传》:"上方招文学儒者,上曰吾欲云云。"颜师古注:"云云,犹言如此如此也,史略其辞耳。"

[5]代受国恩:几代人都享受到国家的恩惠,指做官。《旧唐书·杜佑传》:"(杜佑)曾祖行敏,荆、益二州都督府长史、南阳郡公。祖悫,右司员外郎,详正学士。父希望,历鸿胪卿、恒州刺史、西河太守,赠右仆射。佑以荫入仕,补济南郡参军,剡县丞。"门荫:凭借祖先的功勋依照往例做官。

[6]脱巾:脱下头巾,改戴官帽。指开始入仕。筮仕:古人将出做官,卜问吉凶。指初出做官。敢:不敢;岂敢。

[7]清班:清贵的官班。

[8]作藩:做藩镇的长官。外府:京都以外的州郡。

[9]远违:长时间地、远距离地离开。远,兼有时间之长和空间之遥。

[10]淮渍:指淮河防地,此处指淮南。逮:及;及至。纪:纪年的单位,一般称十二年为一纪。

[11]寝兴:睡下和起床。泛指日夜。匪遑:没有闲暇。

[12]蒲柳:即水杨。一种入秋就凋零的树木。《世说新语·言语》:"蒲柳之

姿,望秋而落;松柏之质,经霜弥茂。"后因以比喻未老先衰,或体质衰弱。迟暮:比喻晚年。俄及:短暂的时间就会到来。

[13]祇(zhī):但;只。奉:侍奉;侍候。朝谒:朝会参见皇帝。二周:指两年。这里指杜佑在京城为官二年。

[14]服劳:指服持职事勤劳。郡符:郡太守的符玺。亦借指郡太守。

[15]屏营:惶恐;彷徨。魏阙:古代宫门外两边高耸的楼观。楼观下常为悬布法令之所。亦借指朝廷。承明:承明庐的省称。汉承明殿旁屋,侍臣值宿所居,称承明庐。后以入承明庐为入朝或在朝为官的典故。

[16]可虞:使人忧虑。

[17]脂车:油涂车轴,以利运转。借指驾车出行。京辇:指国都。

[18]顷:最近。戎务:指兼领淮泗节度以平徐州军乱之事。方殷:正当剧盛之时。猥:副词。犹辱、承。谦词。

[19]藩镇同时:杜佑加同平章事时,同时还有平卢淄青节度使李师古也授相位。

[20]汉愧得人:指汉朝人才济济,但唐朝的人才更胜一筹,汉与本朝相比感到惭愧。《汉书·公孙弘传》:"汉之得人,于兹为盛。儒雅则公孙弘、董仲舒、儿宽,笃行则石建、石庆,质直则汲黯、卜式,推贤则韩安国、郑当时,定令则赵禹、张汤,文章则司马迁、相如,滑稽则东方朔、枚皋,应对则严助、朱买臣,历数则唐都、洛下闳,协律则李延年,运筹则桑弘羊,奉使则张骞、苏武,将率则卫青、霍去病,受遗则霍光、金日磾,其余不可胜纪。是以兴造功业,制度遗文,后世莫及。"周惭多士:指周代虽然"济济多士",还是比不过唐朝,因此感到羞愧。《诗经·大雅·文王》:"济济多士,文王以宁。"

[21]柄用:指权要职位。此处指相位。

[22]钟鸣漏尽:昼漏尽,晚钟鸣。谓晚上。比喻衰残暮年。漏,古代计时器,即漏壶。文中引用了三国田豫多次辞让卫尉职位的典故。维桑与梓:指先人在宅边多种桑与梓,后人应该恭敬扶植。后遂用为指代乡里。《诗经·小雅·小弁》:"维桑与梓,必恭敬止。"

[23]名器:官爵与车服。不假:不需要;不凭借。骸骨:指身体。

[24]恳悃:恳切忠诚。忪营:惶恐不安。

【助读】

杜佑的宦游与《通典》云云

这篇呈皇上的表文作于贞元十七年（801），为刘禹锡代杜佑而作。时杜佑任同平章事、淮南节度使等职，因朝廷于该年九月"以虔王谅为徐州节度使，张愔为留后"（《旧唐书·德宗下》），杜佑已不兼领徐泗濠节度使，刘禹锡也因此改为扬州掌书记，继续任职杜佑幕府。此文主要表述杜佑恳请皇帝同意其辞去官职、回归故里的愿望，叙意婉切而明朗，遣词工致而情深。由此文足见刘禹锡作为杜佑的幕僚，对时局了解深刻，对杜佑履历清晰，而又能深度揣测其丰富的情感世界，不愧为贤良侍从和才俊之士。欲充分理解该篇文章的内涵，需对杜佑的历史地位及其淮南为官的经历有所了解。杜佑名闻后世，虽与其精于吏治有一定的关系，但更与其历三十六年而修成的史学著作《通典》密不可分。该书二百卷，起于唐尧虞舜之时，止于唐天宝年代，但也将肃宗、代宗朝一些沿革之事附于书之注中。全书内容共分八类，主要有《食货》《选举》《职官》《礼》《乐》《兵刑》《州郡》《边防》。清纪昀《四库全书总目提要》对此书评价甚高，认为："凡历代沿革，悉为记载，详而不烦，简而有要。元元本本，皆为有用之实学，非徒资记问者可比。考唐以前之掌故者，兹编其渊海矣。"该书为我国最早论述典章制度之通史，与后来宋郑樵《通志》、元马端临《文献通考》合称三通。纪昀以为后出二作"悉以是书为蓝本……均不及是书之精核"（《四库全书总目提要》卷八十一《政书类一》）。表文中提及"忝承门荫"，具有极强的概括性，对于熟知杜佑家世的人来说,不难理解。《旧唐书·杜佑传》:"杜佑字君卿,京兆万年人。曾祖行敏,荆、益二州都督府长史、南阳郡公。祖悫,右司员外郎、详正学士。父希望,历鸿胪卿、恒州刺史、西河太守,赠右仆射。佑以荫入仕,补济南郡参军……"由此可知杜佑家族的仕进之路及其本人的为官起点。刘禹锡点明杜佑"以荫入仕",既可以显示其家族之尊崇,又能表达出杜佑对皇朝天子的感恩戴德和忠心耿耿,十分契合表文的情感表达需要。杜佑在淮南任地方长官历时较长。今人周祖譔主编的《中国文学家大辞典·唐五代卷》"杜佑"词条有所表述。杜佑贞元五年(789)移镇淮南,此前两度入京城为官,合计时长两年(表文中表述为"才两周")。分别是:建中二年(781)"十一月迁户部侍郎,判度支",回到京城任职;但建中三年即贬为苏州刺史,未赴任,改任饶州刺史。第二次回京在贞元三年,征为尚书右臣,但贞元四年即出镇陕州。这两次回京任职时间与"才两周"吻合。而其自贞元五年移镇淮南,"逮今一纪"(至今十二年),到令刘禹锡代写表文之时当为贞元十七年,此时距杜佑贞元四年出京"作藩外府"已有十四个年头(当为虚年)。另外,需要阐释的一点就是:表文以"今既事罢,实惭此名"几个字提示了本篇表文写作的时局背景。刘禹锡曾代杜佑写成《请赴行营表》,文章主旨是希望皇帝同意其亲帅军队自扬州开赴徐州前线作战,然而由于时局的复杂性,以及杜佑本人并不擅长挥师作战,结果出师不利,讨伐失败,杜佑深感惭愧,遂提出引退归乡的愿望。其目的既然是告老还乡,为何又以"朝觐"天子为标题呢?因为杜佑的故乡为"京兆万年"(今陕西西安),则其归乡也就是回到了皇城,故以"朝觐"为题并无不妥之处。事实上,杜佑的请求并没有得到天子的允诺,贞元十九年(803),他被征拜为检校司空、同平章事、太清宫使,自此离开淮南而回京师继续为官。

论废楚州营田表[1]

臣某言:中使曹进玉至[2],奉宣圣旨存问[3],兼赐臣墨诏,以楚州营田废置事令臣商量奏来者。跪捧天书,恭承睿旨。道存致用,义在随时。云云。

伏以本置营田[4],是求足食。今则徒有糜费[5],鲜逢顺成。刈获所收[6],无裨于国用;种粮每阙[7],常假于供司。较其利害,宜废已久。比来循守旧制[8],不敢轻有上陈。皇明鉴微,特革斯弊。取其田蓄,授彼黎蒸[9]。仍俾薄租[10],诚为至当。但以田数虽广,地力各殊,须量沃瘠,用立程度[11]。臣已追里正[12],臣与商量利便,谨具别状奏闻[13]。伏惟圣虑,俯赐详择。无任震越屏营之至[14]。

【注释】

[1]楚州:古州名。唐时属淮南道,治所在今淮安市。营田:即屯田,土地国家控制的一种方式。汉以后历代政府利用兵士或招募流民于驻扎地区种田,以供军饷。

[2]中史:宫中派出的使者。多指宦官。

[3]存问:慰问;慰劳。

[4]伏:敬词。古时臣对君奏言多用之。

[5]糜费:浪费。

[6]刈获:收割;收获。《楚辞·离骚》:"冀枝叶之峻茂兮,愿竢时乎吾将刈。"王逸注:"刈,获也。草曰刈,谷曰获。"

[7]种粮:谷类的种子。阙:缺乏。

[8]比来:近来;近时。

[9]黎蒸:即"黎烝",黎民,众民。

[10]俾:使。薄租:指缴纳薄租。

[11]程度:法度;标准。

[12]追:查问。里正:古时乡官。里长。春秋时,以里中能治事者为里正。北齐以来多置之,明代改名里长,后来的地保,也叫里正。

[13]利便:谓形势有利之处。状:文体名。向上级陈述意见或事实的文书。

[14]震越:犹震动,震惊。

【助读】

楚州营田:唐代土地制度改革中的争议话题

该表为刘禹锡贞元十七年(801)在淮南幕中代杜佑而作。此表所表述的内容涉及土地所有权和经营权的改革问题,意义十分重大。古往今来,土地都是老百姓赖以生存的最重要的物质基础,土地使用制度是任何时代民生命题的核心内容。唐初至中唐德宗时代,土地的分配制度主要为均田制,相配套的赋税政策为租庸调制,这种制度按人口划拨土地,也按人丁数征收赋税。由于国家没有足够的土地保证人丁百亩授田的数量(永业田20亩,口分田80亩),加之以土地买卖合法化导致土地兼并加剧,安史之乱又使人口丧失和人口流离成为社会事实,这些客观原因致使均田制无法真正得以实施,土地私有化现象愈演愈烈。至唐德宗时代(刘禹锡、杜佑生活的时代),均田制已彻底破产,于是皇帝采用宰相杨炎的建言,承认已成事实的土地私人占有现象,出台了两税法以征收赋税。两税法改变了自战国以来以人丁数为主的赋税制度,采用以财产的多少为计税依据,对于恢复当时的农业经济发展促进生产力的解放起到了积极的作用。唐德宗时代,土地依然分为公地与民田两种,公地之中包括大量的屯田和营田。在唐代,屯田与营田都属于国家直接经营土地的模式。屯田主要由士兵耕作,存在的目的意在就近解决军队的供给需求,当然也出现过招募百姓屯田的现象。德宗时曾发布过鼓励百姓屯田的诏令,其云:"天下应荒闲田,有肥沃堪置屯田处,委当管官审检行情,愿者使之营田,如部署精当,收获数多,本道刺史特加褒升。"(《唐大诏令集·贞元元年南郊大赦天下制》)此处引文中的"营田",动词短语,为经营土地之意,非为田制。营田,最初的经营者主要为军士,而至"(唐)宪宗末,天下营田皆雇民或借庸以耕"(《新唐书》卷五十三)。鉴于屯田与营田在设置目标、经营者与经营方式等方面具有高度的相似性,古今也有不少学者认为其内涵大致相同。如清人黄辅辰《营田辑要·总论》认为:"屯营一也。然屯田因兵得名,则固以兵耕。营田募民垦种……故以营名,其实用民,而非兵也。"今之汉语辞典类工具书,也多认为"营田"即"屯田",《辞源》《汉语大词典》均如是。在楚州(唐属淮南道)采取国家经营的屯田或营田,由来已久。魏正始年间,邓艾曾于今江苏金湖县、宝应县一带建石鳖城,实施军士屯田;东晋祖逖北伐驻兵淮阴屯田积谷;东晋荀羡镇守淮阴时,在石鳖等地大兴屯田;姚襄渡淮归于东晋后,曾于盱眙招募流民垦田;北齐一度占领淮南,"修石鳖等屯,岁收数十万石,自是淮南军防粮储充足矣"(《太平寰宇记》卷十七);陈将领吴明彻北伐收复淮南,于石鳖城安置流民就近垦田。唐之规模化经营事实也散见于文献之中。唐肃宗末期,楚州屯田事盛。杜佑《通典》卷二载:"后上元中于楚州古谢阳湖置洪泽屯,寿州置芍陂屯,厥田沃壤,大获其利。"唐代宗大历末,李承为淮南、淮西黜陟使时,于楚州"置常丰堰以御海潮,屯田瘠卤,岁收十倍,至今受其利"(《旧唐书》卷一百十五)。唐德宗时,杜佑镇淮南"决雷陂以广灌溉,斥海濒弃地为田,积米至五十万斛,列营三十区,士马整饬,四邻畏之"(《新唐书》卷一百六十六)。唐穆宗时,淮南地区仍在屯田。"宝应县西南八十里有白水塘、羡塘,证圣中,间置屯田。长庆中兴,白水塘屯田,发青、徐、扬州之民以凿之。"(《玉海》卷一百七十七)由上述文献,大致可见唐时楚州地区屯营田的发展脉络:武则天证圣期间,已开始在白水塘一带屯田;安史之乱中,唐肃宗于楚州屯田,以补充军粮之用;唐代宗末年,李承开发贫瘠荒地和盐碱地,收益颇丰;德宗时期,杜佑兴修水利,指挥军士开发滨海废地,收成丰厚,以此壮大了军威;经过顺宗、宪宗两帝之后,到唐穆宗时代,楚州屯营田依然存在。

根据以上所述唐代楚州地区的屯营田发展背景与沿革脉络,可知刘禹锡为杜佑所撰之表,当反映出特定时期皇帝及臣僚们对于国家所控屯营田流转问题的思考。由表文内容可知,废楚州营田之议出于德宗,但皇上并不能断其优劣,于是下诏征求杜佑意见。杜佑的观点(或者说刘禹锡与杜佑的合意)十分鲜明,表态赞成皇帝的动议并阐述废除营田的理由("徒有糜费")。表文也从操作层面就营田转民田提出了两点建议,一是废营田为民田,征收"薄租"以济国用,此实为两税法之思想;二是根据地力"沃瘠"差异,分设标准。这两点当能充分体现刘禹锡、杜佑的民本思想和客观、公正的处事态度。需要指出的是,该表文未能引起皇帝重视而予以实施,因为,至唐末楚州屯营田依然存在。

为京兆韦尹贺雨止表[1]夏卿

臣某言:今月某日,中使吴文政奉宣圣旨[2],缘今年雨多,恐伤苗稼,诸有灵迹处并宜祈祷者。臣谨检寻祀典,方议遍祠[3]。惟德动天,倏已澄霁[4]。

伏以至教惠农,兆人务本[5]。今岁宿麦,茂于常年[6]。爰自季春[7],遂逢多雨。盖阴阳常数,有以推迁[8],而陇亩之间,未闻伤败。陛下劳谦思切,覆育恩深[9],或虑成灾,先期轸念[10]。昭荐未陈于方社,睿诚已格于上玄[11]。文明焕开,阴曀潜扫[12]。有年之庆,实兆于兹辰;先天不违,夐超于前代[13]。臣谬司京邑,虔抚蒸黎。欣抃之诚,倍百群品[14]。无任踊跃屏营之至[15]。

【注释】

[1]京兆:汉代京畿的行政区划名,为三辅之一。即今陕西西安以东至华县之地。后世因称京都为京兆。尹:古代官名。多为主管之官。此贺表系刘禹锡代京兆尹韦夏卿而作。

[2]中使:宫中派出的使者。多指宦官。奉宣:宣布帝王的命令。

[3]祀典:祭祀的仪礼。祠:祭祀。《商书·伊训》:"伊尹祠于先王。"陆德明释文:"祠,祭也。"孔颖达疏:"祠则有主有尸,其礼大;荐则荐器而已,其礼小。荐祠俱是享神,故可以祠言荐。"

[4]倏:犬疾行貌。引申为疾速,忽然。澄霁:指天色清朗。

[5]至教:最好的教导。兆人:即兆民。唐时为避皇帝李世民之讳,而以"人"代"民"。兆民,古称天子之民,后泛指众民,百姓。

[6]宿麦:隔年成熟的麦。即冬麦。常年:往年。

[7]爰:助词。无义。用在句首或句中,起调节语气的作用。季春:春季

的最后一个月,农历三月。

[8]常数:一定的规律。有以:表示具有某种条件、原因等。以,缘故;原因;道理。

[9]劳谦:勤劳谦恭。《周易·谦》:"劳谦,君子有终,吉。"覆育:抚养;养育。《礼记·乐记》:"天地欣合,阴阳相得,煦妪覆育万物。"

[10]先期:在事情发生或进行之前。轸念:悲痛地思念。

[11]昭荐:明荐。荐,进献;送上。《旧唐书·玄宗纪下》:"己丑,制自今告献太清宫及太庙改为朝献,巡陵为朝拜,告宗庙为奏,天地享祀文改昭告为昭荐,以告者临下之义故也。"方社:四方与社。这里指四方之神和土地神。睿诚:指皇帝的真实心意。格:至。上玄:上天。

[12]文明:文采光明。《周易·乾》:"见龙在田,天下文明。"孔颖达疏:"天下文明者,阳气在田,始生万物,故天下有文章而光明也。"阴曀:云气掩映日光,天气阴晦。

[13]有年:丰年。先天:指先于天时而行事,有先见之明。《周易·乾》:"夫大人者,与天地合其德,与日月合其明,与四时合其序,与鬼神合其吉凶,先天而天弗违,后天而奉天时。"孔颖达疏:"先天而天弗违者,若在天时之先行事,天乃在后不违,是天合大人也。"天人不违,指人与自然协调得十分完美。大人,犹言王者。

[14]夐(xiòng):远。虔:恭敬;诚心。抚:治理。蒸黎:百姓,黎民。欣抃:欢欣鼓舞。抃,鼓掌表示欢欣。倍百:百倍。群品:佛教语。谓众生。

[15]踊跃:欢欣鼓舞貌。屏营:惶恐。下级呈文于上级的常用礼貌语。

【助读】

敬天保民求止雨

刘禹锡至迟于贞元十七年(801)末离开淮南扬州"调补京兆渭南主簿"(刘禹锡《子刘子自传》)。"主簿",主官之佐官之一,主要执掌文字秘书的工作。此时京兆尹为韦夏卿,渭南县乃京兆府属县,刘禹锡为韦夏卿下属。韦夏卿(743—806),字云客,京兆万年(今陕西西安)人。其学养深厚且尊重人才,颇为时人传颂。《旧唐书》卷一百六十五《韦夏卿传》云："深于儒术,所至招礼通经之士……其所与游辟之宾佐,皆一时名士……始在东都,倾心辟士,颇得才彦,其后多至卿相,世谓之知人。"贞元十七年十月,韦夏卿由吏部侍郎改任京兆尹,贞元十八年某月转为太子宾客。任职京兆尹期间,刘禹锡为韦夏卿代写了多篇表状类公文,刘氏之文集中今存七篇,如《为京兆韦尹贺元日祥雪表》《为京兆韦尹降诞日进衣状》《为京兆韦尹进野猪状》等。这篇贺雨止表文的主要内容是:皇帝使臣向京兆尹传达圣旨,因今年雨水较多,朝廷要求各地广泛祭祀神祇。京兆尹接旨后,立即检寻祀典,准备隆重地进行祭祀。因圣德感天动地,雨水已止,天色晴好,故京兆尹需按工作要求及时地向朝廷汇报工作。本篇表文汇报了苗稼"未闻伤败"的事实,对皇帝的勤劳谦恭和爱民忧民给予高度颂扬,同时,也对雨止和丰收在望表示热烈歌颂。就表文所写内容来说,美颂君主、抒发激情是应有之意,但不是核心内容,其核心当在于报告苗稼无恙和承旨祀神止雨两端。自今人眼光观之,报告雨情和农苗长势,当为正题,不难理解;而大讲祀神止雨,此为迷信,或为偏题,则令人生疑。其实,在中国古代,由于科技落后,许多天地自然之间的现象无法进行科学解释,于是天地崇拜就成为君王治政和百姓生活的重要命题和积极活动。当人们遇到困难时常寄希望于天地、神灵来祓除不祥、解决危难,于是祭祀活动就不仅仅是民间的大事,也成为君主治国理政的重要内容。古语曾云:"国之大事,在祀与戎。"(《左传·成公十三年》)于此也可见祭祀天地鬼神在中国古人心目中的重要地位。古代没有先进快捷的传播工具和途径来反映君主旨意和现实环境,统治者则将祭祀等活动作为维系感情和实施舆论宣传的重要传播载体。君王大兴祭祀之风，关乎政治、经济和文化等重要治政领域，通过祭祀，可以表达其对百姓生活的关切，以博得百姓的欢心和拥戴；通过祭拜天地的典礼，可以宣扬皇帝作为"天子"的合法性政治地位，表明当朝皇帝依然能以"天之子"的资格来行使神权以沟通天地自然，由此可使天下民众的臣服心理得到更好地强化。古代社会祈求止雨与祈祷求雨一样，都非常讲究程序，十分重视细节。古籍中也多有记载。《全上古三代文》载《止雨祝》文云："天生五谷，以养生民。今天雨不止，伤五谷，如何！神灵而行而止，杀牲以赛神灵。雨则不止，鸣鼓攻之，朱缘绳索而齐之。"描述了杀牺牲、鸣鼓、用朱丝一圈圈整齐地缠绕社台等祭祀细节来展示求止雨之庄重仪式。而汉代董仲舒《春秋繁露》之《止雨》篇，用五百余字更为详细地描述了求止雨的道具、禁忌、环节构成与时间等。其中写道："敬进肥牲清酒，以请社灵……凡止雨之大体，女子欲其藏而匿也，丈夫欲其和而乐也……以朱丝萦社十周，衣赤衣赤帻，三日罢。"求止雨已成为我国古代社会敬天保民礼仪之重要内容，其行为当属于重大的政治举措，官员庄重地向天子呈文汇报是其职掌之要和责任所在。此类信息沟通往往与官员的考核与升迁密切关联。韦夏卿作为京兆尹之长官，在霖雨久不放晴之时，特别重视求雨止祈祷活动。本篇贺雨止表着重向皇帝奏报贞元十八年春夏之交求雨止的行动和成效。而就在这一年的秋天，长安一带又逢旷日持久、连绵不断的秋雨，韦夏卿再接圣旨祈祷雨止，他率先祈祝，虔诚备至，或已感动上苍显现灵效。刘禹锡于是再次为韦夏卿撰写了一篇呈皇帝的贺表，即《为京兆韦尹贺祈晴获应表》，其文云："臣某言：今月十七日，中使某奉宣圣旨，以霖雨未晴，诸有灵迹处并令祈祷者。臣当时于兴圣寺竹林神亲自祈祝,兼差官城外分路遍祠。伏以神祇效灵,景物澄霁。兆庶睹动天之德,大田俟多稼之期。臣谬荷恩辉,忝司京邑,抃说之至,实倍常情。"这篇贺表亦真切地反映了中国古人祈求雨止的敬天心态和风俗习惯。

为京兆韦尹谢许折籴表

　　臣某言:伏奉诏旨以臣所请畿内折籴[1],宜令度支计会定数奏来者[2]。天慈广被,人瘼是求[3]。臣自理京邑,不先威刑,唯务便安,所期富庶[4]。每因赐对,常奉德音[5]。府县之间,巨细令奏。

　　伏以圣明在上,风雨应时。顺成之年[6],谷籴常贱。若无轻重之法,必利兼并之家[7]。辄敢上闻[8],请行折籴。天光下烛,人隐无遗[9]。宣付所司[10],允臣所奏。事关理本,惠及生灵[11]。臣忝尹京,倍百欣荷[12]。无任欢跃屏营之至。

【注释】

　　[1]奉:接受。诏旨:诏书、圣旨。畿内:指京城管辖的地区。折籴:以谷物折算交纳青苗税钱。籴,音dí,买进谷物之意。

　　[2]度支:官名,掌管全国财赋的统计和支调。故名度支。隋初设度支尚书,开皇三年改称民部。唐避李世民讳,改民部为户部。设度支郎中、员外郎各一人。计会:计算。者:助词。用在句末,表示命令、晓示或祈使语气。文中此处表示命令的语气。此亦是表文开端的常见格式。

　　[3]天慈:皇帝的慈爱。人瘼:人民的疾苦。

　　[4]理:治理;整理。威刑:严厉的刑法。便安:便利安稳;便利安适。

　　[5]赐对:帝王召见臣子对答问题。德音:用以指帝王的诏书。至唐宋,

诏敕之外,别有德音一体,用于施惠宽恤之事,犹言恩诏。

[6]顺成:谓风调雨顺,五谷丰收。

[7]轻重之法:理财之法。轻重,我国历史上关于调节商品、货币流通和控制物价的理论。《管子》有《轻重篇》论述最详。轻重,指钱。兼并之家:指商人、贵族、官僚、地方豪强等各阶层。

[8]辄:擅自。敢:谦词。犹冒昧。

[9]烛:照亮。人隐:人民的痛苦。

[10]宣付:指皇帝的诏令交付官署办理。所司:有司。指主管的官吏。

[11]理本:至治的根本。

[12]欣荷:身受恩惠而喜悦。荷,指承受恩德。

【助读】

"籴"之内涵几何多?

刘禹锡起草此表当在其任职京兆府渭南县主簿期间,或在贞元十八年(802),系代京兆尹韦夏卿而作。据刘禹锡作品集可知,今存刘氏代韦夏卿所作表状共七篇,如《为京兆韦尹贺雨止表》《为京兆韦尹贺祈晴获应表》《为京兆韦尹贺春雪表》等。本篇表文进奏议题为中国古代农业经济中粮食官购制度中"籴"的问题。"籴",买进谷物之意。与"籴"字组合而成的词语有"收籴""市籴""均籴""和籴""平籴""折籴"等。"收籴""市籴",为官方收购粮食之意,它们是关乎市场粮食买卖的通行词语,却并不是具有特定制度内涵的概念。但"均籴"等词语则涉及粮食收购制度中的相关问题。"均籴"出现较晚,根据《汉语大词典》的解释,主要指宋代按照人户家产、土地多少分等摊派征购粮食的制度。其购价往往低于市价。宋徽宗政和三年(1113)始行于陕西,后推广至诸路。结合历史上官方收购粮食的现象与规律,可知该粮食制度具有明显的强制性特点。"和籴""平籴"是两个出现早而对封建王朝的经济、政治和军事所产生的影响又非常深刻的概念。宋代王应麟《玉海》卷一百八十六《唐广关辅籴》载:"平籴之令始于李悝。耿寿昌开常平之法,至晋齐不能废,后魏定和籴之制。"所引之语说明"平籴""常平""和籴"这些用语的首用情况,但并不表示相应的官方购粮做法最早起于战国李悝、汉代耿寿昌和后魏时期,用交换而非征税的方式征购粮食的运行史实可能要早得多。根据当今词典类工具书的简要解释,"平籴"的意思是指官府在丰年按平价购粮储存,以备荒年出售;"和籴"指古时官府出钱购买民粮,以供军用,其名义上为双方协商议价,故称为"和籴",事实上,国家为了急需向民间征集粮食,多带有强制性特征。而"常平"为古代的一种调节米价的方法。其常用做法是官府筑仓储谷,谷贱时增价而收购,谷贵时减价卖出。有史料载:"汉宣帝时数丰稔,耿寿昌奏诸边郡以谷贱时增价籴入,贵则减价粜出,名曰'常平',此其始也。"(高承《事物纪原·利源调度·常平》)"常平"与"平籴"事实上是从不同角度对处于市场条件下粮食交易同一或近似现象的阐释,前者侧重目的,即以应对灾年、保持社会稳定为宗旨;后者强调方式方法,体现交易的过程。上面提及的与"籴"组合的词语概念在特定时期里又有自身的具体规定和要求,不宜一概而论之。在唐代,以常平法进行的平籴,旨在解决百姓生活危机、稳定社会秩序,与古之道理脉络相承,当为善政,但也有部分收籴之粮是供应军需的。唐代和籴的目的不只是储粮备荒、供应边镇军粮,也具有调节粮价以防谷贱伤农的意图,实际上也带有一定的常平用意。因此,有学者认为唐代"和籴"与"平籴"实质上是"同义语的关系",人们"更习惯于用'和籴'一词"。①唐德宗贞元年间,国家粮食紧缺,朝廷多次进行大规模的"和籴"。宋王钦若《册府元龟》卷五百零二《邦计部·平籴》载:

> (贞元)二年十月,度支奏:"京兆、河南、河中、同、华陕、虢、晋、绛、鄜坊、丹延等州府,秋夏两税青苗等钱物,悉折籴粟麦,所在储积,以备军食。京兆府兼给钱收籴,每斗于时价外,更加十钱,纳于大仓。"诏可其奏。自是每岁行之,以赡军国。

此材料中提及"折籴"概念,由文本可知,皇帝采纳了度支的进奏并下诏将本该纳钱的两税改作纳粮。后来白居易于元和三年所上《论和籴状·今年和籴折籴利害事宜》对和籴的危害进行了分析,并提出用折籴代替和籴。其云:"凡曰和籴,则官出钱,人出谷,两和商量,然后交易也。比来和籴,事则不然,但令府县散配户人,促立程限,严加征催;苟有稽迟,则被追捉,迫蹙鞭挞,甚于税赋。号为和籴,其实害人。倘依前而行,臣故曰有害无利也……不如折籴。折籴者,折青苗税钱,使纳斛斗,免令贱粜,别纳见钱,在于农人,亦甚为利。"白居易对折籴的内涵与意义进行了阐释,此解释基本成为后来人们之共识。其实,我们不当忽视,早在贞元十八年,刘禹锡代韦夏卿所撰之表,就强调了行折籴之举,以制约"兼并之家"之求利。因为权贵和商人们利用官方和籴购买之机,"反操利权,贱取于人"(陆贽《翰苑集》卷十八),囤积居奇,又以高价卖给官方,由此造成虽丰收之年,却"谷籴常贱",严重损害了老百姓的利益。由表文"以臣所请畿内折籴,宜令度支计会定数奏来"可以看出,韦夏卿当已向皇帝提出过折籴

---

①耿虎:《"和籴"、"平籴"关系再探——兼与袁一堂先生商榷》,《中国社会经济史研究》,2002年第2期。

的请求,且已得到皇帝的初步认可。另外,还可以认为刘禹锡的折衷理念与韦夏卿的主张也当是十分契合的,或者进而可认为韦夏卿的主张也许源于刘禹锡的建言,因为刘禹锡作为韦夏卿的主簿,近似于今之秘书,他具有建言献策的职责和辅助决策的便利条件。

为京兆李尹贺迁献懿二祖表_实[1]

臣某言:伏见诏书,以今月某日奉迁献祖、懿祖神主祔于德明、兴圣皇帝庙[2]。盛礼云毕,宗祧永安[3]。云云。

伏以太祖景皇帝,膺期抚运,启封于唐[4],为百代不迁之宗,开三灵眷命之兆[5]。顷以本朝初建,清庙备仪[6]。二祖冠西室之先,景皇阙东向之位[7]。诸儒献议,历载未行[8]。陛下浚发睿谟,旁延正论[9]。爰诏多士,会于中台[10]。酌三礼之前文,参百王之故事[11]。讲贯斯定,询谋金同[12]。撰日展仪,考祥视履[13]。配贵神于远祖,正尊位于始封[14]。庙貌有严,禘尝允穆[15]。示人以孝,得礼之中。既观秩秩之容,必降穰穰之福[16]。臣职居内史,属忝本枝[17],躬导盛仪,获申诚敬。无任感说屏营之至[18]。

【注释】

[1]李尹:指李实。李实于唐德宗贞元十九年(803)三月任京兆尹,他依恃王室后裔身份,暴虐贪婪,手段恶劣,深为百姓所痛恨。《旧唐书·李实传》:"李实者,道王元庆玄孙。以荫入仕……贞元十九年为京兆尹,卿及兼官如故,寻封嗣道王。自为京尹,恃宠强愎,不顾文法,人皆侧目。二十年春夏旱,关中大歉,实为政猛暴……"献懿二祖:指献祖和懿祖。献祖为唐德宗第

十一代祖李熙的庙号。懿祖为唐德宗第十代祖李天锡庙号。庙号,皇帝死后,在太庙立室奉祀时特起的名号。

[2]神主:古代为已死的君主、诸侯作的牌位,用木或石制成。祔(fù):祭名。指古代帝王在宗庙内将后死者神位附于先祖旁而祭祀。德明、兴圣皇帝:指传说中上古四圣之一皋陶与凉武昭王李暠。唐玄宗天宝二年三月"追尊咎繇为德明皇帝、凉武昭王为兴圣皇帝"。(《通典》卷七十二)咎繇,又名为皋陶、皋繇、庭坚等。

[3]云:助词。用于句中,宾语前置的标志。宗祧(tiāo):宗庙。引申指家族世系。

[4]景皇帝:指后魏左仆射、封陇西郡公李虎。宋王溥《唐会要》卷一:"太祖景皇帝讳虎。武德元年六月二十二日追尊景皇帝庙号太祖。"武德,唐高祖李渊年号。膺期:承受期运。指受天命为帝王。抚运:顺应时运。封于唐:指李虎曾被北周追封为唐国公。李虎子李昞、孙李渊均世袭唐国公。此为唐朝命名之由来。

[5]百代不迁:指不因世数过远而迁庙。三灵:指日、月、星。眷命:垂爱并赋予重任。

[6]顷:往昔。清庙:即太庙。古代帝王的宗庙。

[7]西室:旧时帝王宗庙内藏神主之室。东向:面向东。古代以东为上方、尊位。

[8]历载:经历多年。

[9]浚发:很快显现出来。睿谟:皇帝圣明的谋略。旁延:广泛地引导、引入。旁,广泛、普遍的意思。

[10]爰:助词。无义。用在句首或句中,起调节语气的作用。中台:指尚书省。唐龙朔二年及长安初都曾更名,不久又改为尚书省。

[11]三礼:儒家经典《周礼》《仪礼》《礼记》的合称。

[12]讲贯:犹讲习。指研讨学习。询谋:咨询;商议。金同:一致赞同。

[13]撰日:择日。撰,同"选"。展仪:谓申其礼仪。视履:观察其行为,借以考察祸福吉凶。《周易·履卦》:"上九:视履考祥,其旋元吉。"魏王弼注:"祸福之祥,生乎所履处,履之极履道成矣。故可视履而考祥也。"

[14]贵神:指李熙与李天锡。远祖:指皋陶与李暠。尊位:东向之位。始封:指李虎,始封为唐国公。

[15]禘(dì)尝:禘礼与尝礼的并称。周礼,夏祭曰禘,秋祭曰尝。古代常用以指天子诸侯岁时祭祖的大典。允穆:肃穆。

[16]秩秩:肃敬貌。《诗·小雅·宾之初筵》:"宾之初筵,左右秩秩。"毛传:"秩秩然肃敬也。"穰穰:众多。《诗·周颂·执竞》:"降福穰穰,降福简简。"毛传:"穰穰,众也。"

[17]内史:秦官,掌治理京师。汉景帝分置左右内史。武帝太初元年改右内史为京兆尹。此处借用古代称呼。本枝:同一家族的嫡系和庶出子孙。李实属于皇室宗属,因此称本枝。

[18]感说:感动愉悦。说:为"悦"。喜悦;高兴。

【助读】

李唐皇室的"神主"排序

此表作于贞元十九年(803)三月,系刘禹锡代京兆尹李实而作。表文主要针对德宗迁献祖李熙、懿祖李天锡神主之事表示拥护与祝贺。本文话题涉及皇家太庙祖宗神主替换事宜,关乎国家祭祀大事,多用典故和史实,语言庄严古雅,涵义深隽,颇为耐读。欲读懂此文需要具备多方面知识。兹谈二点:

1. 李唐王朝为强化政权的合理合法与可持续性,注重从具有血缘或附会血统关系的显赫人物中寻找家世前缘,通过认祖、祭祖行为宣扬天之子的正统来源,以博取民意支持,从而为立国与皇权家族嗣承寻找依据。像皋陶、老子等传说或史实中的人物被列为远祖;而有史料可寻的家族杰出祖先,如李暠、李熙、李天锡、李虎等,则更为明确地给予尊封,使其在太庙中立位而得以奉祀。皋陶是与尧、舜、禹齐名的"上古四圣"之一,曾任舜帝时代掌管刑法的"理官",秉持公正、闻名天下。欧阳修《新唐书·宗室世系表》云:"李氏出自嬴姓,帝颛顼高阳氏生大业,大业生女华,女华生皋陶,字庭坚,为尧大理……利贞(按:皋陶后人)逃难于伊侯之墟,食木子得全,遂改理为李氏……周康王赐采邑于苦县,五世孙乾,字符果,为周上御史大夫,娶益寿氏女婴敷,生耳,字伯阳,一字聃,周平王时为太史……"不论李渊远祖世系是传说还是史实,就材料本身而言,其间出现了皋陶和老子李耳这两位中华名人。皋陶后人改"理"为"李",故唐玄宗尊皋陶为德明皇帝。隋末,道教徒子们在李渊政权的建立过程中,通过谶纬等舆论传播手段及其他参与形式为李唐王朝的建立作出了一定的贡献。故李渊称帝后,不仅大兴土木建设道教楼观,且于武德八年(625)下诏使道教成为儒释道三教之首。乾封元年(666)唐高宗李治追尊老子为"太上玄元皇帝"(《通典》卷五十三),天宝十三年,老子的封号不断增加,已被唐玄宗追号为"大圣高上大道金阙元元皇帝"(《唐会要》卷五十)。自东晋、十六国以来,李氏有史可查的祖先,如西凉武昭王李暠(李渊的七世祖),天宝二年被尊封为兴圣皇帝。李熙、李天锡分别被唐高宗李治追封为"宣皇帝""光皇帝"(《旧唐书》卷一《高祖》),而他们于开元年间,又被唐玄宗追赠了庙号。《旧唐书·玄宗纪上》:"(开元十一年秋)尊八代祖宣皇帝庙号献祖,光皇帝庙号懿祖,始祔于太庙之九室。"至于唐王朝确立的太祖则为李天锡之子李虎(唐高祖李渊祖父),"武德初追尊景皇帝,庙号太祖"(《旧唐书》卷一《高祖》)。

2. 宗庙或宗庙中神主的排列次序遵循礼之规矩,讲究法则。《礼记·王制》云:"天子七庙,三昭三穆,与太祖之庙而七。"根据周代的宗庙制度,皇家祭祀共设七庙,居中为太祖庙,向下二、四、六世居于左,三、五、七代居于右,此谓昭穆,左昭右穆,以"别父子、远近、长幼、亲疏之序而无乱也"(《礼记·祭统》)。在祭祀太祖庙时,要把昭穆各庙的神主牌位全部集中于太祖庙,并按昭穆顺序排列,排序中要突出太祖的尊位。周礼皇家太庙之祭,承传延续,基本上成为历代封建王朝祭祀祖宗的规范。但也有应时而变之处,如七庙之制,在唐代就有所变化。如高祖李渊武德初年,受享祭的神主只有四室。高祖崩后,唐太宗下诏增修太庙,由四变六。唐中宗神龙二年(706),太庙遵从祭七室之制。至唐玄宗时代,原祭七室已满,按礼制,新崩皇帝神主入太庙,则需要撤移一位祖先之神主入夹室,以保持七庙之祭。开元中,唐玄宗权衡利弊,下诏:"加置九庙,献懿二祖皆在昭穆,是以太祖景皇帝未得居东向之尊。"(《旧唐书》卷二十六《礼仪六》)唐玄宗的做法给后代生出了新的问题,既然唐建国之初已确立了景皇帝李虎为太祖,按礼制,太祖应为"百代不迁"之主,且需居于"东向"最尊之位,那么对于景皇帝之前两代先人懿、献二祖该如何安排?至唐德宗时期,朝中大臣为此展开了广泛讨论,结果皇帝听从了户部尚书王绍等五十五人的奏议,于贞元十九年(803)三月十五日,"迁献祖、懿祖神主权祔德明、兴圣庙之夹殿。二十四日,袷太庙。自此景皇帝始居东向之尊。"(《旧唐书》卷二十六《礼仪六》)针对此次迁献、懿二祖以利祭祀太庙之事,京兆尹李实反应快捷,及时令刘禹锡代作表文呈献皇帝以表祝贺。

为李中丞谢钟馗历日表[1]

臣某言:中使某乙至,奉宣圣旨,赐臣画钟馗一、新历日一轴[2]。恩降云霄,光生里巷。虽当岁莫,如煦阳和[3]。云云。伏以将庆新年,聿循故事[4]。缋其神像，表去疠之方[5]；颁以历书，敬授时之始[6]。微臣何幸，天意不遗。无任感戴屏营之至[7]。

【注释】

[1]中丞：官名。汉代御史大夫下设两丞，一称御史丞，一称中丞。中丞居殿中，故以为名。东汉以后，以中丞为御史台长官。明清时用作对巡抚的称呼。李中丞：李汶。贞元二十年（804）李汶去世。柳宗元所撰《祭李中丞文》云："惟公坚贞守道，洁廉成德，当官秉彝，卓尔孤直。高节外峻，纯诚内植，临事不回，执心无惑。矫矫劲质，擢于天枝。"陈景云《柳集点勘》卷三："中丞名汶，出宗室大郑王房之裔，故曰'发自天枝'。"

[2]钟馗：中国道教传说中能打鬼驱邪的神。《辞源》"钟馗"词条载："按《周礼•考工记》《礼•玉藻》皆有终葵，用以驱鬼，后世以其辟邪，有取为人名者，后又附会为食鬼之神。"历日：日历，历书。

[3]岁莫：岁末，一年将终时。莫，同"暮"。阳和：春天的暖气。

[4]聿：助词。用于句首或句中。故事：先例，旧日的典章制度。

[5]缋：绘画的意思。表：表示。疠：疫病。方：方术。

[6]授时：谓记录天时以告民。后以称颁行历书。语本《尚书•尧典》："历象日月星辰，敬授人时。"

[7]遗：遗漏。感戴：感激爱戴。

【助读】

唐人眼中钟馗像和日历的符号意义

刘禹锡"贞元十九年闰十月日"撰写了《举崔监察群自代状》，也就是说，他当在写奏状之际刚步入御史台任职监察御史，时御史台主官为李中丞（李汶）。贞元十九年（803）冬，值岁暮将庆新年之际，皇帝派宦官赐予李汶新年贺礼：钟馗画像一张、日历一件（当时历书用毛笔书写，装裱成轴）。李汶收到礼物后十分激动，认为隆恩天降，光照乡邻，仿佛感觉岁暮寒冬也如春日一样阳光和煦。于是命刘禹锡代己撰写表文以谢皇上隆恩，因此，表文的字里行间充满着兴奋与感激之情。自今人眼光视之，皇帝只是赠送了画像和日历，至于使李汶（刘禹锡也是）那么激动吗？此表文中流露的感谢是否为矫情？若要有所体察，则必须对唐代钟馗像与历书流传现象及其价值有所了解。兹先谈谈钟馗。北宋沈括《梦溪笔谈·补笔谈（卷下）》载：

> 明皇开元讲武骊山，岁□翠华还宫，上不怿，因疟作，将逾月。巫医殚伎，不能致良。忽一夕，梦二鬼一大一小。其小者衣绛，犊鼻屦，一足跣，一足悬一屦，擂一大筘纸扇，窃太真紫香囊及上玉笛，绕殿而奔。其大者戴帽，衣蓝裳，袒一臂，鞹双足，乃捉其小者，刳其目，然后擘而啖之。上问大者曰："尔何人也?"奏云："臣钟馗氏，即武举不捷之士也。誓与陛下除天下之妖孽。"梦觉，疟苦顿瘳而体益壮。乃诏画工吴道子，告之以梦，曰："试为朕如梦图之。"道子奉旨，恍若有睹，立笔图讫以进。上瞠视久之。抚几曰："是卿与朕同梦尔，何肖若此哉！"道子曰："陛下忧劳宵旰，以衡石妨膳，而疟得犯之。果有魑邪之物，以卫圣德。"因舞蹈上千万岁寿。上大悦，劳之百金，批曰："灵祇应梦，厥疾全瘳。烈士除妖，实须称奖。因图异状，颁显有司。岁暮驱除，可宜遍识。以祛邪魅，兼静妖氛。仍告天下，悉令知委。"熙宁五年，上令画工摹榻镌板，印赐两府辅臣各一本。是岁除夜，遣入内供奉官梁楷就东西府给赐钟馗之象。观此题相记，似始于开元时……

从这条材料，我们可体悟如下几点：(1)唐玄宗患疟疾月余而未治愈，梦中见大鬼钟馗捉住小鬼并将其处死；同时也听闻钟馗欲除天下妖孽之誓言。(2)唐玄宗梦中醒来,发现疟疾顿除,且身体更加强壮。(3)吴道子受命画出了酷似玄宗梦中所见之钟馗,玄宗大悦而重赏道子。(4)玄宗敕谕天下,命令画出钟馗图像授予有关官吏,并要求天下民众于岁暮藉图像以驱邪。(5)画钟馗像驱邪始于唐玄宗开元时期(上述文献省略之处指出用钟馗名辟邪并不始于玄宗)。通过分析《梦溪笔谈》所记材料,可知钟馗像驱邪说之所以产生广泛的传播影响,当与皇权的推动密不可分。朝廷每年岁暮向重臣赠送钟馗像,这也成为唐朝自玄宗开始的一种礼仪制度。从唐朝政治家、文学家张说、刘禹锡等人的表文题目就可以得到印证。玄宗朝张说曾撰有《谢赐钟馗及历日表》,同时代孙逖撰有《谢赐钟馗画表》;德宗朝刘禹锡除撰写了《为李中丞谢钟馗历日表》外,此前还为杜佑撰写了《为淮南杜相公谢赐钟馗日历表》。从张说、刘禹锡表文的题目中,不难发现,岁暮皇帝还向重臣们赠送"历日"。"历日"即今之"日历"。古往今来"历日"在国家政权运转中意义重大。《隋书·经籍志》云:"历数者,所以揆天道,察昏明,以定时日,以处百事,以辨三统,以知陁会,吉隆终始,穷理尽性,而至于命者也。"至于唐朝设置专门的机构来批量制作、颁发新历日始于哪个皇帝?宋王应麟《玉海》卷五十五《唐赐历日》云:"自置院之后,每年十一月内,即令书院写新历日一百二十本,颁赐亲王、公主及宰相、公卿等。皆令朱墨分布,具注历星,递相传写,谓集贤院本。"唐代集贤院建立于开元十三年(725)。因此,可以说唐玄宗是用专门机构批量书写新历日并颁之于群臣的开拓者,足见他对颁布历日的重视程度;集贤院每年只书写历日一百二十本,数量可谓少,由此也可说明凡获得者位尊、权重且在皇权运作体系中有较大的影响力。

唐代的钟馗画像和日历是一种符号,但这种符号连接着至高无上的御颁意义,传达着皇帝对官员功劳和地位的认可,也内潜着君王对臣子的勉励和鞭策,凡获得者也会因社会信息的扩散而带来高附加值之影响力。鉴于此,作为官员能获得皇帝赠送的钟馗像和历日,这是一件极大的幸事,这是远超于一般物质待遇的奖励,也是官员自身社会高贵身份的直接体现,获得者怎能不万分激动! 自然地,得到赠物的官员当及时地呈奉表文以谢皇恩,谢表的字里行间也当会充满着流贯肺腑的真切感激。刘禹锡代李汶所撰表文的情感反应当属如此!

为武中丞谢新茶表[1]元衡

臣某言:中使窦国安奉宣圣旨[2],赐臣新茶一斤。猥降王人[3],光临私室。恭承庆赐,跪启缄封[4]。云云。伏以方隅入贡[5],采撷至珍。自远爱来,以新为贵[6]。捧而观妙,饮以涤烦。顾兰露而惭芳,岂柘浆而齐味[7]? 既荣凡口,倍切丹心[8]。无任欢跃感恩之至。贞元二十年三月日。

【注释】

[1]武中丞:文中指御史中丞武元衡。李汶卸任御史中丞后,随之,武元衡于贞元二十年春继任御史中丞,此时刘禹锡任监察御史,为武氏之下属。

[2]中使窦国安:宫廷中派出传颁圣旨的某一使者姓名。

[3]猥:副词。犹辱、承。谦词。降:赐给;给予。王人:君王的臣民。人,民的意思。

[4]庆赐:赏赐。缄封:封口。

[5]方隅:四方和四隅。借指离京师很远的边远地带。入贡:向朝廷进献财物土产。

[6]爰:助词。无义。用在句首或句中,起调节语气的作用。

[7]顾:岂。表推测。或许,莫非的意思。兰露:凝结于兰蕊间的露珠。这里泛指用兰草的花、叶、根等泡制的饮料,或指美酒,有清香味。柘浆:甘蔗汁。柘,通"蔗"。《汉书·礼乐志》:"百末旨酒布兰生,泰尊柘浆析朝酲。"

齐味:齐和。使食物的滋味调和适口。

[8]凡口:凡庸人之口。谦称自己。倍切:愈加契合。

【助读】

茶叶:唐代奇特的舒心与辅政之物

刘禹锡在监察御史任上为御史中丞武元衡拜谢皇帝而撰写了《为武中丞谢新茶表》,此表文围绕德宗派中使送来的一斤新茶结撰文字,内容具体而又十分清晰。文中所述新茶,乃边远地区进奉朝廷的贡品,自当贵重。于此茶,从人体眼耳鼻舌身感之,以"至珍"形容绝不为过。闻其来路,知其所采茶叶质优,虽千里迢迢达于京师,然品性依然新鲜而显其尊荣。庄重地捧起而细察,颇觉其"妙"有绝处;嗅其四溢弥漫之清香,顿感兰草浸泡之液与之相较也有愧色;品其滋味,有甘蔗汁之味觉;饮用之,则通体舒畅,似有除忧去烦之快适。极品之茶,自有悦目爽口之天然本性,而此茶又来自于天子的赏赐,则更使人感觉亲切、舒心而又荣耀至极,于是,受赏赐者当会无比激动,则其谢恩之意,亦当自肺腑自然流出。皇帝对臣子恩情绵绵,不过数月,或于贞元二十年(804)夏,武元衡又收获了来自皇帝赐予的一斤新茶。刘禹锡再代武元衡撰写了《为武中丞再谢新茶表》,其文云:"臣某言：中使某乙奉宣圣旨，赐臣新茶一斤。猥沐深恩，再沾殊锡。承旨庆抃，省躬惭惶。伏以贡自外方，珍殊众品。效参药石，芳越椒兰。出自仙厨，俯颁私室。义同推食，空荷于曲成；责在素餐，实惭于虚受。"据其文所述：此茶来自外方（嵩山或者是远方的某一个地域），在众多品种中为"珍殊"之物，其特色在于"效参药石，芳越椒兰"。刘禹锡明确地指出该类茶的保健价值或同于一般药物，然而其香味则超越了椒兰的芬芳，尤令人满心欢悦。

皇帝一年内两次赐茶，获茶者受宠若惊，欣喜备至。由此当可说明"茶"的效用功高，或也能反映出茶在唐代社会生活中扮演着重要的角色。通过考察古代相关文献资料，可知自古以来茶的作用和价值一直得到人们的高度认可。传说故事认为最初发现茶的特性与妙用的人是神农氏（三皇之一），唐陆羽也称"茶之为饮发乎神农氏"（陆羽《茶经》卷下）。东汉著名医学家张仲景《伤寒杂病论》云："茶治便脓血甚效。"明李时珍自茶叶的特性出发，更系统地从药理层面阐述了茶之功效。《本草纲目》载："茶苦而寒……最能降火，火为百病，火降则上清矣……温饮则火因寒气而下降，热饮则茶借火气而升散，又兼解酒食之毒，使人神思暗爽，不昏不睡，此茶之功也。"稍后于李时珍的明代著名戏剧家和养生学家高濂也指出了茶效种种，尤其是强调了茶之精神功能及其与人之间的亲密度。其《遵生八笺》卷十一云："人饮真茶，能止渴、消食、除痰、少睡、利水道、明目益思、除烦去腻，人固不可一日无茶。"当今，饮茶习俗已风靡全球，与咖啡、可可并称为世界三大无酒精饮料，茶与政治、经济、意识形态等各方面的关系已为人们所熟悉。然而在唐代之前，茶的饮料、药用等价值虽已十分明朗,但尚未成为农业经济的重要门类而予以重视,只是到了唐代,尤其是中唐之际,茶的生产、流通和饮茶习俗才广泛兴起,至宋代达到鼎盛状态。

唐代茶事兴旺的原因和条件是多方面的。从宏观角度考察,如盛唐统一的政治局面、丰厚的物质积累为茶事的隆兴奠定了经济基础、创造了交通与市场条件;唐人自信自觉的心理条件和积极向上的理想情怀培育出盛唐精神,这种精神成为茶文化习俗及审美情趣形成的环境和动力。从中观角度言之,皇权政治和佛教文化的倡导和推行当是十分直接的动因。西汉以来,饮茶一直被人们视作身份与地位的象征,宫廷和各级统治者乐于将品茶作为显示自我、提高自信或雅化生活的行为,因此,茶文化得到皇帝和统治者的推崇和厚爱。例如,唐太宗曾将茶作为文成公主与松赞干布结婚时的陪嫁物品。《西藏政教鉴附录》载:"茶亦自文成公主入藏土也。"可见,茶叶在皇族婚礼中已具有一定的地位。唐德宗时期,茶叶事业的发展已进入了赋税管理的制度化层面。《新唐书》卷五十四《食货志》第四十四载:"德宗纳户部侍郎赵赞议,税天下茶、漆、竹、木,十取一,以为常平本钱。及出奉天,乃悼悔,下诏亟罢之。及朱泚平,佞臣希意兴利者益进。贞元八年,以水灾减税,明年,诸道盐铁使张滂奏:'出茶州县若山及商人要路,以三等定估,十税其一。'自是岁得钱四十万缗。"此材料揭示出这样的信息:茶叶征税始于唐德宗时期(按:《唐会要》卷八十四更将时间定位在贞元中),按"十取一"为标准;虽因朱泚之乱曾一度下诏罢征,但不久即予以恢复;贞元九年(793)在出茶州县选择山上与商人必经要道设点收税;每年所征收的茶叶税额很多,达四十万缗。可见茶叶已成为重要的赋税来源，其受统治者重视之程度已超越了表现权贵者身份等层面的精神意义，从而显示出直接的经济功能。至于佛教盛行对茶文化世俗化发展的助推，从唐封演《封氏闻见记》卷六记载的一处材料可见一斑。其云："南人好饮之，北人初不多饮。开元中，泰山灵岩寺有降魔师大兴禅教，学禅务于不寐，又不夕食，皆许其饮茶。人自怀挟，到处煮饮，从此转相仿效，遂成风俗。自邹、齐、沧、棣，渐至京邑。城市多开店铺煎茶卖之，不问道俗，投钱取饮。其茶自江、淮而来，舟车相继，所在山积，色额甚多。"此材料表示，在佛教禅宗化、世俗化的过程中，由于学禅的需要，饮茶行为"转相仿效，遂成风俗"；而且，随着佛教的传播，南方的饮茶习惯也传到北方。若从微观角度审视唐代，尤其是中唐时期茶文化风行社会的原因，可以发现传播的载体和渠道多种多样，其中诗文名篇的传播当起到了推波助兴的作用。像王建、白居易、刘禹锡都有关乎茶叶的诗文在社会文化领域中流播。或如王建诗"水门向晚茶商闹，桥市通宵酒客行"（王建《寄汴州令狐相公》），白居易诗"商人重利轻别离，前月浮梁买茶去"（白居易《琵琶行》），诸如此类诗句均反映出茶文化风行的某个侧面。至于本篇表文的作者刘禹锡，不独在代人撰文中表示出对茶的亲近、体悟和感动，在其个人诗作中也时有个人情性之抒发。刘禹锡《秋日过鸿举法师寺院便送归江陵》《酬乐天闲卧见寄》《西山兰若试茶歌》等，均流露出诗人对茶叶的独特雅兴和钟爱之情。

为容州窦中丞谢上表群。时在郎州相逢,因以见托[1]

臣某言:伏奉某月日制书,授臣容州刺史、兼御史中丞,充本管经略招讨等使[2]。臣发开州日,已差某官某乙奉表陈谢。伏以道途邅阻,水陆萦纡[3]。臣以今月某日到本任上讫[4]。谨宣圣旨,慰谕远人[5]。云云。

臣本书生,素无吏术。顷因多幸,贲自丘园[6]。累沐圣慈,骤居清贯[7]。识昧通变,动乖事宜[8]。愧无善状,以塞公责[9]。伏惟睿圣文武皇帝陛下,凝旒穆清,洞照寰海[10]。推共理之义,分寄股肱;念蒸人之勤,溥沾遐迩[11]。察臣前任事实[12],恕臣本性朴愚。赐以恩辉,拔于废弃。远辞偏郡,重委方隅。捧印绶以为荣,望阙庭而增恋。虽到官之始,惠未及人;而率下之诚[13],务先克己。凡施政教,皆禀诏条。参以土宜,遂其物性。可行必守,有弊必除。使蛮夷生梗之风[14],慕臣子尽忠之道。力诚不足,心实在兹。伏乞圣明,俯赐昭鉴[15]。无任感戴屏营之至[16]。元和八年。云云。

【注释】

[1]容州:唐朝州名。州治在今广西容县,也为容管经略使治所。辖境约今广西容县、北流一带。窦中丞:指窦群。《新唐书》卷一百七十五《窦群传》载:"窦群,字丹列,京兆金城人……德宗擢为左拾遗……宪宗立,转膳部员外郎,兼侍御史知杂事。出为唐州刺史……武元衡、李吉甫皆所厚善,故召拜吏部郎中。元衡辅政,荐群代为中丞……(后因攻击李吉甫,事败)出为湖南观察使,改黔中。会水坏城郭,调溪洞群蛮筑作,因是群蛮乱,贬开州刺史。稍迁容管经略使。召还,卒于行。"朗州:唐朝州名。治武陵(今湖南常

德）。永贞革新失败后，刘禹锡于永贞元年贬为朗州司马。

[2]制书：古代皇帝授官的一种文本形式。唐代任命官员主要采取册授、制授、敕授、旨授、判补五种方式。《资治通鉴·唐睿宗景云元年》："旧制，三品以上官册授，五品以上制授，六品以下敕授。"窦群官品处于三品以下、五品以上，故其授官文本为制书。兼御史中丞：此为职事官正职外的加官或称为宪衔。中唐以后，御史中丞常为观察使等所带的虚衔。本管：自己的任所。此处指窦群任职的容州。经略招讨等使：指经略使和招讨使等。经略使，唐贞观二年（628）始于边州置此使职，掌本区军事防务，后多由节度使兼领，唯岭南五府都称经略使，容州属于此类。招讨使，唐贞元末始置，为战时权置军事长官，兵罢则停。

[3]遐阻：遥相间隔。遐，辽远。萦纡：盘旋环绕。

[4]讫：表示完毕的意思。

[5]慰谕：抚慰；宽慰晓喻。同"慰喻"。远人：远民，边远地区的百姓。

[6]贲：修饰。贲自丘园，指自己自处士征召，未走科举取士或门荫入仕的途径。丘园，指隐逸。《旧唐书·窦群传》（卷一百五十五）："贞元中，苏州刺史韦夏卿以丘园茂异荐（窦群）。"初，并无效果，后韦夏卿入京师为京兆尹再荐之，窦群这才被征入朝授左拾遗。《周易·贲卦》："贲于丘园，束帛戋戋。"孔颖达疏："唯用束帛招聘丘园，以俭约待贤。"后因以"戋帛"指敦聘贤者的礼物。

[7]清贯：清贵的官职。贯，引申为仕宦。

[8]识昧：识见愚昧、糊涂。昧，愚昧、昏暗的意思。动乖事宜：行为背离事情的道理。乖，违背、背离的意思。

[9]善状：唐时吏部考课之法有四善。《旧唐书·职官二》："一曰德义有闻，二曰清慎明著，三曰公平可称，四曰恪勤匪懈。善状之外，有二十七最……"

[10]睿圣文武皇帝：唐宪宗尊号。《旧唐书·宪宗上》："（元和）三年春正月癸未朔癸巳，群臣上尊号曰睿圣文武皇帝。"凝旒：冕旒静止不动。形容帝王态度肃穆专注。穆清：指大气清和，比喻太平祥和。洞照：明察。寰海：海内；全国。

[11]蒸人：民众；百姓。溥沾：普遍地浸润、沾溉。遐迩：遥远之处。

[12]前任事实：指在黔州任上处事不力而遭贬谪的事情。《旧唐书·窦群传》："改黔州刺史、黔州观察使。在黔中属大水坏其城郭，复筑其城，征督溪

洞诸蛮,程作颇急,于是,辰、锦生蛮乘险作乱,群讨之不能定。六年九月,贬开州刺史。"

[13]率下:领导下属。

[14]生梗:谓桀骜不驯。

[15]昭鉴:明鉴。昭,光明、明亮的意思。

[16]感戴:感激爱戴。屏营:惶恐;彷徨。

【助读】

虚衔中丞亦尊崇,识昧动乖不合群
——由窦群与刘禹锡关系引发的话题

本表系刘禹锡在朗州代窦群而作。元和八年窦群由开州刺史转任容州刺史、容管经略使,他途经朗州时与昔日朝中同僚刘禹锡相逢,或慕于刘禹锡之精深笔力,他请托刘禹锡为自己撰写了两篇表文,以供到达任所使用。一篇为本文,另一篇是《谢中使送上表》。该篇文章篇幅较长,内容比较丰富,涉及新任官职称谓、赴任途中行况、仕途经历的回忆、自我才识的评价,同时较为详实地阐述了治理偏远州郡的方略、原则及目标,当然,也少不了对皇帝圣明与忧民的歌颂(表类文章的应有之意)。在此,对称谓和自我剖析方面的有关问题作些阐释。

窦群新任的本职与兼任的职事官职多达四项,其中作为刺史,虽属下州,其官品也当为正四品下,所兼经略使与招讨使的官品当与本官相当;而根据唐代官制,御史中丞的官品只是正五品上,显然,地方刺史的官品要高。御史中丞官品低于下州的刺史,且其官前还着一"兼"字(表示该官为虚衔加官),但为何本篇表文的标题中只以"窦中丞"来称呼?唐代时俗有严重的重京官而轻外官的观念,离京任职南方,从心理和情感角度而言,官员们普遍悲怨消沉,多认为就是贬谪出京。这种认识当然与他们任职京外的实际经济地位、政治地位以及所处外州的艰苦条件有关。下州刺史官品虽高于御史中丞,但实际所得往往不对称。唐时地方官员的待遇一般从当地的赋税、田地物产中取得,由于地方上,尤其是边远州郡自然条件、财富积累等较差,常常很难完全兑现待遇。唐朝对地方官员的考核比较严格,不少地方官员的考课很难达到优等,甚至是合格水平,因此他们的待遇又会被扣减。偏远外州,尤其是当时所谓的南蛮之地,天气闷热,瘴气熏体,对人体较有危害,北方人留居南方多不适应,容易生病,这也是官员们轻视任官荒远南方的重要原因。另外,长期处于外州,与皇帝、权贵接触的机会减少,对于仕途升迁极为不利。对于京外地方主官而言,除正官以外,还被授予御史中丞宪衔,此兼官虽是虚职(并不在朝任职),但足以表示其在皇帝心目中还是较有地位的,因此,当事人都乐于接受此种称呼。对于刘禹锡,以御史中丞称呼窦群,还当有另外一层含义,或在于唤起曾经同事之间的亲近,有利于加强社会交往和情感互动。贞元十七年十月韦夏卿由吏部侍郎改任京兆尹,在入朝向德宗谢恩那天,他再次推荐窦群为官,窦群遂入朝征拜为左拾遗,后升迁为御史台台院侍御史。刘禹锡于贞元十九年也调入御史台察院任监察御史,于贞元二十一年四月转入尚书省工部屯田司任员外郎。永贞革新时期(贞元二十一年二月至八月)窦群曾以侍御史的身份弹劾过刘禹锡(后被挫败)。因此或可说明,永贞革新前,他们同为御史台官员,属于同事关系,一度其交往关系曾严重对立;窦群元和时期担任过山南东道节度副使、检校兵部郎中、兼御史中丞,而后在武元衡辅政时期,由武元衡推荐回朝真正担任过御史中丞。鉴于上述情况,刘禹锡表文标题称窦群为窦中丞,既反映出一种人际交往中的时尚称呼,也表达出一份复杂的友情——有过伤害而又经修复至于常态的感情。

本篇谢表中,有"识昧通变,动乖事宜"的自我解剖之言,这是属于常见表奏类公文的恭谦之词,还是带有自我解嘲之味呢?或皆有之。史书中记载了三件事,或可说明窦群对于仕途之通变,对于事宜之处置,确乎机变不够,而诱使不良后果产生。兹举以说明。其一:"转屯田员外郎、判度支盐铁案……侍御史窦群奏禹锡挟邪乱政,不宜在朝。群即日罢官。"(《旧唐书》卷一六〇《刘禹锡传》)窦群与时任御史中丞的武元衡关系密切,他们属于守旧派阵营,永贞革新开始,窦群以侍御史身份弹劾刘禹锡,是出于自我主见?还是代表武元衡对王叔文革新派进行攻击呢?史料阙如,但大体可认为他在特定时期做了不利于自己发展的事情,结果事与愿违,当日即被革新派击败,遂至于罢官。若善于变通,此时既能内存自己的政治主张,又不至于触犯革新派利益的最好办法就是不要惹是生非、引火上身,保持缄默和观望或是明智的选择。其二:"(元和)三年八月,吉甫罢相,出镇淮南。群等欲因失恩倾之……伪构吉甫阴事,密以上闻。帝召登面讯之,立辩其伪。宪宗怒将诛群等,吉甫救之。出为湖南观察使,数日改黔州刺史、黔州观察使。"(《旧唐书》卷一五五《窦群传》)由这则材料可知,窦群发现李吉甫罢相失势,就想排挤他,于是实施了陷害策略,没想到被宪宗识破,此次若无李吉甫搭救,恐怕已被处死。此事不仅揭示出窦群行为乖于事理,也可说明其品德存在问题。其三:事件过程,见本篇谢表注释[12]所述。大水毁坏城郭固然十万火急,但窦群强迫蛮夷修城而致使作乱,对时局而言,无异于雪上加霜;窦群讨伐作乱又不能取胜,反映出其治政平乱能力低下。这些均说明窦群的工作能力和方式方法存在问题,因此,其被贬开州刺史,也就不足为奇了。由此可见,表文中的一系列自我解剖之词,不只是表示谦恭的态度,也从某些层面反映出窦群仕途失意的体验,当然不无自我调侃的意味!

连州刺史谢上表[1]

臣某言:伏奉去年三月七日制,授臣使持节连州刺史[2]。恭承睿旨,跪奉诏书。皇恩重于丘山,圣恩深于雨露。抃舞失次,神魂再扬[3]。臣某诚欢诚惧,顿首顿首[4]。

臣性本愚拙,谬学文词,幸遇休明,累登科第[5]。出身入仕,并不因人。德宗临御之时,臣忝御史[6];陛下龙飞之日,臣忝郎官[7]。恭守章程,勤修职业。权臣奏用,盖闻虚名,实非曲求,可以覆视[8]。迹卑易枉,无路自明。亦缘臣有微才,所以嫉臣者众,竞生口语,广肆加诬。伏赖陛下至仁,特从宽典[9]。举以缘坐,贬佐遐藩[10]。屡变星霜,频经恩赦。犬马怀恋,寝兴匪宁[11]。惟读佛经[12],愿延圣寿。昨蒙昭命,追赴上都[13]。随例授官,俾居远郡[14]。在臣之分,荣幸已多。伏荷陛下孝理宏深,皇明照烛[15]。哀臣老母羸疾,悯臣一身零丁,特降新恩,得移善部[16]。光荣广被,母子再生。凡在人臣,皆感圣德;凡为人子,皆荷圣慈。岂惟贱臣,独受恩造[17]?不觉喜极,至于涕零!昔殷王俯念于前禽,且闻解网;汉帝有哀于少女,爰命罢刑[18]。方之圣朝,不足多尚[19]。感召和气,慰安群生。非臣陨越,所能上报[20]。

伏以南方疠疾,多在夏中。臣自发郴州,便染瘴疟。扶策在道,不敢停留。即以今月十一日到州上讫[21]。谨宣圣旨,以示远人;恭述诏条,所期安复[22]。无任感恩恋阙之至。

【注释】

[1]本文题目及内容均依据《全唐文》而定;陶敏、陶红雨《刘禹锡全集编年校注》题为《谢上连州刺史表》。连州:唐朝州名。治所在今广东连州市。唐时领桂阳、阳山、连山三县。刺史:隋唐五代为一州行政长官,置主官一人,品秩依州等级,由从三品至正四品下不等。中唐以后多带防御使、团练使等加官名称。连州唐代"天宝户三万二千二百十"(《旧唐书》卷三十八《地理》),在两万户以上、四万户以下,为中州,则刺史官品为正四品上。上:君主;皇帝。

[2]去年:离去的时间。非指"刚过去的上一年"。年,日期,指某一确定时间。本篇中的"年",即指元和十年"三月七日"。使持节:魏晋南北朝时,掌地方军政的官往往加使持节的称号,给以诛杀中级以下官吏之权。次一等的称持节,得杀无官职的人。再次称假节,得杀犯军令的人。至隋唐刺史,例加使持节的虚衔,如某州刺史必带使持节某州诸军事。

[3]抃舞:拍手而舞。极言欢乐。

[4]诚欢诚惧,顿首顿首:古代臣子上谢表时,例用的套语,表示谦恭。有时也写成"诚惶诚恐,顿首死罪",后人编印文集往往从略,而旁注"中谢"二字。

[5]休明:美好清明。这里用以赞美明君或盛世。累登科第:指刘禹锡两次参加科举类考试,均登科。刘禹锡《子刘子自传》:"禹锡既冠,举进士,一幸而中试。间岁,又以文登吏部取士科,授太子校书。"

[6]临御:谓君临天下,治理国政。御史:这里指监察御史。刘禹锡贞元十九年(803)被提拔为监察御史。

[7]龙飞:指即帝位。这里指太子李诵登基。郎官:指顺宗永贞元年四月刘禹锡被提拔为屯田员外郎。

[8]权臣:指永贞革新中的领导人物,如王叔文等。曲求:曲意求取。覆

视:查核,察看。

[9]宽典:宽容的法律。

[10]缘坐:犹连坐。因牵连而获罪。遐藩:远方的藩国。佐遐藩,指刘禹锡被贬为朗州司马。

[11]星霜:星辰一年一周转,霜每年遇寒而降,因以星霜指年岁。寝兴:睡下和起床。泛指日夜或起居。

[12]惟:同"唯"。陶敏、陶红雨校注本写成"唯"。

[13]上都:古代对京都的通称。文中指长安。

[14]随例:按照惯例。远郡:文中指播州,治所在今贵州省遵义市。

[15]宏深:宏大渊深;博大精深。陶敏、陶红雨校注本写成"弘深"。皇明:皇帝的圣明。封建时代臣下对皇帝的谀辞。

[16]零丁:孤独无依貌。善部:指连州。

[17]恩造:谓帝王的栽培。

[18]俯念:敬语。顾念的意思。解网:殷王解网的典故。比喻宽宥仁德,多用为对帝王谀颂。少女:指提萦。汉文帝时人,她为救父淳于意免除刑罚,甘愿以身入官奴以赎父之罪,感动了汉文帝。爰:连词。于是;就。

[19]方:比较;对比。尚:尊崇。引申为仰慕。

[20]陨越:封建社会上书皇帝时的套语。谓犯上而表示死罪之意。

[21]讫:助词。用在动词后表示动作已经完成。相当于"了"。

[22]安复:恢复安定。陶敏、陶红雨校注本以"富庶"代替"安复"二字。

【助读】

刘禹锡命交连州的告白

本篇谢表是刘禹锡元和十年(815)夏初至连州时撰写的,旨在向皇帝报告已到任就职,同时,通过颂扬皇帝表达感激之意,也汇报了自己的奋斗目标和恪守尽责的决心。这也是古代官员赴任新职后向皇帝反馈信息、表达谢意的习惯做法和基本套路。刘禹锡这篇表文,用力颇多,所涉及的信息十分丰富。表文有选择性地叙写了自己仕途变化之节点。由科举入仕至担任监察御史;而后在顺宗朝升任屯田员外郎;因受牵连而贬至朗州任司马,消磨十年时光,才被召回京都;随即又被贬往播州,携老母度千山万水实在困难,终感动皇上而移至连州。

　　冥冥之中,刘禹锡似与连州有难以割舍的情缘,他虽经历了折磨、体验了苦痛,然对于连州的文化发展确是一件幸事。公元805年,德宗正月驾崩后永贞革新迅速兴起,至该年八月顺宗"内禅"宣告失败,革新运动只维持了一百四十多天,可谓昙花一现。于是"二王八司马"即遭迫害而被贬谪,刘禹锡、柳宗元等皆被贬为地方刺史,如刘禹锡被贬连州刺史,随之,刘禹锡走上了赴任连州的路途。然至同年十一月,"朝议谓王叔文之党或自员外郎出为刺史贬之太轻"(《资治通鉴》卷二百三六《唐纪》),于是刘禹锡在赴连州途中接到皇帝圣旨再贬为朗州司马。元和十年二月,八司马度过了十年痛苦的贬谪生活,终于奉诏回到了京城,柳宗元、刘禹锡等十分喜悦,正值春花烂漫的季节,他们对未来的政治图景又萌发了新的期待。他们同游玄都观。刘禹锡异样的情愫涌动着,遂赋诗句:"紫陌红尘拂面来,无人不道看花回。玄都观里桃千树,尽是刘郎去后栽。"(刘禹锡《元和十年自郎州召至京戏赠看花诸君子》)该诗描绘出春日京城男女游览玄都观、喜赏桃花的景象,在写景的同时,针对自己出京后朝廷培养的所谓人才不无讽刺之意,或许正是这首诗成为他再次遭受打击的缘起。《旧唐书·刘禹锡传》卷一百六十:"元和十年,自武陵召还,宰相复欲置之郎署。时禹锡作《游玄都观咏看花君子诗》,语涉讥刺,执政不悦,复出为播州刺史。"司马光对柳刘等八司马回京后再次被贬谪也作了较为详细的记载。《资治通鉴》卷二百三十九："王叔文之党坐谪官者,凡十年不量移,执政有怜其才欲渐进之者,悉召至京师;谏官争言其不可,上与武元衡亦恶之,三月,乙酉,皆以为远州刺史,官虽进而地益远。永州司马柳宗元为柳州刺史,朗州司马刘禹锡为播州刺史。"从这段话中可以看出,历史学家司马光认为八司马再次被贬出京师,虽然与谏官阻挠任用有关,但其主导原因却在于宪宗皇帝和执政宰相武元衡对永贞革新派怒气未消。由此也可推断,《旧唐书·刘禹锡传》之"语涉讥刺"当不是引起八司马群体遭贬的内在原因,而只能说是刘禹锡所受打击最为严重的直接因素。因为只是刘禹锡一人写诗冒犯了朝中权臣,没有必要株连柳宗元等其他诸位。当然,刘禹锡玄都观桃花诗对皇帝和权臣极度蔑视,难免会引发他们的怒火,于是,刘禹锡的诗或成为八司马等"叔文之党"再次被贬往远州的导火索。司马光对《旧唐书》"语涉讥刺"之说也曾给予了明确的驳斥,其云:"当时叔文之党,一切除远州刺史,不止禹锡一人,岂缘此诗!盖以此得播州恶处耳!"(《资治通鉴考异》卷二十《唐纪》)既然刘禹锡被贬为播州刺史,又为何最终到了连州任刺史呢?其主要原因在于当时社会对孝文化的尊崇。刘禹锡没有亲弟兄,"同生无手足之助"(刘禹锡《上杜司徒书》),只能"一身主祀"(刘禹锡《上门下武相公启》),母亲八十多岁,年事已高,他虽赴远州,也不能撇下母亲不顾,而播州处于穷山恶水之间,母亲随行颠簸,十分危险。鉴于行孝尽孝的社会传统观念,柳宗元提出拿柳州与刘禹锡交换任所,裴度则极力婉言劝谏皇帝,最终使皇帝也很难挣脱"孝"之威压。《资治通鉴》卷二百三十九又载:"宗元曰:'播州非人所居,而梦得亲在堂,万无母子俱往理。'欲请于朝,愿以柳易播。会中丞裴度亦为禹锡言曰:'禹锡诚有罪,然母老,与其子为死别,良可伤!'上曰:'为人子尤当自谨,勿贻亲忧,此则禹锡重可责也。'度曰:'陛下方侍太后,恐禹锡在所宜称。'上良久,乃曰:'朕所言,以责为人子者耳;然不欲伤其亲心。'退,谓左右曰:'裴度爱我终切。'明日,禹锡改连州刺史。"在所:所在的处所。宜称:需要慎重的意思。通读这段文字,可以悟得:"孝亲"是中华传统文化的一种重要精神,也是一种调节人与人关系的社会行为规范,上至皇帝,下至黎明百姓,都要受其制约。刘禹锡因为有年高老母的缘故,从而免除了播州的苦难,却与连州续接了缘分。

这篇表文在内容表达上有一个鲜明的特点,即字面上虽然充溢着对皇帝的溢美和感激,但字里行间却蕴含着丰富的不拘权威、人格独立、肯定自我才能的潜台词。具体内容表现于诸多方面。论及自己的仕途起步,刘禹锡指出自己是通过科考登上仕途的,而不是经由人情以非正规途径取得的,他对自己的才能充满着自信。明知顺宗"内禅"退位存在着诸多被迫嫌疑,甚至有被迫害致死的可能,但他仍以充满激情的词语"龙飞"以形容顺宗登基和理政,自然隐含着对永贞革新那段自我才能得以发挥时期的怀念和肯定。在永贞革新中,刘禹锡受到王叔文集团的重视,在后来的时光里,他并不贬责王叔文,只是以"权臣"称之,却不视其为"奸",同时表明自己升至郎官职位,非为逢迎所得,而是以自己的所谓"虚名"(谦虚之词)博取的,于此,刘禹锡再一次凸显了自己的才能特质。至于被贬朗州司马这件事情,作者的态度非常肯定,因为自己具有"微才"而遭到群小中伤,以至"无路自明",结果十分冤枉。对于此次授予的所谓"善部"之职,比"退藩"(朗州)好,比"远郡"(播州)好,但毕竟还是贬出了朝廷,对当事人来说恐难有真正的喜悦和感激,表中对皇帝的感激自然是迫于应付的矫饰。刘氏郁积于心,而又要谀颂致谢,于是他使用了两个具有双向阐释性(或正或反的倾向性)的典故以宣释情怀。一是殷汤解网的典故,二是提萦救父的典故。《史记》卷三《殷本纪》:"汤出,见野张网四面,祝曰:'自天下四方皆入吾网。'汤曰:'嘻,尽之矣!'乃去其三面,祝曰:'欲左,左。欲右,右。不用命,乃入吾网。'诸侯闻之,曰:'汤德至矣,及禽兽。'"针对有人四面张网捕捉鸟类,成汤命令撤去三面,并命令设网人祈祷:"想往左的,就往左,想往右的,就往右。不听从命令的,就进入我的网中。"意思就是要让鸟类也有自由选择的权利。成汤之举,仁爱至于鸟类,令天下人士十分感佩,于是其聚合人气的功能就十分强大。又,《史记》卷一百五《太仓公淳于意》曰:"文帝四年中,人上书言意,以刑罪当传西之长安。意有五女,随而泣。意怒,骂曰:'生子不生男,缓急无可使者!'于是少女缇萦伤父之言,乃随父西。上书曰:'妾父为吏,齐中称其廉平,今坐法当刑。妾切痛死者不可复生而刑者不可复续,虽欲改过自新,其道莫由,终不可得。妾愿入身为官婢,以赎父刑罪,使得改行自新也。'书闻,上悲其意,此岁中亦除肉刑法。"淳于意被人控告,将押往长安治罪,其女提萦上书愿没为官奴以救父,感动了汉文帝,废除了肉刑罚(主要包括黥面、割鼻、斫趾),淳于意因此免遭了肉刑。若从君王爱民的角度来说,以上两个典故都褒扬了帝王之仁慈宽民。刘禹锡用此典,是歌颂宪宗宽民爱人呢?还是有所微辞呢?就表中为自己申辩的内容并结合刘禹锡的坎坷经历而言,能够贬往连州任刺史,比原先的朗州司马当然是提拔了,比播州的条件要好得多,则其所呈谢表自然应有感谢之情。

据此来看,刘氏使用这两个典故应是从正面来歌颂宪宗的宽厚和仁慈。但从刘禹锡依然是被贬出京的身份,说明朝廷对永贞时期追随王叔文之党的行为没有原谅,仍然在穷追不舍地惩罚他们过去的所作所为。"为人子尤当自谨……此则禹锡重可责也。"宪宗此话或可表明,他对刘禹锡依然没有宽宥。刘禹锡使用这两个典故自然也潜含着借古讽今之意,相较于成汤和汉文帝,唐宪宗的心胸怎能与他们相提并论!通过探究本表内蕴的丰富潜台词,或可认为刘禹锡是一个很有骨气的、颇富斗争精神的知识分子!

贺收蔡州表[1]

　　臣某言:伏见诏书,以唐州节度使李愬生擒逆贼吴元济献俘,文武百寮于兴安门列班称贺者[2]。天威远被,元恶就诛[3]。一方既平,万国咸庆[4]。云云。

　　伏惟睿圣文武皇帝陛下,德超遂古,道合上玄[5]。临御已来,天人协赞[6]。削平吴、蜀,扫荡塞垣[7]。车书大同,夷狄来贡[8]。蕞尔元济[9],敢怀野心。辄聚犬羊,苟偷时月。陛下圣谟独运,睿感潜通[10]。天助神兵,人生勇气。既擒凶逆,遂正刑书[11]。伏三纪之逋诛,成九衢之壮观[12]。宗社昭告,华夷式瞻[13]。行吊伐而在礼无违,烜威声而何城不克[14]。楚氛改色,淮水安流[15]。汉上疲人,尽沾雨露;汝南遗老,重睹升平[16]。凡在具臣[17],孰不欣抃!

　　臣久辞朝列,恭守遐藩。不获称庆阙庭,陈露丹慊[18]。仰瞻宸极,倍万群品[19]。无任踊跃庆快之至。元和十二年十二月二十三日。

【注释】

[1]蔡州：唐朝州名。武德四年改隋汝南郡置。初名豫州，治汝阳（今河南汝南）。宝应元年（762），因避唐代宗李豫讳更名为蔡州。收蔡州，指元和十二年裴度帅师平定蔡州吴元济叛乱之事。《旧唐书》卷十五："（元和十二年八月）庚申，裴度发赴行营……（十月）己卯，随唐节度使李愬率师入蔡州，执吴元济以献，淮西平。"

[2]吴元济：唐沧州清池人。吴少阳子。元和九年（814）少阳死，密不发丧，上表请主军务，未遂。乃割据造反，焚掠河南数县。唐军讨伐，相持三年无结果。元和十二年，唐宪宗以宰相裴度督军进攻，士气大振，李愬雪夜平定蔡州，他遂被俘并斩于长安。百寮：百官。兴安门：位于唐代长安城东北部，为长安大明宫南面五门之最西门。班：朝班。古代群臣朝见帝王时按官品分班排列的位次。朝堂列班时，除侍奉官外，一般官品越高的班列离帝王越近。

[3]远被：远及；传布远方。被，遍及。元恶：大恶之人；首恶。指吴元济。

[4]万国：天下。这里指李唐王朝全国各地。国，古代王、侯的封地。

[5]睿圣文武皇帝：指唐宪宗李纯。《旧唐书》卷十四《宪宗上》："（元和十二年）三年春正月癸未朔。癸巳，群臣上尊号曰睿圣文武皇帝。"遂古：往古，远古。上玄：上天。

[6]临御：谓君临天下，治理国政。协赞：协助；辅佐。赞，辅佐帮助意。

[7]削平吴、蜀：指元和初平定吴地叛乱的李锜和居于蜀地叛乱的刘辟。元和元年，成都尹、剑南西川节度使刘辟据蜀反叛，该年"（九月）高崇文奏收成都，擒刘辟以献……戊子，斩刘辟并子超郎等九人于独柳树下"（《旧唐书》卷十四《宪宗上》）。元和二年润州刺史、镇海军节度使李锜据吴造反，"润州大将张子良、李奉迁等执李锜以献……十一月甲申，斩李锜于独柳树下，削锜属籍"（同上）。

[8]车书大同：指车轨宽度一样，文字造型相同。常用以表明国家统一。《礼记·中庸》："今天下车同轨，书同文……"夷狄：古称东方部族为夷，北方部族为狄。常用以泛称除华夏族以外的各族。这里指边远少数民族地区。

[9]蕞（zuì）尔：形容小。《左传·昭公七年》："郑虽无腆，抑谚曰'蕞尔国'，而三世执其政柄。"

[10]圣谟:皇帝的奇特谋划。潜通:暗通。指皇帝之谋略与天意相合。

[11]正刑书:使合乎刑罚条文的规定。刑书,刑法的条文。正,使动用法,使……正,匡正,纠正,使符合法度的意思。

[12]伏:降服;制服。三纪:三十六年。十二年为一纪。逋诛:逃避诛罚。当诛灭而未果。九衢:纵横交叉的大道;繁华的街市。这里指长安街道。

[13]华夷:指汉族与少数民族。后亦指中国和外国。式瞻:敬仰,景慕。

[14]吊:祭奠死者或对遭丧事及不幸者给予慰问。伐:伐罪。讨伐有罪者。烜(xuǎn):盛大显著;显赫。

[15]楚氛:指楚地恶劣、鄙俗之气。源于左传典故。《左传·襄公二十七年》:"晋楚各处其偏。伯夙谓赵孟曰:'楚氛甚恶,惧难。'"杜预注:"氛,气也。言楚有袭晋之气。"淮水:即今之淮河。

[16]汉上:汉水滨。指汉水流域地区。汉水流域地区之随、唐、邓等地区毗邻淮西,常陷入藩镇割据造成的战乱之中。李愬元和十一年(816)自请讨伐淮西吴元济,皇帝授予随唐邓节度使职务,负责西路指挥。汝南:郡名,即蔡州。

[17]具臣:泛称为人臣者。

[18]阙庭:朝廷。亦借指京城。陈露:陈述表露。慊:一作"悃"。丹慊:犹丹诚。

[19]宸极:北极星。比喻帝位。倍万:万倍。群品:佛教语。谓众生。指自己的谦恭之礼远远超过芸芸众生。

【助读】

忽惊元和十二载,重见天宝承平时
——淮西割据始末及刘禹锡笔下的淮西大捷

安史之乱平息后,国家恢复了统一,唐王朝政权依旧运转,但经过战争的冲击,社会政治、经济和百姓生活衰败凋零、一落千丈。中唐时期,宦官专权、藩镇割据,致使社会矛盾异常尖锐。唐政府精疲力竭,无力根除藩镇势力。唐德宗建中时期,藩镇叛唐不时发生，随着李惟岳、田悦、李纳、梁崇义发动的"四镇之乱"（建中二年，781年）以及朱泚反唐（783—784年）等事件的出现，社会愈发动荡不安，危机四伏、乱象环生，朝廷只有苟且妥协，才能求得暂时安宁。德宗贞元十六年（800），徐州刺史张建封病死，徐州军乱，欲拥立张建封之子张愔为留后，并拒纳朝廷命官韦夏卿前来任职。此时，杜佑奉朝廷之命率军讨伐，然而被张愔击败，最终也只能答应张愔索官的要求才算了事。这次征战，刘禹锡时在军中，为杜佑军中掌书记，他亲历亲见战事动态，感慨颇多，诸多体验为其日后在永贞革新中主张抑制和打击方镇奠定了思想基础。元和时期刘禹锡被贬出朝，但他始终对朝廷削藩行动予以关注并充满着胜利的期待。

　　唐宪宗李纯主政后，两税法的施行使政府经济状况得到了改善，由此具备了一定的经济实力，从而在铲除吴蜀李锜、刘辟之乱中，显示出朝廷的威力。淮西割据势力由来已久，持续三十多年，挟持朝廷，为患地方，民怨沸腾，堪为祸国毒瘤。早期割据叛乱，始于李希烈。德宗建中二年（781），"四镇之乱"时，德宗命令各路节度使讨伐四镇，其中，令淮西节度使李希烈讨伐山南东道节度使梁崇义，当平叛有了转机而趋于初定时，各立功藩镇又竞相逐鹿，抢夺地盘。此后，李希烈与叛乱者勾结，反叛朝廷，越位自称建兴王、天下都元帅。他性残毒酷，率军屡败官军，并大肆屠戮，占领汴州后，自称楚帝，年号武成。后被诸藩镇攻击，逃归蔡州，部将陈仙奇下药将其毒死。李希烈死后，朝廷授陈仙奇为淮西节度使，他对朝廷非常忠诚。时过不久，就在贞元二年七月陈仙奇却被吴少诚杀害，吴少诚随即被众人推举为留后。朝廷也只有满足吴少诚的要求才能求得安稳，"遂授以申、光、蔡等州节度观察兵马留后,寻正授节度。"(《旧唐书》卷一百四十五《吴少诚传》)贞元十五年,吴少诚反叛朝廷,攻临颍,围许州,德宗下令削其官职,分遣十六道兵马进攻,然官军屡败,德宗只得恢复他的官爵。吴少诚元和四年病死,吴少阳杀掉了他的儿子,并自为留后。(按:吴少阳与吴少诚非同族,二人友善,后吴少诚认其为弟)宪宗后来授予吴少阳彰义军节度使。吴少阳占据蔡州五年,行霸一方,不朝觐朝廷。元和九年(814)吴少阳死后,吴元济密不发丧,盘踞蔡州,反叛朝廷,烧杀掠夺,为害百姓,于是唐军倾力讨伐,较量了三年之久,未见成效。元和十二年,唐军在宰相裴度的统帅下,最终以李愬雪夜入蔡州之神举,平定了叛乱,取得了中唐平叛史上的最具有轰动效果的胜利,举国欢腾。从建中三年秋,李希烈变节、入伙藩镇抗拒朝廷以来,淮西经历了吴少诚、吴少阳的不奉朝廷,他们逃避诛罚已有三十二年,用"三纪"取其成数。若至元和十二年,吴元济被灭则已长达二十六年,由此可知,人民承受的灾难、经历的苦痛已是整整的"三纪"了。吴元济长安示众被斩后,刘禹锡兴奋不已,于是在表文中充满激情地表达:"伏三纪之逋诛,成九衢之壮观。"对于淮西割据这一重大事件,刘禹锡一直高度关注。元和十一年,他曾撰诗云:"闻道楚氛犹未灭,终须旌斾扫云雷。"(刘禹锡《南海马大夫远示著述兼酬拙诗辄著微诚再有长句时蔡戎未殄故见于末篇》)"楚氛"不散,蔡州未平,刘禹锡忧心于怀,并表达了以武力征服叛贼的主张。而淮西平定后,"楚氛改色,淮水安流",他除撰有本表以献天子外,还及时写成了多首诗歌以抒写欢快,歌颂升平,如《平蔡州三首》《城西行》等。这几首诗,从某些角度来说,也是对该篇表文涉及事件内容之注脚、扩容和形象化表达。《平蔡州三首》其二云:"汝南晨鸡喔喔鸣,城头鼓角音和平。路傍老人忆旧事,相与感激皆涕零。老人收泣前致辞:官军入城人不知。忽惊元和十二载,重见天宝承平时。"该诗描绘出蔡州城平定后的平和景象:晨鸡和鸣,鼓角阵阵;老人忆事,感激涕零;官军奇袭,重现太平。将收复蔡州之当下的社会环境,喻之为天宝盛世重现,可见朝廷平叛之举符合人民的愿望,具有人民性、正义性和合法性,平定淮西给老百姓带来了美好的憧憬。由此当可体察刘禹锡的民生情怀和理想信念。

平定淮西之乱,是中唐削藩斗争的标志性成果,对于震慑北方割据势力发挥了重大作用。政治家们欢欣鼓舞,文人们纷纷作文以抒怀。韩愈、柳宗元均有佳作表达美颂、欢呼胜利。韩愈于平叛的次年正月奉敕撰文纪功,至三月经七十日写成了《平淮西碑》,立意于宣扬君德,歌颂英雄,提振朝纲,惩戒将来。撰成后,又十分庄重地撰写了《撰平淮西碑文表》以表达对"再登太平,划刮群奸"的赞美,并认为"淮西之功,尤为俊伟"。柳宗元写出了《献平淮夷雅表》和《平淮夷雅二篇(并序)》,文采卓然朴雅,颂誉尽忠竭诚,意韵沾溉深远。

关于藩镇于淮西盘踞作乱的时长,几位文学家的笔下都有提及。平定叛乱之后,他们皆从久长的时间概念中抽绎历史的沉痛来昭示胜利的不易,以表达狂喜之态度。但对于历史时间的估算有所区别。刘禹锡表文中认为淮西割据已给人民带来"三纪"的灾难,其计算根据,上文已阐述,始自李希烈而终于吴少阳之死。检索柳宗元作品与时任知制诰的段文昌之文《平淮西碑》,都有"四纪"的表述。柳宗元《平淮夷雅》为:"旷诛四纪。"段文昌称作:"四纪逋诛。"题作"四纪",是从宝应元年(762)算起。李忠臣自该年任淮西十一州节度使,镇蔡州。其人贪婪暴虐、好色成性,军无纲纪,治下民众痛苦不堪,李希烈将其逐走。其后拥兵自立的有李希烈、陈仙奇、吴少诚、吴少阳。他们逃脱诛杀,自宝应元年至元和九年凡五十二年,言"四纪",乃举其成数。韩愈《平淮西碑》对淮西作乱也有时间上的概括,其云:"蔡帅之不廷授,于今五十年。"韩愈之"五十年"的表达,也是去零取整的估算方式。概言之,根据古代文献表述时间段的常见说法,刘、柳、韩、段等各家的说法都不为错,值得借鉴互参。

贺雪镇州表[1]

臣某言:伏见四月二十七日德音,以王承宗效顺著明,复其官爵[2],所献二郡,别置藩垣[3]。圣德动天,鸿恩及物。瑕累咸涤,蒸黎永安[4]。云云。

伏惟睿圣文武皇帝陛下,自承宝位,克振皇纲[5]。既以四海为家,每念一夫不获[6]。昨因大庆,爰降殊私[7]。广宥过之科[8],开自新之路。纶言一发,神理潜通[9]。遂令迷误之徒[10],顿释忧危之虑。命胤子以入侍,献名都以效诚[11]。臣心既明,天网为解[12]。因析四郡[13],别为一方。惟怀永图,尽去前弊。大河以北,化为礼乐之乡。率土之滨[14],重见升平之日。臣恪居官次,遐守岭隅[15]。不获称庆阙庭。无任踊跃屏营之至。

【注释】

[1]镇州:唐朝州名。原名恒州。州治在今河北省正定县。安史之乱后

为成德军节度使治所。雪:洗刷;昭雪。所谓昭雪,即下诏赦罪,这是唐廷对藩镇采取的一种妥协、笼络手段。本表指宪宗恢复承德节度使王承宗及将士官爵实封而不予追究之事。中唐元和中王承宗据镇州叛乱,元和十一年宪宗下诏削去王承宗官职;元和十三年王承宗归顺朝廷,皇帝"诏洗雪王承宗及成德将士,复其官爵"(《资治通鉴》卷二百四十)。

[2]德音:用以指帝王的诏书。至唐宋,诏敕之外,别有德音一体,用于施惠宽恤之事,犹言恩诏。王承宗:中唐承德军节度使王士真长子,其父元和四年(809)死后,自为留后。在藩镇割据乱象中,他时而顺从皇帝,时而勾结同伙对抗朝廷。元和十一年唐廷发兵再击,二年无功。当淮西吴元济被灭后,慑于官军形势,归顺朝廷。效顺:表示忠顺;投诚。《旧唐书·裴度传》:"度遣辩士游说,客于赵、魏间,使说承宗,令割地入质以效顺。"著明:显明。

[3]二郡:指元和十三年王承宗归顺朝廷时献出的德、棣二州,朝廷将此二州划归横海节度使管辖。藩垣:藩篱和垣墙。这里比喻藩镇。

[4]瑕累:玉上的斑痕。也泛指缺点,毛病。蒸黎:百姓,黎民。

[5]皇纲:朝廷的纲纪。

[6]四海为家:四海之内,尽属一家。旧时形容帝王事业的宏伟富有。《史记·高祖本纪》:"且夫天子以四海为家,非壮丽无以重威,且无令后世有以加也。"一夫之获:意思是指一个人没有得到妥善安排,自己感到很内疚。用商朝大臣伊尹之典。《尚书·说命下》:"一夫不获则曰时予之辜。"时,通"是"。

[7]大庆:大可庆贺之事。这里指元和十三年大赦天下事。《旧唐书·宪宗纪下》:"(元和)十三年春正月乙酉朔,御含元殿受朝贺,礼毕,御丹凤楼,大赦天下。"随即刘禹锡写成了《贺赦表》献宪宗,作《贺赦笺》献皇太子李恒,热烈歌颂皇恩浩荡、天下升平。殊私:谓帝王对臣下的特别恩宠。这里指官军平定淮西后唐宪宗针对王承宗释放的宣传信号,若其能够归顺朝廷,可以宽恕并享受优待。宪宗《平淮西大赦文》:"王承宗若束身赴阙,舍而不问,仍加官爵。"此即"殊私"。

[8]宥过:谓宽恕别人的过错。

[9]纶言:帝王诏令的代称。用礼记典故。《礼记·缁衣》:"王言如丝,其出如纶;王言如纶,其出如綍。"潜通:暗通。

[10]迷误之徒:指王承宗。迷误,迷惑谬误。

[11]胤子:子嗣;嗣子。此处指王承宗子王知感、王知信。名都:指德、棣

二州。这两句意思是:王承宗要命令自己的两个儿子到京师侍奉皇帝(实际上作人质),要献出名都德、棣二州以表达诚意。此为宪宗同意王承宗归顺的重要条件。

[12]天网:上天布下的罗网。这里比喻官军武力钳制之态势。

[13]四郡:指德、棣、沧、景四州。

[14]率土之滨:谓境域之内。率,自、由、从的意思。引用典故。《诗经·小雅·北山》:"率土之滨,莫非王臣。"

[15]官次:职守;官位。遐守:远守。

【助读】

攻心有术平镇州
——刘禹锡表文所关注的战事

刘禹锡是一个十分忧国忧民的文学家,其被贬连州期间,一直关注着朝廷的平叛削乱行动,宪宗元和十二年冬,当官军平定吴元济时,他诗情爆发,创作了《平蔡州三首》,在其三中,诗人于着力描述"南峰无火楚泽闲,夜行不锁穆陵关"祥和景象之余,对河北平叛行动也充满着期待。其三后两句云:"册勋礼毕天下泰,猛士按剑看常山。"(末尾自注为"时唯常山不庭")常山,即本表文中之镇州。官军乘淮西平叛大捷之势,威逼盘踞河北成德军之王承宗,迫于形势,王承宗提出降服请求。至元和十三年四月宪宗颁布《赦王承宗诏》(《全唐文》卷六十),预示着唐廷已取得了讨伐王承宗的胜利。此事在《旧唐书》中也有记录,《宪宗纪下》云:"(元和十三年四月)庚辰,诏复王承宗官爵,以华州刺史郑权为德州刺史、横海军节度、德棣沧景等州观察使。"远在连州的刘禹锡从帝王的德音(诏书)中获知胜利的消息,自然兴奋不已,遂于当年五月写作此贺表以表达美颂与分享的心情。此表主要记叙或提示了处置王承宗归顺朝廷事件前前后后的一些核心叙述要素。主要有：宪宗在平定淮西大赦天下时已开出的优待条件（见本表文注释[7]）；对方接受信息后的反应动作，即命子入侍、献出二郡；官方处理事件的方略，一方面恢复王承宗等官爵和实封，另一方面通过调整方镇结构以削弱成德军节度使权限与势力（即"别置藩垣"举措）；收复镇州的战略意义，在于使黄河以北成礼乐之乡、举国见升平之日；至于克敌制胜的根本原因所在，自然十分明显，因那是一个天子以四海为家的时代，上表所呈对象又是皇帝，其胜利的核心原因当然要归之于天子施圣德、正纲纪的仁爱以及宥过错的心胸和策略了。从表文本身来看，或许以为降服王承宗十分容易，其实并非如此，多有曲折。结合元和十年以来征讨王承宗之论言与行动史实，以及元和十三年唐宪宗颁布的几篇制诏，或可知其大概。

《资治通鉴》卷二百三十九：元和十年，"（秋七月）甲戌，诏数王承宗罪恶，绝其朝贡曰'冀其翻然改过，束身自归。攻讨之期，更俟后命……（冬十月）上虽绝王承宗朝贡，未有诏讨之。魏博节度使田弘正屯兵于其境，承宗屡败之。弘正忿，表请击之，上不许。表十上，乃听……（十一月）诏发振武兵二千，会义武军以讨王承宗……（十二月）王承宗纵兵四掠幽、沧、定三镇，皆苦之。争上表请讨……"又，《资治通鉴》卷二百三十九：元和十一年，"（春正月）癸未，制削王承宗官爵，命河东、幽州、义武、横海、魏博、昭义六道进讨。"又，《资治通鉴》卷二百四十："（元和十二年五月）六镇讨王承宗者兵十余万，回环数千里，既无统帅，又相去远，期约难壹，由是历二年无功，千里馈运，牛驴死者什四五……李逢吉及朝士多言：'宜并力先取淮西，俟淮西平，乘其胜势,回取恒冀,如拾芥耳。'上犹豫,久乃从之。丙子,罢河北行营,各使还镇。"历二年,指从元和十一年春正月,宪宗下令六道进军征讨以来。结合这几则材料,在元和十三年官军降服王承宗之前,唐廷与成德军藩镇势力几经交战,互有胜负,对垒了两年多的时间,但终究无功而止。通过分析,可知各路大军规模甚是强大,但缺乏统一指挥、兵力分散而难成合力终是官军的软肋,其当是不能克敌制胜的主要原因。但也不能否认王承宗反叛势力之强大,加之以其他反叛势力勾结对抗,如吴元济、李师道等,此说明了朝廷对淮西、河北、淄青实施全面开战的削叛行动并非良策。其实在元和十年、元和十一年,均有大臣以时机并不成熟为由进谏阻止对王承宗当即用兵。元和十年十二月,中书侍郎同平章事张弘靖"以为两役并兴,恐国力所不支,请并力平淮西乃征恒冀,上不为之止"(《资治通鉴》卷二百三十九)。元和十一年正月,皇帝颁制六道发兵,时尚书右丞、同平章事韦贯之屡次请求先取吴元济再讨王承宗,宪宗拒不听从,该年秋七月又数次请求罢兵,竟惹恼了皇帝,韦贯之被贬为吏部侍郎。到了元和十二年五月,鉴于官军的被动无功,宪宗同意停止对河北王承宗用兵。后来唐廷集中精力讨伐淮西吴元济,终在元和十二年冬平息了淮西。由此,可以推导出,在纷乱的战争局面中,往往集中火力攻其一端比全面出击更具有胜算的把握。淮西之战的胜利,提振了官军平叛的信心,便于下一步集中兵力,围攻居于河北之王承宗,王承宗失去了盟友牵制、分散官兵兵力的支持,自然势力减弱。这是逼压王承宗使其最终归顺朝廷的内在根据。当然在元和十三年讨伐王承宗的政治威压和军事策略方面,还有其他加速胜利的因素,如实施了强有力的政治宣传、采取了恩威并重的进攻措施等。这些在皇帝的几篇制诏中可以明察。宪宗《平淮西大赦文》对王承宗发出了劝其投诚的信号（详见本文注释[7]），意在通过舆论传播使王承宗打消"忧危之虑"（见本表文）。在《存抚镇州百姓诏》中指明："其应讨伐镇州诸军，所到之处，宜先存抚百姓，使安其业，勿令虏掠伤害，以副朕心。"此诏的用意在于宣传官军是保护人民利益的军队，使民众安家乐业是天子的本心。在《谕镇州官吏将士诏》中指出："其镇州管下将士官吏等，久在戎行，未知朝典，或陷於邪说，或迫以凶威，虽有忠诚，无由自达。但能效顺，即是王人，岂止惟新，当加宠渥……其以一州归顺者，便与当州刺史，仍赐实封二百户……如以一县归顺者，超两资与官，赐实封一百户……如将校内有翻然改图，枭斩元恶者，授以不次之位，宠以殊常之封。王承宗如能革心悔过，束身归朝，待之如初，一切不问，仍旧赐官爵，别加宠授。"在这篇诏书中，采取换位思考的人性化方式，为跟随王承宗的将士官吏们设下了宽宥的理由，劝勉他们归顺。这当是非常有效的攻心之术。诏书中阐明，将士官吏们若能够"效顺"，一定会加以重赏；对于有官位者，按照其职位给予不同的官职与待遇；尤其具有蛊惑性的内容是，若杀掉元恶（当指王承宗），将超越常规地授予高官、给予厚禄，这种带有引诱性的宣传当然对王承宗本人会产生很大的心理恐惧感；另外，在诏书中也申述了兑现王承宗归顺的条件，以消除其心理顾虑。这一连串的政治宣传和恩惠承诺自然会使军心产生动摇。元和十三年二月，当裴度致书王承宗时，"承宗惧，求哀于田弘正，请以二子为质，及献德、棣二州，输租税，请官吏"（《资治通鉴》卷二百四十），至夏四月，王承宗归顺，河北之乱得以平息。

刘禹锡这篇《贺雪镇州表》标题中涉及"镇州"二字,镇州即今河北正定县,该州名由原恒州改称。恒州于唐武德四年置,天宝元年改称常山郡,乾元元年复旧名恒州。至于何时由恒州改为"镇州"?《资治通鉴·唐纪五十七》元和十五年冬十月"辛巳遣起居舍人柏耆诣镇州宣慰"条夹注云:"是年改恒州为镇州避上名也。"但从刘禹锡此表文的标题来看,在王承宗元和十三年夏四月归顺朝廷时,已有"镇州"之称。上文所述元和十三年颁布的《存抚镇州百姓诏》《谕镇州官吏将士诏》中,不仅标题使用了"镇州",且文中反复出现"镇州"。元和十三年夏四月宪宗《赦王承宗诏》中也记录为"可依前守银青光禄大夫、检校吏部尚书、镇州大都督府长史、御史大夫、上柱国,充成德军管内支度管田镇冀深赵等州观察处置等使"。据此,可知《资治通鉴》注解为元和十五年改恒州为镇州或有误,后世出版的辞书类工具书多予以引用,也当没有分辨甄别,如《中国历史大辞典·隋唐五代史》①《中国历史地名大辞典》②等,皆如此予以引述。至于何时改名?从《资治通鉴》(卷二百三十九)一处文字可得到一些有用信息,其云:"(元和十一年十二月)义武节度使浑镐与王承宗战,屡胜,遂引全师压其境,距恒州三十里而军……会中使督其战,镐引兵进薄恒州,与承宗战……"由这则材料可知,至元和十一年十二月时,今之河北正定县仍称为恒州。结合上述分析,笔者以为恒州改名为"镇州"当在元和十二年或十三年夏四月前。

---

① 《中国历史大辞典·隋唐五代史》,上海辞书出版社,1995年版。
② 魏嵩山:《中国历史地名大辞典》,广东教育出版社,1995年版。

贺平淄青表[1]

臣某言：伏见制旨，魏博节度使所奏逆贼李师道并男二人并枭斩讫，以二月十六日御宣政殿受贺者[2]。圣德玄运，兵威神速[3]。旬月之内，鲸鲵就诛，泰岳既宁，登封有日[4]。云云。

伏惟睿圣文武皇帝陛下，有征必克，举意无违。天地协神算之期，雷霆助成师之气。蠢尔孽竖[5]，敢生野心。萧斧一临[6]，妖氛自灭。皆由圣慈广被，睿略潜通。献俘者尽许生还，得地者复令安堵[7]。感我仁化，激其深衷。凡是胁从，尽思效节[8]。五纪巢穴，一朝荡夷。遂使齐鲁之乡，复归仁寿之域[9]。

捷书既至，传首继来[10]。备文物于明庭，告殊勋于清庙[11]。百辟陈贺，万方会同[12]。从此止戈，所以为武[13]。西周士庶，方观饮至之容[14]；东岳烟云，已望告成之礼[15]。臣恪居远服，尝忝班行[16]。庆快之诚，倍万群品[17]。无任踊跃屏营之至。元和十四年三月二十四日。

【注释】

[1]淄青：指淄青镇，唐朝方镇名。宝应元年（762）设置，治青州（今山东青州市），贞元时徙治郓州（今山东东平县）。平淄青：指李师道元和中割据淄青叛乱，元和十四年二月被平定之事。《旧唐书·宪宗下》："田弘正奏，今月（按：二月）九日，淄青都知兵马使刘悟斩李师道并男二人首请降，师道所管十二州平。"

[2]魏博节度使：指田弘正。这几句概括了皇帝告谕天下制旨的主要内容。元和十四年淄青都知兵马使刘悟斩了李师道及其子二人后通过田弘正

向朝廷请降,田弘正奏明皇帝后,宪宗于二月十六日驾临宣政殿接受群臣贺拜。

[3]玄运:天体运行。玄,天。运,行。这里指天命。

[4]鲸鲵:比喻凶恶的敌人。《左传·宣公十二年》:"古者明王伐不敬,取其鲸鲵而封之,以为大戮。"杜预注:"鲸鲵,大鱼名,以喻不义之人吞食小国。"泰岳:指东岳泰山。登封:登山封禅。指古代帝王登泰山祭天祭地行封禅之礼。淄青平定后,群臣振奋,时有封禅之议论。

[5]孽竖:邪恶的坏人。

[6]萧斧:古代兵器斧钺。此喻指大军。萧,通"肃"。

[7]安堵:犹安居。《史记·田单列传》:"愿无虏掠吾族家妻妾,令安堵。"

[8]效节:尽忠。

[9]五纪:自广德元年(763)至元和十四年(819),有五十七年,五纪确切时间为六十年,这里取成数。荡夷:荡平。《资治通鉴》卷二四一:"己巳,李师道首函至。自广德以来,垂六十年,藩镇跋扈,河南北三十余州,自除官吏,不供贡赋,至是尽遵朝廷约束。"经历了近六十年,平定了李师道之乱,以淄青为核心的齐鲁之地终于归顺朝廷,一方获得了安宁。

[10]传首:用邮车传送的李师道首级。传(zhuàn),驿站的车马。

[11]文物:指礼乐制度。古代用文物明贵贱,制等级,故云。明庭:古代帝王祭祀神灵之地。清庙:即太庙。古代帝王的宗庙。《诗经·周颂·清庙》:"于穆清庙,肃雝显相。"

[12]百辟:百官。万方:万邦;各方诸侯。会同:古代诸侯朝见天子的通称。

[13]武:这里当指平定战事,不再动武。作者用"六书"之会意构字法来解释"武"字含义,解其为"止戈"。《左传·宣公十二年》:"夫文,止戈为武。"许慎《说文解字》也予以认同,其云:"楚庄王曰:'夫武,定功戢兵,故止戈为武'。"但当代词典上多不收此义项,一般多与实施军事行动相关。

[14]西周:西周都于镐京,这里以盛世西周之镐京来指称长安城。士庶:士人和普通百姓。饮至:上古诸侯朝会盟伐完毕,祭告宗庙并饮酒庆祝的典礼。后代指出征奏凯,至宗庙祭祀宴饮庆功之礼。《左传·桓公二年》:"凡公行,告于宗庙。反行,饮至,舍爵,策勋焉,礼也。"

[15]告成:上报所完成的功业。联系"东岳烟云",知告成之礼当为登泰

山祭天拜地,行封禅之礼。

[16]远服:指王畿以外的地方。这里指在连州任刺史。班行:朝班的行列;朝官的位次。指在朝为官。刘禹锡德宗贞元十一年步入仕途,在朝任太子校书,丁父忧毕入淮南杜佑幕府,两年后调回长安,先后在京畿、朝廷为官。永贞元年,参与革新,曾任工部屯田员外郎。其"班行"之时当在他任监察御史和屯田员外郎时期。

[17]倍万:万倍。群品:佛教语。谓众生。指自己的谦恭之礼远远超过芸芸众生。

【助读】

淄青大捷同题贺,刘白各抒心中志

——刍议刘禹锡、白居易同题之作《贺平淄青表》

元和十四年二月,长期盘踞淄青的李师道叛军被平定,朝野振奋,举国欢腾。皇帝颁发制旨,晓谕天下,并决定于该月十六日驾临宣政殿举行盛大的贺拜典礼。皇帝所颁之文当为《破淄青李师道德音》(《唐大诏令集》卷一百二十四)。此文写作时间在大诏令集中标为二十一日,在白居易、柳宗元等官员所献的贺表中标为二十二日,此处时间虽不一致,但并不矛盾,或是签发日期在二月二十二日,而拟稿日期在二十一日。天子圣旨颁布后,天下贺文纷呈,有的进献皇帝,有的呈报执政大臣。刘禹锡、白居易、柳宗元等都作有名篇。刘白两家献给宪宗之文,题目相同,均为《贺平淄青表》;柳宗元作有《贺平淄青后肆赦状》,所献对象为中书门下长官。刘禹锡元和十年(815)三月受诏出京、远居海隅,但他不忘初心,身系朝廷、忧念天下,他对削藩一直持积极的主张,这也是当年永贞革新派人物的共识和奋斗目标。在连州的这几年中,他始终期盼着君主平定各处藩镇以维护国家统一。当元和十二年十月蔡州被平时,他喜不自胜,随即撰写了《贺收蔡州表》,并赋诗《平蔡州三首》;当元和十三年三月河北成德节度使归顺朝廷时,他情不自禁地向朝廷表达热烈的祝贺:"大河以北,化为礼乐之乡;率土之滨,重见升平之日。"(刘禹锡《贺雪镇州表》)元和十四年二月,官军乘势进击以攻藩镇,淄青节度使李师道被杀,捷报再传。刘禹锡按捺不住满怀的激情,遂于当年三月二十四日写就了本篇表文。

刘禹锡这篇表文不同于一般的例行公事的贺表,其中蕴含着真情实感,绝非一般意义上的歌功颂德之作。这从文章叙事之详细、细节之真切以及期待之炙热,当可以详察。论及这个问题,此处着重以白居易同题之作进行比较。白居易《贺平淄青表》云:

> 臣某言:伏见二月二十二日制书,逆贼李师道,已就枭戮者。皇灵有截,睿算无遗,妖氛廓清,遐迩庆幸。臣某诚欢诚喜,顿首顿首。臣闻:乱常干纪,天殛神诛。李师道包藏祸心,暴露逆节,罪盈恶稔,众叛亲离,未劳师徒,自取擒戮。伏惟睿圣文武皇帝陛下:文经天地,武定华夷,凡是猖狂,无不诛剪。两河清晏,四海会同;升平之风,实自此始。臣名参共理,职忝分忧,忭舞欢呼,倍万常品。守官有限,不获称庆阙庭。无任庆快踊跃之至!谨具奏闻。谨奏。元和十四年四月九日。
>
> (《白氏长庆集》卷第四十四)

刘禹锡表文比白居易表文更多地传递出平定淄青的梗概和细节信息。针对皇帝颁发的圣旨,官员读后所撰献给皇帝的表文,一般要先对皇帝圣旨的内容予以提要,且将其置于文章之首。刘白二家均遵其理路。白居易文"臣某言"后用三句话概括要旨,主要说明皇帝制文的颁发日期、讨伐的对象及元凶已被斩杀的结果。此处的内容提要准确精练，着"逆贼"一词说明官军平叛的正义性；就"枭戮"一词来说，"枭"字反映了李师道的惨烈暴虐，"戮"字揭示出惩除恶贼的威严庄重和大快人心。刘禹锡文除了未指出制文日期外，其他凡白文所具有的信息都有所表达。刘文还针对事件情节，增加了三点内容：其一，魏博节度使向皇帝报告了李师道被杀一事。其二，同时被杀的还有李师道的两个儿子。刘文用"斩"字不仅具有惩恶扬善的意味，也交代了行刑灭贼的方式；其三，对二月十六日皇帝登临宣政殿接受贺拜大典予以揭示。这些都是白文所不包含的内容。关于描述神灵、圣明和军威，这是古代战争题材文章的常有内容，限于表类文章的应用特征，一般比较简略。白居易表文高度歌颂君之圣明为"睿算无遗"，君之才能为"文经天地，武定华夷"；颂扬神灵祖先佑助则云："皇灵有截""天殛神诛"；描述军威，未提及过程，只揭示结果，表述为"妖氛廓清""凡是猖狂，无不诛剪"。刘禹锡在写作这共性的内容时，尽情发挥骈体文四六句式铺陈渲染之力，充满着无比的崇敬和豪迈之情。写圣明，高歌"圣德玄运""圣慈广被，睿略潜通"；写神灵，则"天地协神算之期，雷霆助成师之气"；写军威，着力用"有征必克，举意无违""五纪巢穴，一朝荡夷"这样的健词豪语展现胜利成果。这些乍看或与白居易无甚差别，然细察之，会觉得内容更为丰富。歌颂君主，重在写"德"与"慈"，至于"睿"则次置之，且将其与德、慈关联起来，从而揭示出战争胜利的强大群众基础，由此自然要用更多的笔墨去描写君主的仁爱和宽容，诸如"献俘者尽许生还，得地者复令安堵。感我仁化，激其深衷，凡是胁从，尽思效节"等内容，从而将君与民之间的良好互动关系表现出来。叙写神祇，虽论"玄运"（天之运行），但是将"天地"和"雷霆"置于"协"和"助"的位置，由此突出了人的主体功能，这当是刘禹锡哲学之"天人交相胜、还相用"（刘禹锡《天论》）思想的实证性表达。针对平定淄青事件的本身，刘禹锡不仅概括结果，更不惜笔墨提炼过程，给人质感和更多的精神体验。如"兵威神速，旬月之内，鲸鲵就诛"句就较为典型。作者从威武雄壮和进军速度两个方面描写了官军气势，颇具形象感；从不超过一个月的时间就诛灭了李师道，可见官军兵贵神速之效率；将李师道拟为"鲸鲵"，既反映了叛军实力之强大、扰民行径之暴虐，也从反面衬托出官军威武之师之能效。像"五纪巢穴，一朝荡夷"，更从历时角度反映出藩镇与朝廷对抗持续时间之长久，其中百姓之痛苦、君臣之遗恨，均可想见之；而"五纪"与"一朝"的对比，尤其反映了军威之浩大，胜利之喜人。刘禹锡叙写事件，为使其过程感完备，对事件的后续热点也予以关注。"捷书既至，传首继来。备文物于明庭，告殊勋于清庙，百辟陈贺，万方会同"，较为详细地描绘捷报传递、元恶首级送京的细节；也从想象角度，将庙堂中祭拜祖先的陈设、朝臣会同的典礼景象予以勾勒，从而使质实的、严肃的内容变得极富场景感和动态味。不过，在叙述过程中，白居易鞭挞李师道之罪恶，分析其军心瓦解的内因与状态，用语比刘禹锡稍多，但对于这些情节刘禹锡并非忽视，他在当年七月后所写的诗歌《平齐行二首》中，用叙事诗的元素充分地进行了展示。今日读者可取刘诗与该表进行比对阅读，从中当可进一步体会出刘禹锡的真情实感。至于取胜之后，当行告成之礼，刘文提及泰山封禅之事，白居易文中未见。因此，可以察觉刘禹锡表中又多了一份对祭祀和传统礼仪的尊崇，这不仅反映了刘禹锡对这次平叛胜利的正面颂扬态度，也强烈表达出刘氏对安宁和平政治愿景的强烈向往，这也是刘禹锡一贯的政治立场和情感倾向性的符号化表现。

从反映历史的过程性、表达人物的理想性和抒发情感的真切性来说，刘禹锡与白居易的同题文章相比，刘文注重事件的细节化描写，认知的角度更为宽广，情感的渗透发自肺腑，可读性与文本内涵显然要胜于白文。或可说刘文是发自心灵的创作，而白文恐只是臣对君的礼仪性应对了。二人同为中唐著名作家，就诗名而论，白诗艺术成就整体而言当高于刘诗，刘之文章写作成就或在白居易之上。但针对此处的同题之作，或不能从写作功力去较长论短。读者当要结合此时刘与白的生活环境与政治态度去予以解读。白居易元和中后期，也历经了贬谪远居之苦，自元和十年，他被贬为江州司马，经过三年半的谪迁生活，至元和十三年冬，在朝中重臣崔群等帮助下，才得以量移至忠州任刺史（忠州即今重庆市忠县）。经过长时间的逆水行舟，至元和十四年三月二十八日，白居易到达忠州复命（见其《忠州刺史谢上表》）。他虽升为刺史，但居于边远下州，自然心情灰暗，对皇帝也难有真挚的感激之情；刚到一地，按常规，很难马上得以回京或升迁要职，他的政治意识与热情也渐趋于冷。在这种背景下，白氏情感世界中难以生发热烈的赞美和对政治愿景的美好期待，因此，他于四月撰写的《贺平淄青表》，自然只能是应付恭维之作了。但刘禹锡与其截然有别，作文时期，他已在连州度过了四年多的时光，从时间上说，他的迁移或升迁的几率较高，在其文中出现了对宪宗"德""慈""仁爱"的热烈赞美，对其宽待淄青民众的行为予以高度评价。这些文辞，一则因为削藩行动符合刘禹锡长期的政治理想，其对宪宗的评价自然会客观而向好，后来之历史文献对此时宪宗的表现与成就确实给予了极高的评价，称其元和之治为"元和中兴"；二则对宪宗也寄予了深深的期待，或希望用充满激情的德厚、宽容等赞誉之语，以引发宪宗对其注意并产生好感，如此，则刘氏之东山再起愿望或能得到实现。从柳宗元撰写的呈中书门下的《贺平淄青后肆赦状》来看，其属意之处也在于一个"赦"，由此歌颂皇帝的德与仁。文学家们对于朝廷"宽容"的评价和热烈赞美，言辞中潜伏的动机也并不低俗，这样的行为或能引起君王的愉悦和同情，则良好命运的转机或就能化为现实。然而命运或并非如此，就在这一年秋刘禹锡因丁母忧卸任而回归洛阳，政治理想无奈搁浅；也同样是这一年秋，柳宗元病逝于柳州，一代文坛巨匠就此陨落。

夔州谢上表[1]

臣某言：伏奉某月日制书[2]，授臣使持节都督夔州诸军事、守夔州刺史[3]。跪受天诏，神魂震惊。云云。

伏惟文武孝德皇帝陛下，垂衣穆清，睿鉴旁达[4]。三统交泰[5]，百神降祥。洟于华夷，尽致仁寿[6]。臣家本儒素，业在艺文。贞元中，三忝科第[7]。德宗皇帝记其姓名，知无党援，擢为御史[8]。在台三载，例迁省官[9]。权臣奏用，分判钱谷[10]。竟坐连累，贬在遐藩。先朝追还，方念淹滞；又遭谗嫉，出牧远州[11]。家祸所锺，沉伏草土[12]。《礼经》有制，羸疾仅存[13]。甘于畎亩，以乐皇化[14]。

伏遇陛下大明御宇，照烛无私。念以残生，举其彝典[15]。获居善部，伏感天慈[16]。臣即以今月二日到任上讫。硖水千里，巴山万重[17]。空怀向日之心，未有朝天之路。无任感恩恋阙之至。长庆二年正月五日。

【注释】

[1]夔州：唐朝州名。隋朝为巴东郡。唐武德元年改为信州，二年改信州为夔州。治奉节（今重庆市奉节县）。贞观十四年为都督府，督归、夔、忠、万、涪、渝、南七州，后罢。天宝元年（742）改为云安郡。至德元年于云安置七州防御使。乾元元年复为夔州。天宝时期，户一万五千六百二十九，口六万零五十。上：皇上。

[2]制书：古代皇帝发布命令的一种文体。唐代任命官员主要采取册授、制授、敕授、旨授、判补五种方式。《资治通鉴·唐睿宗景云元年》："旧制，三品以上官册授，五品以上制授，六品以下敕授。"刘禹锡赴夔州任职，其官品当在五品以上，故皇帝使用制书授其官职。

[3]使持节：魏晋以后，地方军政长官，往往加使持节的称号，给以诛杀中级以下官职权限。次一等者称持节，再次者称假节。其权力递减。至隋唐，该官品仅为刺史的例加虚衔，如某州刺史必带使持节某州诸军事之号。都督：官名。为地方军政事长官。魏晋以后，都督诸州军事衔者，往往兼任所驻之州的刺史，总揽本区军政、行政大权。（详见臧云浦等《中国历代官制兵制科举制表释》，江苏古籍出版社）守：犹摄。暂时署理职务。多指官阶低而署理较高的官职。

[4]文武孝德皇帝：指唐穆宗。《旧唐书》卷十六《穆宗纪》："（长庆元年七月）壬子，群臣上尊号曰文武孝德皇帝。是日上受册于宣政殿，礼毕御丹凤楼大赦天下。"垂衣："垂衣裳"的简称。指定衣服之制，示天下以礼。后用以称颂帝王无为而治。穆清：指清和之气。这里引申为太平祥和。睿鉴：亦作"睿监"。御览、圣鉴的意思。

[5]三统：古历法名。《汉书·律历志》："三统者，天施、地化、人事之纪也。"纪，事务之端绪。交泰：指天地之气和祥，万物通泰。《周易·泰》："天地交，泰。"王弼注："泰者，物大通之时也。"言天地之气融通，则万物各遂其生，故

谓之泰。

[6]浃:遍及。华夷:指汉族与少数民族。后亦指中国和外国。仁寿:谓
有仁德而长寿。

[7]忝:羞辱;有愧于。常用作谦词。科第:科考及第。

[8]党援:结党为援。御史:这里指曾任监察御史。

[9]台:指御史台。省官:指尚书省属官。

[10]权臣:指永贞革新的首领王叔文。分判钱谷:指刘禹锡任屯田员外
郎、判度支盐铁等案。分判,剖析、评断的意思。

[11]出牧:出任州府长官。

[12]家祸所钟:指元和十四年刘禹锡母亲逝于连州之事。钟,当;逢。

[13]《礼经》:指《仪礼》。制:这里指"丁忧"。遭逢父母丧事,按旧制,父
母死后,子女要守丧,三年内不做官,不婚娶,不赴宴,不应考。羸疾:衰弱
生病。

[14]畎亩:田地;田野。引申指民间。皇化:皇帝的德政和教化。

[15]彝典:常典。彝,常;常规;一成不变的法度。

[16]善部:好的地区。部,古时行政区域名。

[17]硖(xiá):同"峡"。两山夹水处。

【助读】

峡水巴山:仕宦人生至此转

这篇表文写于唐穆宗长庆二年正月,系刘禹锡奉制书至夔
州刺史任上后按惯例写给皇帝的感谢之辞。这篇表文遣词练
达,结构清晰,语意也较为丰富。所写内容主要包括如下方面:
(1)交代皇帝制书所授予的官职名称。(2)对皇恩浩荡、天地通泰
予以热烈歌颂;有感于天子赐官,抒发了强烈的震惊和感激之
情。(3)为使唐穆宗能较多地了解自己,着重叙写了自己的仕宦
历程。(4)以只言片语提示了夔州的自然环境,其中内潜着真切
的感慨。下面主要结合刘禹锡的家事突变、仕宦生涯经历等问

题来对本篇表文的情意内涵作些阐述。

元和十四年(819)秋冬季节,刘禹锡母亲去世,他遂于当年卸职奉枢回洛阳原籍守丧。此行或预示着刘禹锡未来能否再登仕途,将是一个不可知的问题。中国古代特别重视守孝之礼,作为人子,遭逢父母去世,则其必须辞去官职而为父母守丧三年。不过三年不是完整的三十六个月,两周时期,"实际上是二十五个月"①;隋唐时期,"确切地讲是二十七个月"②。至长庆元年(821)冬,刘禹锡守丧时长应已符合丧礼制度的要求。解除丧服后,刘禹锡的人生路径又该如何设计?按本篇表文意思,刘禹锡居丧期间业已将后面的人生之路定位于"甘于畎亩,以乐皇化"的百姓生活。然而就在服丧期限届满之际,再任官职的喜讯自朝廷传来,刘禹锡接到了皇帝授予其为"使持节都督夔州诸军事、守夔州刺史"的制书。根据刘禹锡仕宦经历,此前,他与当朝新帝穆宗未曾有过交道,原连州刺史也属于不受朝廷重用的贬谪之流,然而穆宗在登基的当年即起用刘氏并将其派往夔州任职,这是他始料未及的,又怎能不使其"神魂震惊"呢!虽然夔州仍然远离京都,但比起远在海隅的连州来说,要好得多了,所以刘禹锡在表文中以"善部"两字对夔州地方进行了定性型评价。夔州地理位置在古代战争中十分重要。《玉海》卷十九"夔州"词条下载:"荆益之冲,南控百蛮、西南四道之咽喉,吴楚万里之襟带。"这里有古代著名的军事遗存,如刘备托孤所在之地白帝城,刘禹锡曾作诗云:"天下英雄气,千秋尚凛然。"(刘禹锡《蜀先主庙》)这里曾是诸葛孔明大显军事神通之布阵所在地,刘禹锡赋

①陈绍棣:《中国风俗通史·两周卷》,上海文艺出版社,2003年版,第395页。
②吴玉贵:《中国风俗通史·隋唐五代卷》,上海文艺出版社,2001年版,第441页。

诗赞美云:"轩皇传上略,蜀相运神机。"(刘禹锡《观八阵图》)对于这样的军事咽喉之地,朝廷也不会随意选派执政主官的,从某种意义上说,穆宗选择刘禹锡是对他的信任,或也是考验,只是穆宗长庆四年(824)即卒,后人难以考证当时穆宗安置刘禹锡职务和处所的深层动机了。由此分析,或可认为刘禹锡对突如其来的授官制书表现为"震惊"合情合理,而这种情绪之中自然会蕴含着对君主的真诚感谢和热烈歌颂。像表文中赞美穆宗治下"三统交泰,百神降祥。浃于华夷,尽致仁寿"的话语,此话讲得或有些过头,但也并非没有依据。因为宪宗元和末期,曾使天下局面一度振兴,以至有"元和中兴"之礼赞,穆宗继承父业,为时不久,天下祥和气象当没有消散。此时的政局也确实能令人称道,只是归功于唐穆宗确为牵强。刘禹锡将功勋记之于穆宗"垂衣穆清,睿鉴旁达"的能力和气势,并高度颂扬皇帝"大明御宇,照烛无私"。这样的赞誉,明眼人和识史者当然不会给予认同,但这是表类公文的通常做法,热烈的谀颂不足奇怪。结合刘禹锡当时状况,笔者以为他的赞美不是一般的敷衍应付,当发自心灵,出于真情实感。值得注意的是,刘禹锡在感谢唐穆宗时,认为他无私公正也并不虚伪。因为依据"念以残生,举其彝典",刘禹锡漂泊外州已有十五年之久,值得同情;依据唐之彝典(常典),可以认为刘禹锡应该符合一些再次被起用的条件。鉴于此,刘氏对君王的赞美,虽未必符合历史真实,然而出自真情当无疑,作为今之读者,没有理由去怀疑刘氏的人格和操守。

在这篇表文中,刘禹锡为何要用诸多笔墨来梳理自己的为官经历呢?这当同他首次与穆宗互通信息是有关系的。作为对政治愿景矢志不渝的追求者来说,抓住一切机会推荐自己、使皇帝了解自己,这并不为过,也不失光彩,而恰恰反映了刘禹锡具有较高的情商水准和热切的政治理想。刘禹锡在文章中回忆了自己仕途变化的关键环节,然而限于表类公文的体裁要求,又不能予以详细讲述,因此,读者阅读时或难详其情。在此结合刘氏诗文等相关材料,对刘禹锡所述及的仕途经历予以解释。(1)家本儒素。《子刘子自传》:"曾祖凯,官至博州刺史。祖锽,由洛阳主簿察视行马外事,岁满,转殿中丞、侍御史,赠尚书祠部郎中。父讳绪,亦以儒学,天宝末应进士。"由此可见,刘禹锡出身于世儒之家,这样的光彩家世当然值得禀报皇帝,以获取良好印象。(2)贞元中,三忝科第。《子刘子自传》:"初,禹锡既冠,举进士,一幸而中试。间岁,又以文登吏部取士科,授太子校书。"《旧唐书•刘禹锡传》:"贞元九年登进士第,又登宏辞科。"结合二材料可知,刘禹锡贞元九年(793)考中了进士科和宏辞科、贞元十一年(795)通过了吏部取士科。(3)擢为御史。《子刘子自传》:"明年冬,擢为监察御史。"这里指贞元十九年(803)闰十月,刘禹锡任职监察御史。这一时期他与韩愈、柳宗元、李程等同为御史。官品虽不高,但职权很大,执掌分察百僚、巡按郡县、纠视刑狱、肃整朝仪等事务。(4)权臣奏用,分判钱谷。贞元二十一年,刘禹锡在监察御史任上工作三年,按惯例转到尚书省任职,此时受到永贞革新派核心人物王叔文的重视,奏请顺宗,起用为屯田员外郎、判度支盐铁案等。《子刘子自传》云:"愚前已为杜丞相奏署崇陵使判官,居月余日,至是改屯田员外郎,判度支、盐铁等。"此时刘禹锡成为永贞革新派团队的重要力量,虽然永贞革新仅维持了一百四十多天(贞元二十一年二月至七月),但这一段积极有为的经历也成为他终生无悔的记忆和执着于政治理想的动力。

(5)竟坐连累,贬在退藩。贞元二十一年(永贞元年),唐宪宗上台后,随即开始清理革新派人物,王叔文之党中坚力量均遭到远贬外州的处罚。刘禹锡、柳宗元等先是贬往外州任刺史,刘禹锡任连州刺史,在其赴任连州路上,官职又发生了变化。"予出为连州,途至荆南,又贬朗州司马。"(刘禹锡《子刘子自传》)《资治通鉴》卷二百三十六也记录了此事,其云:"朝议谓王叔文之党或自员外郎出为刺史,贬之太轻。己卯再贬韩泰为虔州司马、韩晔为饶州司马、柳宗元为永州司马、刘禹锡为朗州司马……"表文中的"退藩"即指朗州。(6)先朝追还,方念淹滞。指元和九年(814)底,刘禹锡、柳宗元等被召回京师一事。这一年十二月,刘禹锡离开朗州,启程北上,至次年二月抵达长安。他们满怀踌躇之志,期待着朝廷念十年贬谪之苦而授予新的京官。(7)又遭谗嫉,出牧远州。刘柳等人在京候官期间,又引发了朝廷权臣的妒忌,皇帝也难除宿怨,尤其是刘禹锡"玄都观里桃千树,尽是刘郎去后栽"的诗句更刺激了权贵们的神经,于是刘柳等又再次被贬出京城,外任偏郡刺史。当年三月,"乙酉,以虔州司马韩泰为漳州刺史,以永州司马柳宗元为柳州刺史,饶州司马韩晔为汀州刺史,朗州司马刘禹锡为播州刺史……"(《旧唐书》卷十五《宪宗纪(下)》)因刘禹锡老母年事已高,后经柳宗元的主动求换(欲以柳州换播州),尤其是裴度在皇帝面前的极力求情,才使刘禹锡最终改任连州刺史。(8)家祸所锺,沉伏草土。刘禹锡自元和十年(815)到达连州,至元和十四年(819)已跨五个年头,不幸的是其年近九十的母亲逝于连州,于是按礼法,他必须卸任回故里丁忧,这就是文中"家祸"所指。至长庆元年(821)冬这一阶段,刘禹锡形象地将其表述为"沉伏草土",既使行文生动流畅,也寄托着一份质实深沉的慨叹，其中个味令人咀嚼不尽！

和州谢上表[1]

臣某言：伏奉制书，授臣使持节和州诸军事、守和州刺史[2]。臣自理巴賨，不闻善最[3]。恩私忽降，庆抃失容[4]。云云。

伏惟皇帝陛下，丕承宝祚，光阐鸿猷[5]。有汉武天人之姿，禀周成睿哲之德[6]。发言合古，举意通神。委用得人，动植咸说[7]。理平之速，从古无伦[8]。微臣何幸，获睹昌运。臣业在词学，早岁策名[9]。德宗尚文，擢为御史。出入中外，历事五朝[10]。累承恩光，三换符竹[11]。在分忧之寄，禄秩非轻；而素蓄所长，效用无日[12]。臣闻一物失所，前王轸怀[13]。今逢圣朝，岂患无位。臣即以今月二十六日到所任上讫。

伏以地在江淮，俗参吴楚[14]。灾旱之后，绥抚诚难[15]。谨当奉宣皇恩，慰彼黎庶。久于其道，冀使知方[16]。伏乞圣慈，俯赐昭鉴。臣远守藩服，不获拜舞阙庭。无任恳悃屏营之至[17]。谨差当州军事衙官章兴奉表陈谢以闻[18]。长庆四年十月二十六日。

【注释】

[1]和州：唐朝州名。隋为历阳郡，唐武德三年改为和州，治历阳（今安徽和县）。天宝元年改为历阳郡，乾元元年复为和州。天宝时领历阳、乌江、含山三县，户二万四千七百九十四，人口十二万一千零一十三（据《旧唐书》卷四十《地理志》第二十）。

[2]使持节和州诸军事、守和州刺史：指刘禹锡长庆四年（824）夏，奉命由夔州（今重庆奉节）转任和州（今安徽和县）刺史一事。刘禹锡为和州行政和

军事的最高长官。

[3]巴賨(cóng)：谓巴中地带。这里指夔州。善最：唐代官吏考功之法，分四善，二十七最，合善最以分等次。善指德操，最指才能称职。因亦以指优异的政绩。

[4]恩私：犹恩惠，恩宠。庆抃：亦作"庆忭"。庆幸、喜悦的意思。抃(biàn)，鼓掌表示欢欣。

[5]丕：大。宝祚：国运；帝位。鸿猷：鸿业；大业。

[6]汉武：指汉武帝刘彻(前156—前87)。西汉皇帝，景帝之子。其在位五十年，将汉朝推至全盛时期。谥武帝。周成：指周成王姬诵。周武王姬发之子。武王死后，他尚年幼，由周公摄政，待其年长后，周公还政于成王。周成王亲政后，积极作为，继续大封诸侯，加强宗法统治权力，又委托周公制礼作乐，规划各项典章制度，从而有力地加强了西周初期的统治基础。周成王与其子周康王统治时期是周朝最为强盛时期，天下安宁，进入太平盛世，史家称其为"成康之治"。

[7]动植咸说：自然界的动物和植物似乎皆有灵性，都很高兴。说，同"悦"。这是对唐敬宗统治的溢美之词。

[8]伦：辈；类。引申为相类；等比。

[9]词学：词章之学；文学。策名：书名于简策。谓科试及第。早岁策名句，指刘禹锡贞元九年(793)考中了进士科和宏辞科、贞元十一年(795)又通过了吏部取士科的经历。

[10]出入中外：指刘禹锡在朝廷和在京外地方为官的经历。刘禹锡贞元十一年(795)"以文登吏部取士科，授太子校书。"(《子刘子自传》)这是他首次在朝为官。因父刘绪去世，遂卸任丁忧。后追随杜佑，任职淮南。贞元十八年(802)初调入京兆府渭南县任主簿。此也可以大致认为在京任职了。后因御史中丞李汶的奏辟，于贞元十九年任监察御史，这是令人羡慕的朝中官员，官品不高，但地位重要。永贞革新中，更于朝中升至屯田员外郎之职。其他被贬谪之职务，如朗州司马、连州刺史、夔州刺史、和州刺史，均为在京外任职。历事五朝：指刘禹锡仕途生涯已经历了德宗、顺宗、宪宗、穆宗、敬宗五个时期。

[11]符竹：竹使符，汉代刺史符信。《汉书·文帝纪》："(二年)九月，初与郡守为铜虎符、竹使符。"颜师古注引应劭曰："铜虎符第一至第五，国家当发兵

遣使者,至郡合符,符合乃听受之。竹使符皆以竹箭五枚,长五寸,镌刻篆书,第一至第五。"后因以"符竹"指郡守职权。刘禹锡经历了连州、夔州、和州三州刺史,故云"三换"。

[12]分忧之寄:分担忧愁的委托。这里指任地方官员为皇帝分忧。素蓄所长:当指前文所述"业在词学"之意。效用无日:指发挥文学才能遥遥无期。效用,犹效劳、发挥作用之意。

[13]一物失所,前王轸怀:一个人失去本来的处所,先王就特别的痛心。轸怀,痛念。典故出自《梁书》卷三,其诏曰:"古人云,一物失所,如纳诸隍,未是切言也。朕寒心消志,为日久矣,每当食投著,方眠撤枕,独坐怀忧,愤慨申旦,非为一人,万姓故耳。"

[14]俗参吴楚:和州地处古代吴国与楚国接壤之处,由于战争的进退,常常处于吴头楚尾之地,此地风俗间杂吴与楚的特点。参,间杂。

[15]绥抚:安定抚慰。

[16]黎庶:黎民。知方:知礼。方,道理。

[17]恳悃:恳切忠诚。屏营:惶恐;彷徨。

【助读】

和州:一个令刘禹锡自信倍增的地方

"三年楚国巴城守,一去扬州扬子津。"(刘禹锡《别夔州官吏》)刘禹锡在夔州刺史任上度过了三个年头,终于接到唐敬宗授予他的使持节和州诸军事、守和州刺史的制书。离别夔州,有诸多感慨,也有动情的留恋,这些在他的诗歌《别夔州官吏》中给予了诗性的诠释。因和州地域接近扬州,且和州又属淮南节度使管辖范围,因此诗中将离别的目的地指向一个具有符号意义的地点——扬子津,其中或有漂泊的感慨,或有希冀再起的热望,自然更有《别夔州官吏》中"惟有九歌词数首,里中留与赛蛮神"的自得(指在夔州创作的《竹枝词》作品)。根据刘禹锡后来于和州所撰《历阳书事七十四韵》,知其长庆四年八月从夔州启程,至该年十月下旬至和州,遂于当月二十六日作《和州谢上表》向皇帝禀报。从这篇表文,可以读出刘禹锡历事五朝之后的自信和理想,再结合刘禹锡夔州时期所上皇帝和奏报丞相的文本,可以认为刘禹锡的自信和期望体现于多个方面。

经过官场的历练,他的内心变得越发强大,其与皇帝的沟通能力变得更加自如和自信。《唐会要》卷六八:"(元和)十二年四月敕:'自今已后,刺史如有利病可言,皆不限时节,任自上表闻奏,不须申报节度观察使。'"利病,犹利弊、利害之意。时为唐宪宗治政,敕令的目的在于广开言路,搜集治民之策以疏导民情、提高国威。但那时刘禹锡并没有积极响应朝廷之敕而去积极献策,因为唐宪宗对其所怀有的怨隙是否消失,他是很难测度的。直到唐穆宗长庆年间,他任夔州刺史时才放下思想包袱而积极为国事建言献策。其呈穆宗《夔州论利害表》写于长庆三年(823)十一月,是自元和十二年始七年后的首次进谏之说,为彰显自己的进谏理由,以引起后继皇帝唐穆宗的认同,还特别在表文开端提要中注明"元和十二年四月十八日"唐宪宗关于鼓励上表陈述"利害"的敕令。对有清醒政治头脑的士人来说,有才学,有信心,又有比较和谐人际关系的人,一般才有勇气上书,其进谏的预期也才有可能实现。若其所上之书陈述的道理确实英明,对国对己都会大有好处。对己而言,或如《夔州论利害表》中所提及的贞观时期马周、高宗时期邓弘庆那样,因向皇帝献策而得到提升。这些成功人物都成为刘禹锡学习的榜样和激发政治情怀的动力。夔州期间,朝中皇帝与宰相也均已换人,刘禹锡与朝廷关系已不再对立,其为官体验和治政经验也越发增多,他的心绪变得越来越积极,他与皇帝的互动加强了,主要体现于写给皇帝的文本增多了。长庆二年十二月二十日,穆宗长子李湛被册封为皇太子,他于次年正月撰写了贺表呈上;且又特别地向太子李湛呈上了《贺皇太子笺》。长庆四年二月,他撰写了《慰国哀表》以表达对穆宗驾崩的哀思,他献《贺龙飞表》以祝贺太子登上皇位。该年三月,他又连续献上了《贺册太皇太后表》《贺册皇太后表》,以及因敬宗即位后大赦天下而作的《贺赦表》。而长庆四年五月,则撰写了《论利害表》,发表了"以华夏不同,土宜各异,详求利病"的观点,并分析了玄宗朝裴耀卿"论传输"之事。或许就是因为刘禹锡以自信的态度频繁地呈书皇帝,使皇帝对他有了更多的了解,从而使其于长庆四年八月获得了转任和州刺史的机遇。

细读本篇表文,也可窥见刘禹锡的心理自信和才能自信。他面对皇帝,美誉中蕴含着劝勉用意,显示出积极向上的政治情怀。表文中歌颂皇帝"有汉武天人之姿,禀周成睿哲之德",明眼人或可知,唐敬宗怎能与汉武帝和周成王相比?此句之意当在于用典型事例正面激励皇帝奋发图强。唐敬宗本人或也能悟出刘禹锡之用心所在。当然,赞扬的话总使人爱听,若皇帝接受了赞誉,说不定刘禹锡的下一步仕途将更为通达。从表中可以发现刘禹锡对自我的文学才能充满信心,他于从容畅达的行文中,以妥帖的言辞与平和的心态艺术化地表达了自己的理想诉求。表中"臣业在词学,早岁策名。德宗尚文,擢为御史"句,着重自述才能,对自己精于"词学"充满自信,也直言不讳,这在以往的表文中是难以见到的。刘氏早年"策名"之事,即贞元九年(793)考中进士科和宏辞科、贞元十一年(795)通过吏部取士科的经历。他认为能够升至监察御史的位置,与唐德宗重视文学人才是分不开的,换言之,当指自己富有文学才能而得到重用。表中"素蓄所长,效用无日",则很坦言地指出自己在长期任职地方官员过程中文学才能没有得到发挥。在此,可以推想一下,刘禹锡理想的职位是什么呢?首先,当然是在朝中担任京官,这是唐代知识分子共同的理想和价值取向。其次,当然是从事与文书相关的工作,或能阅读到上行文本或能批示下行文本,因为在封建时代的组织管理中,那些为帝王草拟制诰的人、阅读奏报上行文书的人、代皇帝签批下发文件的人,更多地被人们尊崇为有权威的人或能够实现人生理想的人。由此可以认为,刘禹锡以词学自任的高层目标,或在于充任皇帝身边辅助决策的士人,或在于成为为民请命、治理天下的能臣。表文中刘禹锡求官的欲望很显明,但是,他既没有表现为粗鲁的索要,也没有体现为穷酸的哀求,这些低俗之举与刘禹锡的人格和情商是不相匹配的。刘禹锡在文中巧用《梁书》中所载"一物失所"的典故,期望以传统仁君的观念去影响皇帝,由此或能激发皇帝建树美好政治形象的自觉。表文中植入了"今逢圣朝,岂患无位"之语,前四字属于美誉之词,或能博得皇帝的高兴而实现目标,寥寥几个字即表现出刘禹锡的智慧;后四字以反问的语气,既有意于引导皇帝,也表现出充分的才能自信,同时亦能反映出刘禹锡人格的自由和独立。刘禹锡的才能自信,还表现于他具有治政理事的实践才能。表中有刘禹锡自述从政履历的言辞,他经过了"出入中外""三换符竹"的磨练,已积累了丰富的应对自然、治理民瘼的经验。刘禹锡能够转任和州,既可以说这是皇帝对他的信任(和州远胜于夔州),也可以说此为皇帝对他的考验,或者换个说法,这或许是皇帝对其能够理平一方的期待,因为此时的和州尚处于旱灾之后的善后抚定时期,任务当十分艰巨。《新唐书》卷三十五《五行志》:"长庆二年,江淮饥。"又,《旧唐书》卷十六《穆宗纪》载:"(长庆二年闰十月)十二月……淮南奏和州饥,乌江百姓杀县令以取官米。"大旱带给江淮人民巨大的灾难,和州地域乱象环生,时隔一年之后,这种现状仍然存在。刘禹锡在表文中写明:"灾旱之后,绥抚诚难。"刘禹锡面对困难,并无畏惧和悲观,他勇于担当,且表明态度云:"谨当奉宣皇恩,慰彼黎庶。久于其道,冀使知方。"其中既有代皇帝布隆恩于百姓的庄严承诺,也有竭力治理而使和州百姓知礼守法的决心,而实现这双重目标的重要基础是什么呢?其中"久于其道"四字鲜明地揭示了答案,那就是刘禹锡在为官生涯中所积累的工作经验和练就的处事才能,诸如早年任职淮南主簿的体验、朝中担任监察御史的经历、永贞革新中履新屯田员外郎的作为,以及连州、夔州时期治理地方亲历亲为的磨练,等等。要之,在这篇表文中刘禹锡表达了以天下为己任的理想,并对自我才能充满了自许,而结合历史史实综观之,刘氏并非言过其实之人,其在和州的治理实绩为他后来回归京师奠定了基础。因此,至宝历二年(826),其"二十三年弃置身"(刘禹锡《酬乐天扬州初逢席上见赠》)的贬谪生涯终于可以画上句号了。

苏州谢恩赐加章服表[1]

臣某言:伏奉去年十一月二十七日诏书[2],加臣赐紫金鱼袋,余如故者[3]。恩降重霄，荣沾陋质[4]。虚黩陟明之典[5]，恐兴彼已之诗[6]。宠过若惊，喜深生惧。中谢。

臣起自书生，业文入仕。德宗朝为御史，以孤直在台。顺宗朝为郎官，以缘累出省[7]。宪宗皇帝后知其冤，特降敕书，追赴京国。缘有虚称，恐居清班[8]。务进者争先，上封者潜毁[9]。巧言易信，孤愤难申。俄复一麾，外转三郡[10]。伏遇陛下膺期御宇，大振滞淹[11]。哀臣宿旧，猥见收拾[12]。职兼书殿，官忝仪曹[13]。微劳未宣，薄命多故[14]。又离省署，重领郡符[15]。延英面辞，亲承教诲[16]。衔命即路，星言载驰[17]。到任之初，便逢灾疫。奉宣圣泽，恭守诏条。上禀睿谋，下求人瘼[18]。才术虽短，忧劳则深。幸免流离，渐臻完复。皆承圣化所及，遂使人心获安。岂由微臣薄劣能致！

臣素乏亲党，家本孤贫。年衰无酒食之娱，性拙无博弈之艺[19]。自领大郡，又逢时灾。昼夜苦心，寝食忘味。曾经诬毁，每事防虞。唯托神明，更无媒援[20]。岂期片善，上达宸聪[21]。回日月之重光，烛江湖之下国[22]。丝纶褒异，苦节既彰[23]。印绶炜煌，老容如少[24]。望云天而拜舞，岂尽丹诚？视环玦以裴回，空嗟白首[25]。无任感激屏营之至。云云。大和七年十二月十六日。

【注释】

[1]该表作于大和七年(833)十二月。刘禹锡任职苏州刺史，政绩显著，尤其是其于水灾后赈济灾民有功，考核结果为政最，从而受到朝廷嘉奖，获得加章服的恩赐。章服：绣有日月、星辰等图案的古代礼服。每图为一章，天子十二章，群臣按品级以九、七、五、三章递降。加章服，这里指赐紫金鱼袋。紫，指紫袍。金鱼袋，唐代官吏所佩以金装饰的盛放鱼符的袋。根据唐制，章服按散阶品级确定，凡三品以上服紫、佩金饰鱼袋，品级不够者，可特许服金紫，谓之恩赐。刘禹锡未及品级，享受恩赐待遇。

[2]去年：非指过去的上一年(即大和六年)。年，日期，指某一确定时

间。文中指"十一月二十七日"。

[3]余如故：指刘禹锡的原授官阶和职事官职像原来一样，没有变化。其当是"朝议大夫、使持节苏州诸军事、守苏州刺史、上柱国"（刘禹锡《苏州贺册皇太子笺》，作于大和七年八月）。刘禹锡时所授散官为朝议大夫，其品级为正五品下。苏州为上州，其职事官品当为从三品，但刘禹锡以低品级高就，因此称之为"守"。上柱国，乃勋官，为视品，视正二品。

[4]重霄：犹九霄。指天空高处。此处指朝廷。陋质：弱质。引申为平庸的才能。此处自谦。

[5]黩：玷污；污辱。陟明之典：指考核为贤、善则予以升级的典章制度。陟明，谓进用贤能。《尚书·舜典》："三载考绩，三考，黜陟幽明。"孔安国传："三年有成，故以考功；九岁，则能否、幽明有别，黜退其幽者，升进其明者。"幽明，指善恶、贤愚。

[6]彼已之诗：代指《诗经·曹风·候人》。该诗反映了曹国没落贵族对新兴人物进行讽刺的内容。其诗云："彼其之子，三百赤芾……彼其之子，不称其服。"其，或作"已"。"不称"，指德薄而服尊。刘禹锡用其典，既有自谦之意，也存有因加章服而恐引起旧势力妒忌之测想。

[7]郎官：这里指尚书省工部屯田员外郎。缘累：犹牵累。出省：指被贬出京为朗州司马之事。

[8]虚称：徒有虚名。这里是刘禹锡自谦之词，实际上指富有才干。清班：清贵的官班。指尊崇的官位。

[9]上封：上封事。古代臣下上书言事时，将奏章用皂囊缄封呈进，以防泄漏，谓之"上封事"。

[10]外转三郡：指元和十年（815）至宝历二年（826）刘禹锡转任连州、夔州、和州三州刺史。

[11]膺期：承受期运。指受天命为帝王。滞淹：谓人沉抑于下而不得升进。亦指滞淹之人。

[12]宿旧：年长者；年长有德之人。猥：副词。犹辱、承。谦词。收拾：招纳；收容。

[13]职兼书殿：指刘禹锡大和二年（828）春回到长安任主客郎中，兼集贤殿学士。官忝仪曹：指大和三年（829）刘禹锡被任命为礼部郎中，此时仍兼集贤殿学士。仪曹，唐以后礼部郎官的别称。

[14]未宣：没有得到彰显。

[15]重领郡符：指大和五年（831）十月"敕授使持节苏州诸军事，守苏州刺史"（《苏州举韦中丞自代状》）。

[16]延英：指唐长安大明宫中的便殿延英殿。

[17]星言：星焉。谓披着星星。星言，典出《诗经》。《诗经·墉风·定之方中》："命彼倌人。星言夙驾。"载驰：快马加鞭的意思。《诗经·墉风·载驰》："载驰载驱，归唁卫侯。"星言载驰，意思是指刘禹锡披星戴月地赶路赴任苏州刺史。

[18]睿谋：指皇帝的谋划。文中代指皇帝唐文宗。人瘼：人民的疾苦。

[19]博弈：局戏和围棋。指娱乐方面的爱好和技能。

[20]神明：天地间一切神灵的总称。媒援：指引荐、攀援的人。

[21]片善：微小的优点。宸聪：谓皇帝的听闻。

[22]下国：指京师以外的地方。

[23]丝纶：指帝王的诏书。《礼记·缁衣》："王言如丝，其出如纶。"孔颖达疏："王言初出，微细如丝，及其出行于外，言更渐大，如似纶也。"苦节：坚守节操，矢志不渝。苦，以……为苦。节，节制。

[24]炜煌：华盛貌。

[25]环玦：玉环和玉玦，并为佩玉。用"环玦"表示官员的内召和外贬。《荀子·大略》："绝人以玦，反绝以环。"杨倞注："古者，臣有罪，待放于境，三年不敢去；与之环则还，与之玦则绝。皆所以见意也。"裴回：徘徊。

【助读】

申辩有技巧，还回真面目
——议刘禹锡人之格与文之术

《旧唐书·刘禹锡传》云："度罢知政事，禹锡求分司东都。终以恃才褊心，不得久处朝列。六月授苏州刺史，就赐金紫"。《新唐书·刘禹锡传》："度罢，出为苏州刺史，以政最赐金紫服。"新旧唐书对刘禹锡授职苏州，均有所记载。《旧唐书》的记载有两处需要甄别,一处时间有误,另外一处对刘禹锡离京外任原因的分析有失偏颇。"六月"之说有误。根据材料"右臣伏奉去年十月十二日敕授使持节苏州诸军事、守苏州刺史……今具闻奏。云云。大和六年十二月九日"(刘禹锡《苏州举韦中丞自代状》),可知"六月"误,而十月才符合事实。《旧唐书》认为刘禹锡被挤出京师的原因源自其"恃才褊心"的人品和性格。"恃才"与"傲物"相联通,指自负其才,藐视他人;"褊心",指心胸狭窄。史家之说基于统治者之传统角度与观念,与实际并不相符。事实上,刘禹锡此次离京出任苏州刺史别有他因(下文将予以分析)。新旧唐书均提及刘禹锡得到皇帝恩赐加紫金章服一事,《旧唐书》未说明皇帝赐予章服的原因,而《新唐书》则指出因政"最"而受赐紫金。"最"是古代考核政绩或军功时划分的等级,以上等为"最"。《新唐书》指出刘禹锡因考核卓著而获得皇帝恩赐加章服,但未书"恃才褊心"之类的负面评价,说明宋代欧阳修、宋祁等历史学家并不同意《旧唐书》之观点,记之以"政最",则从正面对刘禹锡的为人处世和历史功劳予以肯定。《旧唐书》舍弃"政最"不提,也是为了与"恃才褊心"之评保持统一,否则就有自相矛盾之嫌疑。

刘禹锡出任苏州刺史当与朝中的派系斗争密切关联,刘禹锡在苏州期间上呈的文书中常有不平之叹。敬宗宝历二年(826)秋,刘禹锡奉诏卸任和州刺史,后回到洛阳赋闲,大和元年(827)六月,"除主客郎中,分司东都"(刘禹锡《子刘子自传》)。因时任宰相的裴度与刘禹锡家族素有交情,元和十年他任御史中丞时曾在宪宗皇帝面前替刘禹锡求过情,从而使刘禹锡由贬谪播州改为连州,后来刘禹锡与裴度一直保持着良好的关系,刘禹锡后期的政治理想和仕途迁转与裴度的进退密切关联。大和二年(828)春,刘禹锡因宰相裴度、窦易直的举荐以及淮南节度使段文昌的表荐,得以重回京师,并于尚书省礼部任主客郎中。后经裴度的举荐任集贤殿学士。大和三年(829),刘禹锡任礼部郎中,仍兼集贤殿学士。其在集贤殿学士位上任职至大和六年(832)出任苏州刺史止,在近四年的时光中,他甘心于整理与编辑文献,"供进新书,二千余卷"(刘禹锡《子刘子自传》),功劳可观,其心情是愉快的,对仕途的发展充满着信心。随着裴度及其周边的正直朝官,如白居易、李绛、崔群、李德裕等,被李宗闵朋党排挤离开朝廷,刘禹锡深感失望、越发悲伤。刘禹锡申请分司东都赋闲未果,终被挤出朝廷而赴任苏州。在任职苏州刺史期间,其呈送朝廷的公文中,除了礼节上的谢恩表敬外,行文中多流贯着为自己申诉的气息。《苏州谢上表》云:"石室之书,空留笔札;金闺之籍,已去姓名。本末可明,申雪无路……臣闻有味之物,蠹虫必生;有才之人,谗言必至。事理如此,古今同途。"历经政治迫害和仕途迁转,刘禹锡骨气愈见朗硬,他以凛然之正气直面权贵,甚或皇权,他在文本中直抒怨气与不平已显得无所畏惧,后世读者所公认的刘氏"诗豪"的气概在其文章中同样大放光彩。这篇《苏州谢恩赐加章服表》是一篇谢主隆恩之文,是一篇奏报勤政之文,同样也是一篇自叙经历、申诉心曲而咏叹理想之文。

作为一篇呈皇帝之谢表,公文性特征鲜明。此处不拟再阐述。下面结合有关史实就表文中刘禹锡的自辩和诉求作些阐释。受到皇帝恩赐加章服,表明其政绩得到了皇帝的认可,也就是说其在皇帝心目中已据有一定的地位;加之皇上降恩之前,他与皇帝已有多次文本互动,如除呈献过《苏州谢上表》外,还上过

《苏州谢赈赐表》《苏州贺册皇太子表》等,如此,君臣之间的关系或会比原先更亲近一步。基于这种情感沟通的亲近关系,他在谢表中不仅表达了谢恩之意,还很自如地陈述了自己的官宦经历和蒙受的不白之冤。表文"以孤直在台"句之"孤直"二字,对自己耿直之个性、势孤之形况进行了自评,由此可见其对皇帝的忠心耿耿和对国事的尽职尽责。由于受到时任御史中丞武元衡的打击,他很难混同于落后的流俗势力,因而显得势单力薄。"以缘累出省",这是永贞革新失败后被贬出朝的一种委婉说法,"缘累"二字表示受到牵连,但他并没有认错。在"宪宗皇帝,后知其冤"句中,着一"冤"字,则坚定地认为永贞革新具有正义性。事实上,宪宗后期致"中兴"的举措和成果(如平定叛乱等),则在某些层面上实现了当年革新派的诸多理想。针对元和十年(815)刘禹锡、柳宗元等回京旋又被贬出朝的遭遇,刘氏在本篇表文中很肯定地认为系"上封者潜毁"所致。至于此次外任苏州刺史一事,与当朝皇帝唐文宗关联,此表所呈献的对象也是文宗,但刘禹锡依然以"微劳未宣,薄命多故"来暗示离省外任的原因,他依然不承认自己能力不够或犯有过失。这一点唐文宗或心知肚明。在表文之末,刘氏大胆地使用了源于《荀子》的"环玦"典故(详见本表注释[25]),并且直抒"空嗟白首"的喟叹,可谓怨气郁结,感慨深沉,于其中也当能见刘禹锡不畏权贵之盛气。或有人认为,既然刘氏充满豪气,无所畏惧,然何以在文中出现了"恐兴彼己之诗"(详见本表注释[6])、"曾经诬毁,每事防虞"这样小心谨慎之语呢?其实,刘禹锡这种用语一方面表示谦虚,不失文雅,此文毕竟是呈皇帝阅读的文本,不宜太冲;另一方面,既然皇帝已恩赐加章服,可以认为他已取得皇帝的信任,则其生发出新的仕进理想当是自然之事，同时，他担忧会引发奸人的诋毁也很符合情理。毕竟刘禹锡在仕进过程中经历过曲折，体验过被迫害的痛苦。元和十年（815）三月，因"玄都观里桃千树，尽是刘郎去后栽"而招致诋毁和远贬连州的打击。而大和二年（828）三月刘禹锡回归长安后，再至玄都观，又赋诗《再游玄都观绝句》，其中"种桃道士归何处，前度刘郎今又来"诗句，渗透着感慨，但也充溢着竞斗的锐气，使执政权贵们感觉不爽。因此，裴度欲荐其为知制诰之职遂宣告落空。《旧唐书·刘禹锡传》载："大和中，度在中书，欲令知制诰，执政又闻诗序，滋不悦，累转礼部郎中、集贤院学士。"鉴于上述失败的教训，刘禹锡在表文中提及"每事防虞"自然是其政治历练更加成熟的表现。再者，侧观刘禹锡的谨慎之语，也能发现其用语中依然表达着曾经遭遇的不平，这同样也是在提醒唐文宗，同时也是在为自己申诉。

　　作为久经官场历练之人，也当有一份老道之术。刘禹锡深知与皇帝之间保持高频度信息传递的重要性，他的这篇表文及时向皇帝禀报了水灾之后的治政情况，表述了自己的忠诚和作为，从而很好地突出了为天子排忧解难的人臣角色。"恭守诏条，上禀睿谋，下求人瘼"，表达的是忠贞和仁爱。"才术虽短，忧劳则深""昼夜苦心，寝食忘味"，反映的是奉献的态度和勤政的行为。"幸免流离，渐臻完复"，则描述的是治理的成果。在古代社会，信息传播的渠道很少，传播技术也不发达，地方官员若因谦虚而不充分报告治政实绩，或因技巧拙钝而不善于表达，则不被朝廷知晓或影响考课成绩也就在所难免了。刘禹锡不仅能恰当地表述所作所为，也能够把握机会高频度地向皇上和执政大臣报告事实，由此展示出他的高超的汇报技巧。刘禹锡大和六年十二月刚刚到任,即投入到救灾理政之中,其《苏州谢上表》云:"伏以水灾之后,物力索空,臣谨宣皇风,慰彼黎庶。"在次日所写《苏州上后谢宰相状》中,描摹了水灾过后的惨相,其云:"物力萧然,饥寒殒仆,相枕于野。"并表示"誓当悉心条理,续具奏论"。所述景况,令人揪心;表达决心,又能使朝廷放心。《苏州谢赈赐表》云:"去年灾沴尤甚,水潦虽退,流庸尚多。臣前月到任,奉宣圣旨,阖境老幼,无不涕零。询访里闾,备知凋瘵……特有赈恤,救其灾荒。苍生荷再造之恩,俭岁同有年之庆。"这一段禀告之词,容易使天子了解到灾后流民尚多的情况,领略到百姓对皇恩的感激,也认识到自己作为地方长官的诚挚和辛苦。如此通畅地释放和传递信息,或能使皇帝的忧念得以宽解,或能使汇报者在皇帝心目中获得更多的信任。刘禹锡深得其道,以其对皇帝的赤诚之心,以其务实勤政之态,以其谦卑和正直融合之势,诠释了自己的责任担当、人格境界以及理想追求。

贺德音表[1]

臣某言:伏见今月十六日德音,布告遐迩[2]。天道下济,人情大安[3]。云云。伏惟皇帝陛下,凝旒思理,垂意择材[4]。以日月无私之光,照寰区有截之内[5]。贵使下情尽达,宁虞厚貌潜谋[6]?

一昨李训、郑注等[7],敢有逆心,兼连凶党[8]。陛下睿谋神断,左右协同。顷刻之间,扫除已定[9]。重臣毕力,禁旅竭忠[10]。氛祲廓清,华夷咸说[11]。言念正刑之外,或有违误之徒[12]。再发德音[13],广宣圣泽。当星纪回天之日[14],迎阳和煦物之光。怀危疑者如山之安，欲告讦者望风知惧。非同谋者一切不问，未结正者三宥从宽[15]。含生之伦，普天同感。臣愊居官次[16]，不获称庆阙庭。云云。谨差防御知衙官、朝议郎、权知容州都督府司马孙惕奉表。云云。

【注释】

[1]德音：善言。后也引申指帝王的诏书，为公文体的一种。至唐宋，诏敕之外，别有德音一体，用于施惠宽恤之事，犹言恩诏。本表中德音指文体。

[2]遐迩：远近。

[3]下济：利泽下施，长养万物。文中指君王施恩惠于臣下百姓。《周易·谦》："象曰：谦亨。天道下济而光明，地道卑而上行。"人情：民情。

[4]凝旒(liú)：冕旒静止不动。形容帝王态度肃穆专注。旒，旌旗悬垂的饰物，也泛指旌旗。思理：构思。垂意：一作"垂衣"。

[5]有截：齐一貌；整齐貌。有，助词。"有截"二字代称九州，指天下。《诗经·商颂·长发》："苞有三蘖，莫遂莫达。九有有截，韦顾既伐，昆吾夏桀。"郑玄笺："九州齐一截然。"韦、顾、昆吾，皆为夏的盟国，后皆被商所灭。夏桀被灭后，流放南巢，天下遂统一。

[6]宁虞：岂料想。表示反问语气。厚貌潜谋：表里不一，包藏祸心。潜谋，暗中谋划。

[7]李训(？—835)：唐朝大臣。陇西成纪(今甘肃秦安西北)人。擢进士第。大和八年(834)，由四门助教至翰林侍讲。次年，升迁至礼部侍郎，同平章事，与郑注等结为党援。反对宦官专权，先后诛死宦官陈弘志和王守澄等。后又与郑注合谋，欲设计铲除宦官集团，诈称左金吾厅事后院内石榴树上有甘露下降，引宦官出观，事败，宦官仇士良率军大肆捕杀朝臣，此为中唐时期唐文宗朝重要历史事件"甘露之变"。李训在逃亡中被杀，其全家亦遭灭门之灾。郑注(？—835)：唐朝大臣。绛州翼城(今山西翼城)人。本姓鱼，冒姓郑，时号鱼郑。出身寒微，始以医术游于长安权贵之家。后依李愬，转由宦官王守澄推荐入朝，颇受重用，历任检校库部郎中、昭义节度副使等职。大和九年，授工部尚书，充翰林侍讲学士。与李训同有铲除宦官专权之志，后诛杀王守澄。转任为检校尚书左仆射、凤翔尹、凤翔节度使，他与李训设定里应外合计划，欲铲除宦官集团。"甘露之变"时，他引兵入京接应，中途

闻李训事败而返,途中为监军张仲清所杀。

[8]连凶党:当指联合甘露之变中被杀的宰相王涯、贾餗、舒元舆,以及王璠、郭行馀、罗立言、李孝本、韩约等人。凶党,叛党、逆党。

[9]扫除已定:指凶党十余人已被杀,其家皆被族诛,甘露事件已平定。

[10]重臣:指那些平息甘露之变的权臣。如朝臣李石、郑覃、令狐楚、张仲清等;宦官仇士良、鱼朝恩等人。禁旅:犹禁军。古代称保卫京城或宫廷的军队。

[11]氛祲:指预示灾祸的云气。这里比喻叛乱。咸说:皆悦。"说"同"悦"。

[12]正刑:依法执行死刑。诖误:连累。

[13]再发德音:指针对"甘露之变"后的情况第二次颁布的德音。此次德音题为《诛王涯郑注加恩中外德音》,当作于大和九年十二月十六日。第一次德音颁发于京师兵乱之第四日,即大和九年十一月二十四日,标题为《讨凤翔郑注德音》(《唐大诏令集》卷一百二十),又题为《讨郑注优赏军士德音》(《全唐文》卷七十五《文宗(七)》)。

[14]星纪:星次名。十二次之一。与十二辰之丑相对应,二十八宿中之斗、牛二宿属之。泛指岁月。星纪回天,指岁将尽。回天,又可喻为力量之大,能左右或扭转难以挽回的局势。

[15]"怀危疑者如山之安……三宥从宽":这几句源自《诛王涯郑注加恩中外德音》,表达宽大处分的内容。告讦:责人过失或揭人阴私;告发。结正:结案判决。三宥:宽恕三次的意思。宥,宽恕、赦免。

[16]官次:职守;官位。

【助读】

甘露之变血腥浓,义山鸣冤重有感

刘禹锡任职汝州刺史约一年时间,大和九年(835)十月他再移为同州刺史,兼御史中丞,充本州防御、长春宫等使。唐代诸州除分为上、中、下等级以外,还根据其地位轻重,有京、辅、雄、望、紧等几个区分等级。同州属近畿之州,属于四辅之一(另外三辅为华州、歧州、辅州），相对于汝州而言，地位居上。刘禹锡虽未能回到京师任职，但其仕进之路无疑又有了好的转机，其离长安越来越近，心情也越发变好。其大和九年十二月到任同州后所作《同州谢上表》云："瞻魏阙之容，朝天尚阻；望长安之路，近日为荣。"较之于"临汝水之波，朝宗尚阻；望秦城之日，回照何时"（刘禹锡《汝州谢上表》），回京的愿望已近在咫尺，刘禹锡怎能不觉得这是一种荣幸呢！大约就在刘禹锡赴任同州即将到达任所的途中，长安出现内乱，十一月二十一日发生了"甘露之变"（详见上述注释[7]"李训"条）。刘禹锡到任后，根据朝廷颁发的下行文书，及时写就《贺枭斩郑注表》与《贺德音表》，向朝廷平息李训、郑注叛乱表示祝贺。皇帝于《讨郑注优赏军士德音》（大和九年十一月）中称李训、郑注为"逆贼"，于《诛王涯郑注加恩中外德音》（大和九年十二月）中称王涯等被捕杀之臣为"凶徒"，他们的行为是"祸乱"，这种定性表述表明了朝廷的立场和态度。既为叛乱，则天下呈献的贺表类文书也必然对李训集团予以鞭答，对平定叛乱予以美誉。刘禹锡等朝野臣子自然难以脱俗，也不敢脱俗，必然要与皇帝所颁诏书的立场保持统一，此为当时政局中的大是大非问题，一般来说，居官者不会轻易发表异端之说！

"甘露之变"，京城中刀光剑影，乱象环生，一时被杀者不计其数，一场骇人听闻的杀戮与掠夺之战令人胆战心惊。《新唐书·李训传》卷一百七十九载："会士良遣神策副使刘泰伦、陈君奕等率卫士五百挺兵出，所值辄杀。涯等惶遽易服步出。杀诸司史六七百人，复分兵屯诸宫门，捕训党千余人斩四方馆，流血成渠。宦竖知训事连天子，相与怨喷，帝惧，伪不语。故宦人得肆志杀戮。俄而元舆、涯皆为兵所执。涯实不知谋，士良榜答急，乃自署反状。诏出卫骑千余,驰咸阳、奉天捕亡者,大索都城,分掩涯、训等第,兵遂大掠,入黎埴、罗让、浑鐬、胡证等家及贾耽庙,赀产一空。两省印、簿书辄持去,秘馆图籍,荡然无余者。"这段材料描述了"甘露之变"中宦官指使军队滥杀臣民、抢劫财物的史实。因皇帝恐惧不语,致使宦人大开杀戒,诸司史被杀人数达六七百人之多,而李训集团被杀人数更逾千人。士兵以及京中趁火打劫者更是大肆掠夺财物,不仅是李训同党遭难,连一些权要富贵人家,如黎埴、罗让、浑鐬、胡证等惨遭劫掠;更有甚者,闯入官衙盗取印章、文书和珍贵图籍。京中有对特定对象抱有仇怨者,也乘此乱象实施报复。这是一场大的洗劫,残暴之行不堪入目。面对如此残暴的宦官集团,皇帝因受其挟持,也只能认其为正义力量,而下诏"暴训涯等罪"(《新唐书·李训传》卷一百七十九),由此给"甘露之变"的性质下了结论,即李训、王涯等为叛乱集团,则其遭灭门之诛也势在必然。《旧唐书》卷十七《文宗纪(下)》:"(大和九年十一月)壬戌,中尉仇士良率兵诛宰相王涯、贾𫗧、舒元舆、李训,新除太原节度王璠、郭行余、郑注、罗立言、李孝本、韩约等十余家,皆族诛。"这十余家之主人皆为朝中重臣,他们背叛朝廷、引发祸端,自然遭到时人的指责与谩骂,后出之史家也多对他们予以苛责。唐文宗时,各朝臣呈献皇帝之贺表,异口同声地对李训集团予以痛斥。刘禹锡的贺表也不例外。《旧唐书》反复称李训、郑注为"奸臣"。该书卷一百六十九"史臣"评价中云:"李训者,狙诈百端,阴险万状,背守澄而劝酖,出郑注以擅权……涯、𫗧绰有士风,晚为利丧,致身鬼蜮之伍,何逃瞰室之灾。"司马光《资治通鉴》卷二百四十五云:"涯、𫗧安高位,饱重禄;训、注小人,穷奸究险,力取将相。涯、𫗧与之比肩,不以为耻;国家危殆,不以为忧。"史家们守正统之道,像司马光这样杰出的史学家也不例外,他们对李训集团持否定的态度,对其铲除宦官行为予以鞭挞。

"甘露之变"事件震动朝野,事件本身造成血腥屠杀之恐怖局面,事后的负面作用更大,主要表现为宦官组织掌控大权,制约朝野,皇权旁落,连君主的废立、生杀也掌握在宦官手中,李唐王朝日益衰落、摇摇欲坠。《资治通鉴》卷二百四十五载:"仇士良等各进阶迁官有差。自是天下事皆决于北司,宰相行文书而已。宦官气益盛,迫胁天子,下视宰相,陵暴朝士如草芥。"唐文宗胁迫于宦官势力,缺乏施政自由,只能终日郁郁寡欢。《资治通鉴》卷二百四十六:"(开成四年十月)上疾少间,坐思政殿,召当直学士周墀,赐之酒。因问曰:'朕可方前代何主?'对曰:'陛下尧舜之主也。'上曰:'朕岂敢比尧舜,所以问卿者何如周赧、汉献耳?'墀惊曰:'彼亡国之主,岂可比圣德。'上曰:'赧、献受制于强诸侯,今朕受制于家奴,以此言之,朕殆不如。'因泣下沾襟。墀伏地流涕。自是不复视朝。"周赧王和汉献帝均为末代君王,受制于人,或如受人操纵之傀儡,唐文宗以二人自喻,充满着心酸,令人感慨不已。一代君主如此境遇,其原因当与"甘露之变"中宦官集团取得胜利不无关联。

"甘露之变"对朝士和知识分子产生了很大影响,当时朝士们几乎接受了皇帝诏书中关于李训集团叛乱事件的定性,在与皇帝诏书保持同一斥责之声外,纷纷退却自保,即使心有异议,也不再评论是非。像裴度、白居易、令狐楚等名臣均如此。而此时,也有个别不平之士发出了异样的声音。如著名诗人李商隐(字义山)的态度就表现得非常鲜明。其写作了《有感二首》《重有感》来表达与众不同的政治见解，对李训有赞成，也有批判，深感惋惜。鉴于形势的重压，他也只能用婉深含蓄的诗歌语言予以艺术化表达。《有感二首》其一："九服归元化，三灵叶睿图。如何本初辈，自取屈氂诛？有甚当车泣，因劳下殿趋。何成奏云物？直是灭崔符。证逮符书密，辞连性命俱。竟缘尊汉相，不早辨胡雏。鬼篆分朝部，军锋照上都。敢云堪恸哭，未免怨洪炉。"其二："丹陛犹敷奏，彤庭歘战争。临危对卢植，始悔用庞萌。御仗收前殿，凶徒剧背城。苍黄五色棒，掩遏一阳生。古有清君侧，今非乏老成。素心虽未易，此举太无名。谁瞑衔冤目，宁吞欲绝声？近闻开寿宴，不废用咸英。"此二诗着意深刻，用语典奥，但透过词语当可感知诗人对铲除宦官之举的支持。从古今不少专家学者对李商隐诗歌的评点，或可深入体会诗人的心情和用意。清代学者沈德潜评此诗曰："为甘露之变而作。前一首恨李训、郑注之浅谋，后一首咎文宗之误任非人也。"[1]清姚培谦云："此为甘露之变鸣冤也。训、注之奸邪可罪，训、注之本谋不可罪。二诗，前首恨训、注之浅谋，后首咎文宗之误任，盖君臣皆有罪也。"[2]当代学者刘学锴、余恕诚评介李商隐《有感二首》时认为诗人视宦官为"凶徒"，"揭露他们大事株连、滥杀无辜、挟制皇帝、篡权乱政的罪行，表现了强烈的义愤。"[3]这样有胆量的作品，当时还没有第二人能够写出。甘露之变后，昭义军节度使刘从谏因与宦官集团不和，曾于开成元年二、三月两次上表，力辩王涯等无罪被杀，极力声讨仇士良等宦官的罪恶。李商隐对刘从

---

[1]刘学锴、余恕诚：《李商隐诗歌集解》，中华书局，1988年版，第29页。

[2]刘学锴、余恕诚：《李商隐诗歌集解》，中华书局，1988年版，第29页。

[3]刘学锴、余恕诚：《李商隐诗选》，人民文学出版社，1978年版，第11页。

谏的言论表示赞赏,并于《重有感》诗中予以肯定,其云:"玉帐牙旗得上游,安危须共主分忧……昼号夜哭兼幽显,早晚星关雪涕收。"该诗期待着像刘从谏一样的掌握军权的重臣能够义不容辞地站出来,用实际行动平定宦官,从而为皇帝分忧解难。

李商隐以血性和义愤为甘露事件鸣冤,他是事件发生时代的见证人,其勇气和胆略尤其可贵,后代虽然有诸多维护所谓正统而对李训集团持否定贬斥之词者,但也有不少专家学者为他们的行为积极辩护。整体而言,《旧唐书》对李训等人引发"甘露之变"是否定的,但其在文本字里行间也掩盖不住一些肯定的意思。如其在《李孝本传》中云:"坐训、注而族者,凡十一家,人以为冤。"清人学者尚宛甫认为:"训、注虽谲进,然乱贼人人得诛;举世畏宦官,训、注独舍生诛之,使其谋成,则武、宣、懿三宗必无复废立之事。"①清代学者王鸣盛亦认为:"俾王叔文一不成,训、注再不成,以至不可救,而训、注固未可深责。"②其实,早在唐朝末年,唐昭宗《改元天复赦》已对李训集团给予了昭雪,有文字云:"故宰相王涯已下一十七家,并见陷逆名。本蒙密旨,遂令忠愤,终被冤诬,六十馀年,幽枉无诉。宜沾恩霈,用慰泉扃,宜并与洗雪,各复官资。如有子孙在人家隐藏者,任自诣阙及州府投状,如非虚谬,则与量才叙用。"(《唐大诏令集》卷五)唐文宗胆小懦弱而有辜于一批就死之臣,直至六十多年后,那些屈死的冤魂们才在唐昭宗主政时得到了平反,历史虽然给予那出悲剧以同情和慰藉,但"甘露之变"造成的负面影响却已无法弥补,只能作为历史的教训令后人感慨反思了!

---

①白寿彝:《中国通史·郑注》,上海人民出版社,2004年版,第1908页。
②白寿彝:《中国通史·郑注》,上海人民出版社,2004年版,第1908页。

谢分司东都表[1]

臣某言:伏奉今月十九日制书,授臣太子宾客分司东都者[2]。宠命自天,战越无地[3]。云云。臣发迹书生,以文为业。出身入仕,四十余年。顷自集贤学士出守吴郡[4]。面辞之日,亲承德音[5]。念百姓水潦之余,示微臣政理之法[6]。臣祇膺圣旨,夙夜竭诚[7]。闾里获安,流庸尽复[8]。猥蒙朝奖,锡以金章[9]。及迁同州,又遇歉旱。悉心绥抚,幸免流离。

今荷天慈,悯臣耆旧[10]。列名宾护之职[11],分局河洛之都。老马沾束帛之恩[12],枯株蒙雨露之泽。获居荣秩,以毕余年。顾此微躯,实为厚幸。伏以臣始为御史,逮事德宗。今忝宫僚[13],幸逢圣日。举四海之内,贤能则多;求六朝之臣,零落将尽。虽迫桑榆之景,犹倾葵藿之心[14]。臣无任感恩惕抃之至[15]。

【注释】

[1]唐制,中央官员在陪都(洛阳)任职者,称为分司。东都:唐定都长安,以洛阳为其陪都。东都,二字原无,据《嘉业堂丛书》本《刘宾客文集》《四部丛刊》本《刘梦得文集》增添。刘禹锡开成元年秋自同州刺史调往洛阳任太子宾客,该表作于到任之际。

[2]太子宾客:太子东宫属官。唐显庆元年(656)始置四员,正三品,"掌调护侍从规谏。凡太子有宾客之事,则为上齿,盖取象于四皓焉。"(杜佑《通典》卷第三十)上齿,敬老之意,上同"尚"。四皓,指汉朝的四位高人,即东园公、绮里季、夏黄公、角里先生。

[3]战越:因惶恐而战栗。越,殒越,惶恐。多用于章表或上书。无地:犹言至极;不尽。形容无限喜爱、惶恐、惊喜、感愧等感情。

[4]顷:往昔。集贤学士:官名。唐开元十三年(725)置集贤殿学士,以五品以上官充任,掌刊辑典籍,辨明邦国大典。

[5]德音:德言。

[6]水潦:水淹。政理:为政之道。

[7]祗膺:敬受。

[8]闾里:里巷;平民聚居之处。文中引申指平民。流庸:亦作"流佣"。流亡在外受人雇佣的人。

[9]这两句指刘禹锡在苏州任刺史时因治理水灾有功而获得皇帝赐金紫章服之事。详见刘禹锡《苏州谢恩赐加章服表》。锡:赐予。

[10]耆旧:年高望重者。

[11]宾护:即指太子宾客,掌管调护太子之事,故称。

[12]束帛:捆为一束的五匹帛。古代用为聘问、馈赠的礼物。

[13]宫寮:同"宫僚"。太子东宫属官。

[14]六朝:指刘禹锡所经历的德、顺、宪、穆、敬、文宗六朝。桑榆:日落时光照桑榆树端,因以指日暮。文中比喻晚年、垂老之年。葵藿之心:文中喻指对皇帝的忠心。这里的"葵藿"单指葵。葵性向日。古人多用以比喻下对上赤心趋向。语出《三国志·魏志·陈思王植传》:"若葵藿之倾叶,太阳虽不为之回光,然向之者诚也。窃自比于葵藿,若降天地之施,垂三光之明者,实在陛下。"

[15]惕抃:惊恐而又欢心。敬辞,偏指抃之义。抃,鼓掌;拍手表示欢欣。

【助读】

莫道桑榆晚,为霞尚满天
——刘禹锡分司东都的回忆与期待

这篇谢表是刘禹锡开成元年(836)秋自同州刺史转任太子宾客到达洛阳后所作。此文也是目前可见的刘禹锡生命中最后一篇履任新职的谢表。表文中应有的语词和情感,自然当表达着对文宗皇帝李昂的感激和歌颂。回忆往事,刘禹锡十分动情。尤令其难以忘怀的是：出任苏州刺史辞别皇帝之际，文宗的德音教诲；因在苏州治水安民之功所得到的御赐金章紫服。面对太子宾客分司东都之授职，刘禹锡称其为"宠命自天"，颇有喜不自胜而"惕抃"之情态，无论其内在感情的真切度是深是浅，其言辞之热烈当显而易见。当然在其情感表达中，感慨于六朝大臣之凋零殆尽，当有忧伤潜行心中；然面对人生桑榆之晚景，刘禹锡并不颓丧，依旧坦言忠诚之心与奋进之意。研读表文字里行间，不难发现刘禹锡对四十余年的宦海经历充满自信，对自身往日的行为和表现予以肯定；对未来的人生之路，依然豪情满怀地予以期待。下面据表文提及的要点从三个方面略作探讨。

"以文为业"的人生自许。呈宪宗文《连州刺史谢上表》云："臣性本愚拙，谬学文词，幸遇休明，累登科第。"呈穆宗文《夔州谢上表》云："臣家本儒素，业在艺文。贞元中，三忝科第。"呈敬宗文《和州谢上表》云："臣业在词学，早岁策名。德宗尚文，擢为御史。"呈文宗文《苏州谢上表》云："臣本书生，素无党援，谬以薄伎，三登文科。"呈文宗文《汝州谢上表》云："臣本业儒素，频登文科。"从刘禹锡为官不同时期的几篇谢表来看，其对自己的文才渊源、表现和所从事的文职事业引以为豪，并一再申述。从刘氏的津津乐道和念念不忘，可见儒学素养和文学才能是其四十年宦海浮沉而安身立命之根柢，也是其爱国忠君而追求仕进的精神支柱和动力来源。刘禹锡贞元九年（793）荣登进士科和宏辞科、贞元十一年（795）通过吏部取士科选拔（详见本书《夔州谢上表》"助读"文章），他以文才撬开了求仕之门，从此步入曲折坎坷的政治仕途。从刘禹锡的履职经历，也可以发现其职掌文书事务的体验较多。贞元十一年，刘氏通过吏部取仕考试后，所授官职为"太子校书"。该职位属于东宫属官系统,负责典校四库书籍。非有深厚文化学养和文字功力的人难以胜任。贞元十三年(797)因父丧而中断履职。丁父忧期满后,于贞元十六年(800)进入杜佑幕府,该年夏日为徐、泗、濠节度使掌书记,数月后至秋,改任淮南节度使掌书记,一直至贞元十八年(802)调任京兆府渭南县主簿前,他的职掌均为今日所认为的秘书工作,与文字撰写和相关事务密切关联,因此,此阶段所撰公文今存较多。自贞元十八年任渭南县主簿至次年闰十月入御史台为监察御史前,其工作性质仍为秘书,朝夕与文字相伴,亦有诸多公文传世。大和二年(828)春,刘禹锡自分司东都主客郎中职位调至长安任主客郎中,不久兼任集贤殿学士,至大和五年十月出为苏州刺史止。集贤殿又名集贤书院,为唐代最大的图书典藏机构,兼有修撰、侍读的功能。刘禹锡兼任集贤殿学士期间,掌刊辑典籍,四年来,成果丰硕,或如其《苏州谢上表》所云:"在集贤院,四换星霜,供进新书,二千余卷。"此之后至撰写本表时,他的官职多有变化,职掌也与直接从事文字性工作关联不大。大略计算,刘禹锡在文字性岗位上履职近十年时间,其厚实的文化学养和优秀的写作能力为其生存和发展奠定了基础。刘氏在本表中自称其"出身入仕,四十余年"都是"以文为业",又如何理解呢?据陶敏、陶红雨《刘禹锡全集编年校注·前言》的阐述,南宋浙刻本《刘宾客文集》正集共30卷,其《外集》共10卷,合计正集与外集,刘禹锡今存诗801首,文223篇。该《前言》又指出清董诰等所编辑的《全唐文》卷五九九至卷六一零收入刘禹锡文12卷,收入文章244篇,比浙本刘集多收21篇。刘禹锡逾千首(篇)的诗文作品,非写于一时一地,分散于其一生中的各个时期,而本表所提出的"四十余年",更是其创作的主要时期。刘禹锡作品数量众多,其质量又如何呢?从古今学者的评价中或可一窥神貌。同时代大诗人白居易惊叹于刘禹锡豪劲激扬的诗歌风格,曾云:"诗敌之勍者,非梦得而谁?"(白居易《白氏长庆集》卷六十八《与刘苏州书》)又云:"彭城刘梦得,诗豪者也。其锋森然,少敢当者。"(白居易《白氏长庆集》卷六十九《刘白唱和集解》)刘白关系笃厚,白居易总结出刘禹锡"诗豪"的创作特色,自此在刘禹锡诗歌接受史上"诗豪"就成为刘诗的重要符号。清代文学家刘熙载评价刘诗云:"刘梦得诗稍近径露,大抵骨胜于白而韵逊于柳。要其名隽独得之句,柳亦不能掩也。"(刘熙载《艺概·诗概》)刘熙载举白居易、柳宗元、刘梦得三家诗歌以比较,反映各自高下之处,由此揭示刘禹锡的诗艺特征,在比较中反映出刘诗的高妙所在。至于刘禹锡的文章才华,名家点评也十分精当。唐代著名散文家李翱曾云:"翱昔与韩吏部退之为文章盟主,同时伦辈,惟柳仪曹宗元,刘宾客梦得耳。"刘禹锡对李翱之论是同意的,并将其引入所撰文章《唐故中书侍郎平章事韦公集纪》中,这是刘氏对自己文章才能的自信,也是一种自我激励的心理策动反应。刘禹锡对自己阐述事理的写作能力甚为自赏,在《祭韩吏部文》中云:"子长在笔,予长在论。"此处"子"指韩愈。刘禹锡擅长阐述事理,其论说文成就当超越韩愈。今人卞孝萱、卞敏认为刘禹锡的自评"大致上符合实际情况"①。刘禹锡在为官生涯中,不仅施其文才履行相应的岗位职责,更通过文学创作和文章写作来反映生活及其理想信念,而且他还积极发挥文字编辑才能,编录他人和自己的作品以推动文化事业的发展。他曾整理自己与白

①卞孝萱、卞敏:《刘禹锡评传》,南京大学出版社,1996年版,第310页。

居易、裴度、令狐楚、李德裕的唱和作品,并分别编辑为《刘白唱和集》《洛中集》《彭阳唱和集》《吴蜀集》,也精选自己作品辑成《刘氏集略》十卷,令人遗憾的是,该书已佚。基于上述种种,刘禹锡自称四十余年"以文为业"完全符合实际,考察其文事和文学活动成效,刘氏之成果名扬当世,更沾溉后来,给予后人以深刻的滋养。像唐之李商隐、温庭筠、许浑、韦庄、杜荀鹤等名家均从学习刘禹锡诗文中获益较多。宋之大家王安石、苏轼、苏辙以及江西派诗人等也多喜爱刘禹锡诗文,并各取所需以丰富自身素养。至于后之历代文人,他们对刘禹锡的继承和借鉴,甚为风行(此处不论)。

"悉心绥抚"的勤政作为。刘禹锡在这篇呈谢给皇帝的最后一篇谢表中,对自己的治灾行为十分满意,于文中作了提要性概述。古之社会,植根于农业文明,社会变迁速度十分缓慢,社会的经贸活动和工程建设并不凸显,因此,作为地方长官,其主要职能在于维护社会秩序,催缴各类租税(唐实施租庸调制),兴修水利工程,发展文化教育,促进人口增长,赈济遭受自然灾害的黎民百姓,以及其他任务等。其中,面对水涝或旱灾时的行动,尤能反映地方长官的治理能力和工作水平。刘禹锡在和州、苏州、同州刺史任上,都碰到了自然灾害的考验。面对灾难,刘禹锡深入民间,勤于政务,为百姓排忧解难,因此深受民众好评。上任和州之际,针对和州的连年水旱,刘禹锡"退思常后己,下令必先庚"(刘禹锡《历阳书事七十四韵》)。庚,指农事。其所忧虑的是"受谴时方久,分忧政未成"(刘禹锡《历阳书事七十四韵》);其所欣慰的是"比琼虽碌碌,于铁尚铮铮"(刘禹锡《历阳书事七十四韵》),其意指依然坚持着似"玉"的品性和如"铁"的刚劲。

碌碌,玉之貌;铮铮,金属发出的声音,谓其刚利。在苏州期间,应对水灾,如本表所述,他"夙夜竭诚",赈济百姓,救其灾荒,终至"闾里获安,流庸尽复";掌印同州时,遇到歉旱,他一方面放粮减租,一方面"去其旧弊""严立新规"(刘禹锡《谢恩放先贷斛斗表》),从而使百姓"幸免流离"(刘禹锡《谢分司东都表》)。表文中述其治政之功,特别是提及苏州居官期间沐浴皇恩而获赐章服之事,尤成为他为官政绩的巨大亮点和无比荣耀。

"倾葵藿之心"的忠诚与期待。或因足疾之故,开成元年,刘禹锡"改太子宾客分司东都"(刘禹锡《子刘子自传》)。此官虽为闲职,但刘氏依然壮心不已,表达出忠贞和进取的意志。本表云:"虽迫桑榆之景,犹倾葵藿之心。"这是刘禹锡追求理想、热衷政治、积极事功的一贯立场和心态。刘禹锡崇拜的伟大诗人杜甫曾经也用"葵藿"意象表达出对君国的忠诚和竭力辅佐的决心。杜甫云:"葵藿倾太阳,物性固莫夺。"(杜甫《自京赴奉先县咏怀五百字》)刘禹锡相信旧事物永远阻挡不了新事物的发展进程,如其诗云:"沉舟侧畔千帆过,病树前头万木春"(刘禹锡《酬乐天扬州初逢席上见赠》)。他不屈服于命运的戏弄,不消沉于老将至的暮年。观其自同州回到洛阳酬答白居易之诗《自左冯归洛下酬乐天兼呈裴令公》,也可反映此时刘氏分司东都的开朗心境,该诗与本表作于同一时期。诗云:"华林霜叶红霞晚,伊水晴光碧玉秋。更接东山文酒会,始知江左未风流。"诗中霜叶、红霞、晴光、碧玉,均为多彩而明丽的景象,多象征着积极进取的心态和意趣;反用谢安淡定风流之典,以表现刘氏从容达观和充满理想愿景的胸襟。同期所作的另一首诗歌《秋斋独坐寄乐天兼呈吴方之大夫》也依然格调明朗,其云:"同向洛阳闲度日,莫教风景属他人。"表达出赋闲而不消极、乐观而自强的心声。同样的声音,同样的意志,一直持续固化于刘禹锡的精神世界,且愈加强烈。"莫道桑榆晚,为霞尚满天"(刘禹锡《酬乐天咏老见示》),此两句脍炙人口,家喻户晓,作于回洛阳后的第二或第三年(开成二年或三年),此诗表明的奋斗意志更为鲜明,情感更为放达,对理想的期望更加鼓舞人心。即使是刘禹锡行将辞世的前一年秋天(会昌元年秋),他的生命依然在歌唱,他的斗士精神依然闪烁着光芒。其《秋声赋》收束之段云:"骥伏枥而已老,鹰在鞴而有情。聆朔风而心动,眄天籁而神惊。力将疼兮足受绁,犹奋迅于秋声。"感慨中充满着深情,刘禹锡不畏时光短暂,不畏病痛磨生,依然对生命充满着激情,比己为老骥,仍希望驰骋,自喻为雄鹰,依然要在暮秋中飞翔。字里行间听不见悲秋的吟叹,却唱出了生命不息的乐歌! 这就是"诗豪"刘禹锡格调高扬的文人情怀!

举崔监察群自代状[1]

御史台[2]:宣歙池等州都团练判官[3]、监察御史里行崔群[4]。右臣蒙恩授监察御史,伏准建中元年正月五日制,常参官上后三日举一人自代者[5]。伏以前件官在诸生中号为国器[6]。絷维外府,人咸惜之[7]。臣既深知,敢举自代。云云。贞元十九年闰十月日。

【注释】

[1]崔监察群:指崔群。崔群:唐贝州武城(今河北清河东北)人,字敦

诗。贞元八年登进士第,累官至宰相。监察:监察御史,这里指崔群在幕府中为僚佐时所带的宪衔。宪衔,唐宋以来官制中在正职外所加的御史之类虚衔。《旧唐书》卷十二《德宗纪上》:"自兵兴已来,方镇重任必兼台省长官。以至外府僚佐亦带台省衔。"自代状:荐举贤人以代替自己的文状。

[2]御史台:官署名。专司弹劾之职。西汉时称御史府,东汉初改称御史台,又名兰台寺。梁及后魏、北齐或谓之南台,后周则称司宪。隋及唐皆称御史台。惟唐一度改称宪台或肃政台,不久又恢复旧称。明洪武十五年改为都察院,清沿用,御史台之名遂废。参阅《通典·职官六》《明会要·职官五》)。

[3]宣歙池:唐方镇名称。辖宣、歙、池三州,大致为今之安徽宣城、黄山、池州一带,治所在宣州。团练判官:团练使僚属。团练使为唐代武官,唐肃宗乾元初于不设节度使的地区设置团练使,大者领十州,小者领三、五州,掌本地区各州军事,其下有副使、判官、推官、巡官、衙推各一人。"团练使"前加"都"表明其领有兵力的数量。都,唐、五代、宋初军队编制单位,以百人或千人为都。《新唐书·宦者传下·田令孜》:"别募神策新军,以千人为都,凡五十四都,分左右为十军统之。"

[4]监察御史里行:官名。也称为御史里行使。唐太宗令布衣马周为监察御史里行,后遂为官名,一般指御史资浅者的加衔。龙朔元年(661)置监察御史里行(又称为监察里行使)。里行的员额不得超过其正员名额的半数。御史之职,不仅朝中设置,唐肃宗以后,地方上也普遍设置。宋孙逢吉《职官分纪》卷十四《御史台》载:"至德后,诸道使府参佐,皆以御史为之,谓之外台;复有检校、里行、内供奉,或兼或摄,诸使下官亦如之。"

[5]常参官:日常参朝的官吏。《新唐书·百官志三》:"文官五品以上及两省供奉官、监察御史、员外郎、太常博士,日参,号常参官。"

[6]前件:前已述及的人或事物。国器:旧指可以治国的人才。

[7]繁维:指绊住马脚、拴住马缰绳,以示留客之意。文中指留用人才。繁,音zhí。"繁维"语出《诗经·小雅·白驹》:"皎皎白驹,食我场苗,繁之维之,以永今朝。"外府:京都以外的州郡。

【助读】

遵从规制荐贤才，宰相也曾是"备胎"

——崔群与刘禹锡的交往

　　此篇状文出自刘禹锡之手，非代他人作文，而是为自己写的。贞元十九年（803）闰十月，刘禹锡已"擢为监察御史"（刘禹锡《子刘子自传》）。按照当时的组织管理规定，官员被授予新职后，需在三日内呈文推荐一后备人选代理自己的新职（非现实代理，只是一种储备人才方式）。《旧唐书》卷十二《德宗上》："建中元年春正月丁卯朔，御含元殿，改元建中……辛未，有事于郊丘。是日还宫，御丹凤门，大赦天下。……常参官、诸道节度观察防御等使、都知兵马使、刺史、少尹、畿赤令、大理司直评事等，授讫三日内，于四方馆上表让一人以自代，其外官委长吏附送其表，付中书门下。每官阙，以举多者授之。"由此材料可以看出，德宗登基后，在祭祀天地、祖宗之际，不仅大赦天下，也推出了一套选拔人才的方式，这就是要求新任官写自代文以推荐人才，当有官位空缺的时候，朝廷就将该职位授予"举多者"，按今之说法，也就是将某官位授予推选得票数高的人。上述引文中虽未提及监察御史也需要写自代文，但根据史实，监察御史属于"常参官"，品级为正八品上，其执掌为"分察百僚，巡按郡县，纠视刑狱，肃整朝仪"（《唐六典》卷十三）。可见，监察御史虽然品秩不高，但权限很广，履新者需要按要求推荐自代者。就任此职位，当是十分荣耀的事情。刘禹锡任职后，他推荐了崔群。在本篇状文中，他对崔群非常认可，由"国器"二字当能断定。考察新旧唐书《崔群传》的记载，可知崔群生于唐代宗时期，其仕宦生涯跨越德宗、顺宗、宪宗、穆宗、敬宗、文宗六朝，他是中唐时期的一位能臣、重臣，也是一位口碑很好的名臣。《旧唐书·崔群传》评价云："群在内职，常以谠言正论闻于时。宪宗嘉赏……迁礼部侍郎，选拔才行，咸为公当……群有冲识精裁，为时贤相，清议以俭素之节，其终不及厥初。"谠言，正直之言。冲识精裁，意思是性情淡泊、谦和而见识渊博、善于鉴别。清议，指社会舆论、公正的评论。崔群的求仕经历十分复杂，所任官位较多，我们从《全唐文》"崔群"人物简介中可观其大概。其云："群字敦诗，贝州武城人。举进士，又登制策甲科，元和初为翰林学士中书舍人，拜中书侍郎同中书门下平章事，罢为湖南观察使。穆宗立，官兵部尚书，出为荆南节度使，改检校右仆射兼太常卿，大和五年检校左仆射兼吏部尚书。六年卒，年六十一，赠司空。"（《全唐文》卷六一二）刘禹锡认为崔群为国器，并非源自口耳传闻，而是因为有实际交往，"深知"其学识才华、人格和秉性。根据卞孝萱文章《谈刘禹锡与元稹、崔群、崔玄亮的"深分"》①所论，他们的父辈为朋友关系，他们在贞元十一年前当于西京相识，或在参加科举之时，或在初任官职之际，崔群贞元十年为秘书省校书郎，刘禹锡贞元十一年为太子校书。刘禹锡与崔群之间友情深厚且延续一生，其间诗文唱和较多。在不同时期，刘禹锡写过多篇诗文表达出其与崔群的友情。如《奉和中书崔舍人八月十五日夜玩月二十韵》，此时崔群在中书舍人位上。又，禹锡作有《谢宣州崔相公赐马》诗一首，该诗反映他们在宣州有过一次情真意切的相聚。

①卞孝萱：《谈刘禹锡与元稹、崔群、崔玄亮的"深分"——兼评刘、柳、元、白作品选注本的某些错误》，《四川师院学报》（社会科学版），1980年第1期。

长庆四年（824），崔群改为宣歙观察使，而就在这一年刘禹锡由夔州刺史转任和州刺史，当年夏天，刘禹锡顺长江而下，途中收到了崔群邀游宣城的来信，刘禹锡途中遂至宣城赴约。这件事在刘禹锡后来所写的《历阳书事七十四韵》引言中有清晰的记录，其云："友人崔敦诗罢丞相，镇宛陵，缄书来招曰：'必我觌而之藩，不十日饮，不置子。'故余自池州道宛陵，如其素。"觌，会见的意思。"不置子"，不放过你的意思。素，本心之意。崔群来信要求会面，从其要求痛饮十日之语，可见他们交情深厚。他们相聚，倾吐衷肠，满足了心愿，临别之际，崔群有赠马之礼，刘禹锡自当赋诗以表谢意。后来，刘禹锡还写过《陪崔大尚书及诸阁老宴杏园》《和乐天耳顺吟兼寄敦诗》《乐天示过敦诗旧宅有感一篇吟之泫然追想昔事因成继和以寄苦怀》等作品，以反映二人宦海交游的深厚友情。

举开州柳使君公绰自代状[1]

尚书屯田某官，守开州刺史柳公绰[2]。右臣蒙恩授尚书屯田员外郎[3]。伏准建中元年正月五日制，常参官上后三日举一人自代者[4]。伏以前件官，以贤良方正再扬王庭[5]，在流辈间号为端士[6]。昨除远郡，人皆惜之[7]。臣初蒙授官，得以论荐[8]。多士之内，非无其人。窃惟用材，宜自远始。谨具如前，谨录奏闻，伏听敕旨[9]。贞元二十一年四月八日。

【注释】

[1]开州:唐朝州名。州治在今重庆市开州区(2016年6月撤开县建开州区)。《旧唐书》卷三十九《开州》:"隋巴东郡之盛山县。义宁二年,分置万州,仍割巴东郡之新浦,通川郡之万世、西流三县来属。武德元年,改为开州,领四县。贞观初,省西流入盛山。天宝元年,改为盛山郡。乾元元年,复为开州。"使君:汉时称刺史为使君。后常用来尊称州郡长官。柳公绰(768—832):唐代官员。字起之,京兆华原(今陕西铜川市耀州区)人,唐代著名书法家柳公权之兄。累官终于兵部尚书,卒后赠太子太保。

[2]守:犹摄。暂时署理职务。多指官阶低而署理较高的官职。

[3]屯田员外郎:官名。唐朝尚书省工部屯田司次官。执掌与屯田司主官屯田郎中相同。杜佑《通典》卷第二十三《职官五》:"掌屯田、官田、诸司公廨、官人职分、赐田及官园宅等事。"

[4]伏:敬词。古时臣对君奏言多用之。准:依照;以为准绳。建中:唐德宗李适年号(780—783)。常参官:日常参朝的官吏。《新唐书•百官志三》:"文官五品以上及两省供奉官、监察御史、员外郎、太常博士,日参,号常参官。"自代:推荐选拔人才的一种方式。新任官员于就任三日内要推荐一人作为自己的后补,如举荐人转任或处于不能履职情况下,被举荐人若得到众多官员自代推荐,也即其被举荐的得票数高,则其就有可能作为某官的备选对象被选用,当然朝廷也可能将此人选拔到其他职位上。

[5]前件:前已述及的人或事物。贤良方正:汉代选拔人才的科目之一。始于汉文帝。被举者对政治得失应直言极谏。如表现特别优秀,则授予官职。武帝时复诏举贤良或贤良文学。名称时有不同,性质无异。历代往往视作非常设之制科。文中的贤良方正,指贤良方正科,系唐代设置的科举制科之一,属于贤良忠直类科目,由皇帝亲自诏试于殿廷。《旧唐书》卷一六五:"公绰幼聪敏。年十八,应制举,登贤良方正、直言极谏科,授秘书省校书郎,贞元元年也。贞元四年,复应制举,再登贤良方正科,时年二十一。制出,授渭南尉。"柳公绰两登贤良方正科,文中当指贞元四年所参加的制举选拔。

[6]流辈:同辈;同一流的人。端士:端人;正直、孝顺、有才能的人。《大戴礼记•保傅》:"于是比选天下端士,孝悌闲博有道术者以辅翼之,使之与太子居处出入,故太子乃目见正事,闻正言,行正道,左视右视前后皆正人,夫习

与正人居,不能不正也。"

[7]昨除远郡:指柳公绰授开州刺史职务,且时间与刘禹锡上此表文相隔不远。昨,或为昨年。《旧唐书》本传(卷一六五):"慈隰观察使姚齐梧奏为判官,得殿中侍御史。冬荐授开州刺史。"按:《旧唐书》《新唐书》等文献均未明确指出柳公绰授开州刺史的时间。今人吴汝煜认为在贞元二十年(《中国文学家大辞典•唐五代卷》),联系表文中之"昨",或有道理。

[8]论荐:选拔推荐。论,通"抡",选择、选拔的意思。

[9]具:陈述。录:记录;记载。奏闻:臣下向帝王报告事情。敕旨:帝王的诏旨。

【助读】

刘禹锡缘何举柳公绰自代
——兼谈唐代授官的称名

刘禹锡贞元二十一年四月由监察御史转屯田员外郎后,按当时官员管理规定,他撰写了自代状,其所举荐的替代人为守开州刺史柳公绰。刘禹锡为何看中此人,或与刘禹锡的政治理想有密切关联。

贞元二十一年(805)正月德宗驾崩,宫中太监们因不喜太子李诵而阴谋另立新的皇权继承人,在此紧急关头,王伾、王叔文、凌准、李忠言等人联手行动,果断宣布遗诏,拥立太子李诵抱病登基。太子李诵即顺宗。刘禹锡、柳宗元等革新派人物聚集在王伾、王叔文周围积极谋划方略,招揽人才以实施改革。刘禹锡得到提拔,其所任官职变得越发重要,二月他在监察御史任上,并兼署崇陵使判官;"四月,转至屯田员外郎,判度支盐铁案,仍兼崇陵使判官"①。刘禹锡官阶品位也迅速提升,由监察御史的

---

① 卞孝萱、卞敏:《刘禹锡评传•刘禹锡年表》,南京大学出版社,1996年版,第364页。

"正八品上"升至屯田员外郎之"从六品上",官阶提升了五级,其受重用程度可想而知。刘禹锡升任屯田员外郎后,按德宗时期就任三日内举一人自代政策,他举荐了柳公绰。刘禹锡为何举荐此人?是自己深知的朋友,还是因为他名声很好呢?从本篇状文可以发现,他们之间当无直接的交往,刘禹锡举荐柳公绰的根本原因在于他听说柳公绰具有"端士"之名,由此也可以看出刘禹锡将正直、忠孝且富有才学等品行素质作为自己的举才标准,他并不在意所举荐人是否与自己有亲密的交往。刘禹锡此举出于公心,当然也含有深刻的事业用心。此时为革除社会痼疾,以王叔文为中心的革新派必须广泛选用人才。此状文也反映出刘禹锡举荐人才的一种策略——"窃惟用材,宜自远始",即选用人才先从地方官开始,尤其是先从处于偏远之处的地方官员中进行选拔。原因当然很明朗,在唐代存有重京官而轻视外官的社会观念,一般来说,自京城而授予外任职位的官员,尤其是处于偏僻地区的地方官,他们与朝廷当权派多无密切的人际关系,甚至存在一些尖锐的对立之处。顺宗新政,革新派们与保守势力自然矛盾很多,甚或激化而至针锋相对。朝中有才之士当然很多,但多数人与往日当权派具有盘根错节的关系,新派阵营肯定不可冒险重用他们,这也是历来派系权力斗争的基本常识,于是刘禹锡自然将搜选人才的眼光投向京城以外州郡官员身上。此时为事业选人,何论是否为自己的故交呢?只要目标相同,自然可以成为同道新朋。遗憾的是,永贞革新只持续了半年,随着顺宗于当年八月内禅、宪宗即位,政治改革即宣告失败。考察《刘禹锡集》《旧唐书》《新唐书》等相关资料,可以发现刘禹锡写此状文之前与柳公绰没有交往,此后,也再无交集。

　　阅读此篇状文,对于"敕旨"二字需要作些诠释。唐代任用官员主要有五种形式,其为册授、制授、敕授、旨授与判补。杜佑《通典》卷十五《选举三》云:"凡诸王及职事正三品以上……册授。五品以上皆制授。六品以下、守五品以上及视五品以上,皆敕授。凡制、敕授及册拜,皆宰司进拟。自六品以下旨授。其视品及流外官,皆判补之。凡旨授官,悉由于尚书,文官属吏部,武官属兵部,谓之铨选。唯员外郎、御史及供奉之官,则否。(供奉官,若起居、补阙、拾遗之类,虽是六品以下官,而皆敕授,不属选司。开元四年,始有此制)。"结合杜佑之说,以及唐代刺史、员外郎官品规定,若将柳公绰调回京师任职,刘禹锡指出委任方式当为敕授或旨授。由此可以得知柳公绰更多任官信息。根据《旧唐书》卷三十九:"(开州)天宝,户五千六百六十。"天宝繁荣时期,开州住户尚不足两万,安史之乱后,德宗朝自然不会大幅增多,此时,开州当还是下州,依据唐代官制,开州刺史职事官的官品应为"正四品下",表中注明柳公绰为"守开州刺史",据"守"字可知他应当是以散官低官阶暂时代理高品位的职事官。屯田员外郎属于制敕的任官范围,其官阶为从六品下,或可推测此时柳公绰散官官阶不会超过从六品下,因此用敕授委任非常合适。至于"敕旨"中为何有一"旨"字,或因为柳公绰也有可能被委任到六品以下属于"选司"考察范围的职位上,故也可能用旨授方式授予官职;而且,臣子举荐官员,在皇帝面前,也当以谦恭的情怀来表达自己的谏言,不宜以较窄的任官范围来束缚皇帝的思路,如此,给皇帝留下了空间,实际上也就是给自己赢得了进退自如的话语权。故"敕旨"之"旨",既可以理解为具有实在意义的一个词,也可以理解为只是辅助"敕"的虚用之词。

需要说明的是,《旧唐书》等史料,均以柳公绰为"开州刺史",根据刘禹锡表中"守开州刺史"之"守"字以及"敕旨"的提法,可知,《旧唐书》等史料的提法存在谬误,至少也可以说并不严谨。鉴于此,从研究历史的角度而言,刘禹锡这篇状也起到了补正史实的作用。

汝州上后谢宰相状[1]

朝议大夫、使持节汝州诸军事、守汝州刺史、兼御史中丞、充本州防御使、上柱国、赐紫金鱼袋刘某[2]。右某自领吴郡,仍岁天灾[3]。上禀诏条,下求人瘼。地苞薮泽[4],俗尚剽轻[5]。悉心抚绥,用法擒摘[6]。事繁才短,常积忧虞。忽蒙天恩,稍移近郡。家本荥上[7],籍占洛阳[8]。病辞江干[9],老见乡树。荣感之至,实倍常情。印绶所拘[10],不获拜谢。瞻望德宇,精诚坐驰[11]。无任感恋之至。

【注释】

[1]汝州:唐朝州名。武德四年(621)改隋襄城郡为伊州。贞观八年改伊州为汝州,治梁县(今河南汝州市)。天宝元年改为临汝郡。乾元元年(758)恢复汝州旧称。天宝年间州"领县七,户六万九千三百七十四,口二十七万"(《旧唐书》卷三十八)。唐代汝州地位和等级较高,进入了"望"之序列。《通典·职官》卷三十三:"开元中定天下州府自京都及都督、都护府之外,以近畿之州为四辅,其余为六雄、十望、十紧及上、中、下之差。""十望"该词条的自注中,杜佑列汝州于其中。唐代确立辅以下诸州等级意在为官员迁转次序而设定依据。宰相:根据《新唐书·宰相表下》,大和八年宰相主要有王涯、李德裕和路隋、李宗闵等。该谢状呈献某一位或多位皆有可能(李宗闵或除外,下文有论述)。状:文体名。下级向上级陈述意见或事实的文书。

[2]该句话是刘禹锡自述自己移任汝州后的阶官、职事官、加官、勋官以及恩赐的加章服奖赏等名称。这是当时这一类别公文的常见格式。

[3]吴郡:苏州汉时称为吴郡,隋改郡为苏州,又改称吴州,后又为郡。唐复郡为苏州。治所在今苏州市。文中以古称代今名。仍岁天灾:指苏州"二年连遭水潦"(《汝州谢上表》)之灾难。仍,接续;连续。

[4]薮泽:指水草茂密的沼泽湖泊地带。地包薮泽,描述了苏州水乡泽国的地理特征。

[5]剽轻:有强悍轻捷;轻疾之意。也有轻薄、轻浮而不守礼法之意。《史记·淮南衡山列传》:"夫荆楚僄勇轻悍,好作乱。"

[6]擒摘:指"擒奸摘伏"。其意思是捕捉奸人,揭发隐恶。摘(tī),揭露、揭发之意。

[7]家本荥上:这里指刘禹锡自述自己家乡所在地是荥,荥或为唐之荥阳,或为唐之荥泽,荥阳、荥泽都是郑州的所属县,在今郑州西、洛阳东。但后代荥阳、荥泽及其他地区合而并之皆为今之荥阳。刘禹锡祖坟"在洛阳北山,其后地狭不可依,乃葬荥阳之檀山原"(《子刘子自传》)。《太平广记》转引《集异记》云:"(刘禹锡)贞元中寓居荥泽。"

[8]籍占洛阳:指刘禹锡属于洛阳人。刘禹锡七代祖亮于北魏时迁居洛阳,后刘氏即称自己的祖籍在洛阳。如"洛阳旧有衡茅在,亦拟抽身伴地仙"(刘禹锡《刑部白侍郎谢病长告,改宾客分司,以诗赠别》)

[9]病辞江干:指大和八年(834)刘禹锡自苏州赴任汝州离开长江时还抱病在身。其《罢郡姑苏北归渡扬子津》诗对生病一事有所反映:"几岁悲南国,今朝赋北征。归心渡江勇,病体得秋轻。"江干:江边;江岸。

[10]印绶:印信和系印信的丝带。古人印信上系有丝带,佩带在身。这里借指官爵。

[11]德宇:犹气度、器量。针对宰相所抒发的溢美之词。精诚:真诚。坐驰:向往;神往。

【助读】

老见乡树亦可喜
——刘禹锡移镇汝州的时间、条件及其他

刘禹锡大和八年(834)秋自苏州刺史转任汝州刺史,他到任后立即写成《汝州谢上表》呈献皇帝,随即,他撰写了《汝州上后谢宰相状》以表示对宰相们的感谢。若想知道此状上呈给哪几位宰相,则要搞清楚这篇谢宰相的状文写于何时?欲明写于何时,只要考察出刘禹锡何时到达汝州刺史任上即可。根据谢表中"以今月二十七日到任上讫"文字以及地方长官到任需及时奏报的规矩来推断,可知刘禹锡上书皇帝的谢表当写于某月二十七日到任当天或稍后几天内,则其呈宰相之状当随后写成。至于刘禹锡在该年秋天或冬季的哪一个月到达?学术界当前尚未发现有明确记录的文献材料,受材料限制,今人难以确认具体月份。当代有学者将时间界定于"约大和八年十月"①,笔者以为可能性较大,但仍觉界定过细。根据调动刘禹锡之汝州的诏书签发于七月份,则刘禹锡到任汝州刺史的月份在当年八月、九月、十月都有较大可能,甚至连十一月也不能彻底排除。兹于下文略作分析。

若要推求此篇《谢宰相状》的写作时间,需要梳理分析有关信息,关键是去追踪他到达任所的时间。上皇帝谢表中出现的时间线索值得重视,如"伏奉去年七月十四日诏书"与"今月二十七日到任上讫"语句,"去"与"今"提示着时间概念,"年"指某一

---

①陶敏、陶红雨:《刘禹锡全集编年校注》,岳麓书社,2003年版,第1200页。

确定日期,即元和八年的"七月十四日",而不能将"年"与"去"组合成现代汉语语境中的"去年"含义。空间地理要素和刘禹锡的诗文信息需要综合分析,如苏州与汝州的空间距离、皇帝诏书下发的邮传方式,以及刘氏北上行舟于南北大运河且在途中城邑短暂停留等因素。从刘禹锡今存文集中可隐约发现季节和行程要素,如《罢郡姑苏北归渡扬子津》中有"归心渡江勇,病体得秋轻"诗句,根据《旧唐书》将七、八、九三个月定位于秋季,将十、十一、十二这三个月定位于冬季的记时表达,刘禹锡自京口渡江北上扬楚运河时正值秋天;又如《酬淮南牛相公述旧见贻》《将赴汝州途出浚下留辞李相公》等诗歌可说明他在扬州、汴州有过逗留,由此可推测刘禹锡自苏州到达汝州需要较长时间。基于上述要素,若将到达时间定于七月二十七,那么,到达时间与皇帝下发诏书时间只相差十三天,在这么短的时间里,诏书到达苏州需要时间,完成卸任交接工作需要时间,走完由苏州至汝州的行程需要时间,途中会友也需要时间,根据古代落后的交通方式而言,当月接旨、当月到达新职任所,这当是不可能实现的事情。因此,可知刘禹锡到达汝州当不在七月,而是在其后的月份里。至于刘禹锡到达汝州是在后面哪一个月的二十七日,虽难以明确,但下限时间大体可知,定然早于李德裕被挤出京且与刘禹锡会面于汝州之时。李德裕何时离京而再赴任江南的呢?

《旧唐书·文宗纪(下)》对李德裕此次离京作了交代,其云:"(大和八年十一月)丁未朔……乙亥,以兵部尚书李德裕检校右仆射,充镇海军节度、浙江西道观察等使。"根据干支计日法可推知,乙亥日为该月二十九日。刘禹锡有《奉送浙西李仆射相公赴镇》诗,该诗为送别诗,送别对象为李德裕,题下小注已说明——

"奉送至临泉驿,书札见征拙诗,时在汝州"。京城长安与汝州之间并不遥远,根据当时的水陆交通条件,李德裕与刘禹锡会面的时间当在十二月,那么可推刘禹锡最迟当在十一月的二十七日已在汝州刺史任上。但若判断刘禹锡于十二月二十七日到任的话,李德裕与他见面的时间就在此之后了,李德裕自京师至汝州地域需用时一个月左右的时间,当为不可能。就刘禹锡方面来看也几不可能,因为自圣旨七月十四日下发至十二月底刘禹锡才到汝州,时间太长,说不过去。据以上述种种,可以认为刘禹锡到达汝州刺史任上的时间在八月、九月、十月之二十七日均有较大可能,但不会迟于冬十一月二十七日。进而可知,《汝州上后谢宰相状》的写作时间即在到任之后,且比较接近。

状文的写作时间大体可知,则刘氏状文的呈献对象就可以探知了。《新唐书·宰相表(下)》:"(大和四年)随为门下侍郎"大和五年、六年表中均未见路随任职的变动信息,"七年"表中载"是年,随为太子太师"。又,《旧唐书·路随传》云:"七年兼太子太师……九年四月拜检校尚书、右仆射、同中书门下平章事、兼润州刺史、镇海军节度、浙江西道观察等使。"由此可见,大和八年皇帝任命刘禹锡为汝州刺史时及刘氏到达汝州任上时,路随都是朝中宰相。王涯也是大和七年和八年时的在朝宰相。《新唐书·宰相表(下)》:"(七年七月)壬寅,尚书右仆射、诸道盐铁转运使王涯守仆射、同中书门下平章事……(八年)三月戊午,涯检校司空兼门下侍郎。"至于李德裕何时在相位,《新唐书·宰相表(下)》云:"(七年)二月丙戌,兵部尚书李德裕守本官,同中书门下平章事……七月丁酉,德裕为中书侍郎……(八年十月)甲午,德裕检校兵部尚书、同平章事、山南西道节度使。"据此可知,李德裕大和七年二月即为朝中宰相,至八年十月"甲午"前仍未变动职务,处宰相位置。另外一位需要关注的人物是李宗闵,宰相世系表中记载,大和七年六月"乙亥"前其在朝中任"中书侍郎"(为宰相),其后出京外任兴元节度使,而大和八年十月"庚寅"后,他又回到京师"守中书侍郎、同平章事",又为宰职。若刘禹锡于大和八年十月二十七日到达汝州任上,结合该年九月初一为"乙酉"(《旧唐书•文宗纪(下)》)日,根据干支计月可推知,十月"二十七日"当是乙巳日。"庚寅"(十二日)、"甲午"(十六日)都在乙巳日前。从路随、王涯、李德裕、李宗闵这四个人物在大和七、八年中履职宰相的经历,大略可知,若刘禹锡在八月、九月到达任上,则其所写状文呈献的对象为路随、王涯、李德裕或其中某一、二位;若刘禹锡到任时间在大和八年十月或十一月,则李德裕不在呈献范围内。至于是否呈献给宰相李宗闵,则另当别论,从情感倾向而言,刘禹锡或不愿为之,毕竟李宗闵与裴度对立,且与李德裕交恶,自己被挤出朝廷出使苏州也当与李宗闵的所为有关。

刘禹锡转任汝州,他很满意,一则离京城已近,又加授了颇受人们敬重的"兼御史中丞"之职,其失落的政治理想又将扬帆起航;二则已回到故里任职,"老见乡树"对于刘禹锡颠沛流离的宦海生活来说自然是一种宽慰。刘氏能够由苏州转任汝州,原因多种,但"人和"是其主要原因。下面从四个方面予以阐释。

其一,卓著的为政实绩搭建了升迁平台。出任苏州刺史之时,正是当地民众遭受水患之后,他抚绥灾民、打击不法,治理卓有政绩,"浙西观察使王璠对他的政绩表示满意,在考课时把他列为'政最'"①,由此赢得了朝廷的赞赏,大和七年十一月(833)皇帝恩赐紫金鱼袋,以示优宠。此为刘禹锡能够转任"十望"之地汝州的政治基础。

其二,与皇帝产生良好的互动。刘禹锡善于用文本表达自我的理想与才干,也善于通过叙事、说理与抒情来推介自己,用词妥帖、情感适度,既有美颂,显其忠诚;又有实报,反映担当,且能于婉曲中表达积极意愿。在其苏州期间进献皇帝的表文中都有真切的反映,如《苏州谢上表》《苏州谢赈赐表》《苏州贺册皇太子表》《苏州谢恩赐加章服表》等。这些上书皇帝的文本,无疑会增强皇帝对他的印象,也会加强皇帝对他的好感。

其三,避开了朋党打压时期。大和八年七月皇帝下诏改变刘禹锡任所前后,李宗闵、牛僧孺恰不在朝廷为相,刘禹锡或因此免遭打击,因为李、牛二人要么是裴度的对立面(刘禹锡后期主要追随裴度),要么对刘禹锡当年的所为有所记恨。李宗闵大和七年六月"乙亥"至大和八年十月"庚寅"不在朝中履职宰相,上文已有阐述。从《新唐书•宰相表(下)》中可知,"(大和六年)十二月乙丑,僧孺检校尚书右仆射、平章事、淮南节度使"。刘禹锡自苏州回汝州经过扬州时,与牛僧孺相见,两人酒席间赋诗,牛僧孺以诗表达了其对刘禹锡当年"对客展卷,飞笔涂窜其文"(《云溪友议》卷中)的怨气。其《席上赠刘梦得》诗云:"粉署为郎四十春,今来名辈更无人。休论世上升沉事,且斗樽前见在身。珠玉会应成咳唾,山川犹觉露精神。莫嫌恃酒轻言语,曾把文章谒后尘。"至此,刘禹锡方悟当年之事,也只能赋诗《酬淮南牛相公述旧见贻》以致歉意,牛僧孺往昔之怨意稍有所解。其实,当

①卞孝萱、卞敏:《刘禹锡评传》,南京大学出版社,1996年版,第104页。

年牛僧孺向刘禹锡"行卷",刘氏之举动并非嘲弄牛僧孺,反而是对牛僧孺的率真提携,然却被牛误解而遭其几十年怨恨。幸运的是,刘禹锡获得皇帝恩赐加章服以及调任汝州的转机,牛僧孺都无法干预,因为他那时并不在京城宰相位上。

其四,巧逢良好的人际形势。路随、王涯、李德裕在朝为相,应该说为刘禹锡官运转好而能转任汝州提供了良好的机遇。刘禹锡与李德裕关系甚为密切。李德裕政治和情感倾向趋于裴度,而刘禹锡政治上也明显追随裴度,则他们有同派共进之情感基础。刘禹锡任和州刺史期间,李德裕主政浙西,他们之间频寄唱和之作。如刘禹锡该时期曾赋作《和浙西李大夫霜夜对月听小童吹觱篥歌》《浙西李大夫述梦四十韵并浙东元相公酬和斐然继声》《和浙西李大夫伊川卜居》等多首作品。大和三年至五年间,刘禹锡任职礼部郎中兼集贤殿学士,他在长安与李德裕多有来往。刘禹锡曾赋有《送李尚书镇滑州》《和滑州李尚书上巳忆江南禊事》《和西川李尚书汉州微月游房太尉西湖》《和重题》等诗歌。刘禹锡在苏州期间,与李德裕唱和往来,今传之作有《和西川李尚书伤韦令孔雀及薛涛之什》《西州李尚书知愚与元武昌有旧远示二篇吟之泫然因以继和二首》等。刘禹锡还在大和六年任职苏州刺史期间,将其与李德裕唱和篇什编辑成《吴蜀集》一卷,并作有《吴蜀集引》云:"长庆四年,余为历阳守,今丞相赵郡李公时镇南徐州,每赋诗,飞函相示,且命同作。尔后,出处乖远,亦如邻封。凡酬唱始于江南而终于剑外,故以'吴蜀'为目云。"基于上述,可以断定刘禹锡与李德裕关系笃厚,李在朝任职宰相,对刘禹锡仕途升迁有益而无弊。刘禹锡忠于感情,重视友谊,即使李德裕后来累遭贬黜、仕途低迷,他依然与其保持着良好的互动。上文已述,大和八年十一月末李德裕被挤出京师时,特地经过汝州与刘禹锡见面,刘禹锡作送别诗二首以抒情。开成年间,刘禹锡为太子宾客、分司洛阳时,与李德裕依然保持着酬唱联系。刘氏赋诗多首,其《和李相公以平泉新墅获方外之名因为诗以报洛中士君子兼见寄之什》云:"满室图书在,入门松菊闲。垂天虽暂息,一举出人寰。"作为挚友相处,刘禹锡对比自己年轻十五岁的李德裕依然充满着鼓励与期待。刘禹锡真诚正派、重视友朋情感,其仕进途中虽遭敌手多次打压,但真朋益友不见减少。他在苏州任刺史期间,当朝宰相王涯当会对其有所帮助。他们在贞元年间就有交往。贞元二十年,刘禹锡曾作有《逢王二十学士入翰林因以诗赠》一首,对王涯入翰林给予高度赞美,其诗云:"定知欲报淮南诏,促召王褒入九重。"刘禹锡碑文写作时负盛名。大和三年,刘禹锡在长安任集贤殿学士时,为王涯撰写了《代郡开国公王氏先庙碑》,以其宏富之辞藻、满腹之诚意歌颂了王氏一族,并对王涯的功绩予以评述,其云:"一心事六君,显官重务,靡不扬历。且夫起诸生至三公,而心愈卑,道益广……"这些热烈的褒赞怎能不使王涯对刘氏心生好感呢!因此,时在相位的王涯不仅不会去伤害刘禹锡,反而会去帮助他。至于宰相路随,从史料来看,未必与刘禹锡有深交,但他"有学行大度,为谏官能直言,在内庭匡益……后五年在相位,宗闵、德裕朋党交兴,攘臂于其间"(《旧唐书》卷一百五十九)。"攘臂于其间",谓其能够挺身独立于李宗闵和李德裕之间,保持着自我独立性。鉴于路随之品性、人格和中间派的身份与特点,他自然不会去阻挠刘禹锡的升迁和发展。这也是刘禹锡能够自苏州任上盘旋上升而转回故里的环境因素吧。

荐处士王龟状[1]

　　处士王龟。古者选公族大夫，必以惇惠者教之，文敏者道之，果敢者谂之，镇静者循之[2]。孜孜於此者，盖膏粱之性难正，而惧公侯之胤不能嗣其耿光，可以深惜[3]。然则成宣之后，而老为大夫，非耻乎[4]？此智武子诫文子既冠而见之词也。是知古之取士，不专寒族，必参用世胄[5]，以广得人之路。

　　今见处士王龟，即居守之第三子也[6]。天性贞静，操心甚危[7]。不由门资[8]，誓志自立。乐处士之号，不汩绮襦之间[9]。自到洛都，便居山寺。耽玩坟籍，放情烟霞[10]。曾邀与语，如锯木屑[11]。信有禀受，居然出群[12]。以比在京师，甚足知者[13]。谏院有状，名流亟言[14]。某流滞周南[15]，静阅时辈。身虽不用，心其爱才。况遇相公持衡[16]，敢有所启。诚悬之下，轻重难欺[17]。伏惟深赐详择，知卿族之内有遗逸焉[18]。谨状。正议大夫、检校礼部尚书兼太子宾客分司东都刘某状。

【注释】

　　[1]处士:本指有才德而隐居不仕的人，后亦泛指未做过官的士人。王龟:字大年，其父为王起(唐文宗时大臣)。王龟个性淡泊洒脱，不喜仕进，父在世时，坚辞左拾遗征召。丁父忧期满后，征为右补阙，迁侍御史、尚书郎。累官至检校右散骑常侍、同州刺史，后转越州刺史、御史大夫、浙东团练观察使，兵乱中为贼所害。赠工部尚书。

　　[2]公族大夫:官名。掌管公族及卿大夫子弟之教育。春秋时晋国始置此官。《国语·晋语七》:"栾伯请公族大夫，公曰:'荀家惇惠，荀会文敏，黡也果

敢,无忌镇靖,使兹四人者为之。夫膏粱之性难正也,故使惇惠者教之,使文敏者道之,使果敢者谂之,使镇静者修之。'"惇惠:朴实宽厚;敦厚仁惠。文敏:有文才且机敏。谂(shěn):规谏;劝告。循:安抚。《国语》中指出公族大夫需具备惇惠、文敏、果敢、镇静的素质才能胜任职责以培育公族及卿大夫子弟,刘禹锡引用此语典进一步指出作为公族大夫需要先期得到惇惠者、文敏者、果敢者和镇静者的指导方能具备职位所需要的素质和才能。

[3]孜孜:勤勉;不懈怠。膏粱之性:指那些富家子弟难以矫正的秉性。膏,肉之肥者。粱,食之精者。胤:后嗣;子嗣。耿光:光明;光辉;光荣。深惜:很担心。惜,怕。

[4]这句话的意思是:你是成子、宣子的后人,如果到老还是个大夫,岂不是一种耻辱吗?这句话出自《国语•晋语六》之《赵文子冠》。赵文子,简称文子,即赵武,其祖父为赵盾(宣子),其曾祖父为赵衰(成子)。成、宣之后:指文子为赵衰、赵盾的后代。

[5]世胄:世家子弟;贵族后裔。

[6]居守:官名。留守的别称。文中指时任东都留守王起。《旧唐书•王起传》:"武宗即位(开成五年,即840年)八月,充山陵卤簿使……寻检校左仆射、东都留守,判东都尚书省事。"刘禹锡晚年居于洛阳,与其多有诗歌联句及唱和交游。

[7]操心:所执持的心志。危:高。

[8]门资:犹门第。指依靠家族地位而获得的仕进资格。

[9]泪:沉迷。绮襦:"绮襦纨绔"的省语,指绫绸衣裤。绫绸之类古代为显贵者所服,因用以指富贵子弟。多含贬义。

[10]耽玩:专心研习;深切玩赏。坟籍:古代典籍。烟霞:烟雾;云霞。泛指山水、山林。

[11]锯木屑:纷纷不断的样子。指人擅长言辞。典出《晋书•胡毋辅之传》,其云:"胡毋辅之字彦国……辅之少擅高名,有知人之鉴……与王澄、王敦、庾敳俱为太尉王衍所昵,号曰"四友"。澄尝与人书曰:'彦国吐佳言,如锯木屑,霏霏不绝,诚为后进领袖也。'"

[12]禀受:犹承受。旧常指受于自然的体性或气质。居然:显然。

[13]足:够得上某种程度和数量。知者:有见识的人;有智慧的人。

[14]谏院有状:指皇帝下令谏官官署征召王龟为左拾遗之事,但王龟致谢

不就。《旧唐书·王龟传》："武宗知之，以左拾遗征……"《旧唐书》本传谓此事在会昌中，或有误。根据刘禹锡的推荐状，疑征王龟任左拾遗之事应在开成年间。

[15]周南：指洛阳。

[16]相公：指宰相。根据《新唐书·宰相表下》此时宰相主要有崔郸、崔珙、李德裕、陈夷行，刘禹锡与李德裕私交甚笃。持衡："持衡拥璇"的省称。比喻执掌权柄。璇、衡，北斗七星中的二星名。

[17]诚悬：喻指处事公正明察。诚，详审。悬，悬锤。"诚悬"语本《礼记·经解》："故衡诚县，不可欺以轻重。"孔颖达疏："衡谓称，衡县谓称锤；诚，审也。若称衡详审县锤，则轻重必正。"

18]详择：审慎选择。遗逸：隐士；遗才。

【助读】

高逸人才堪可举
——兼谈刘禹锡与王家的交往

此状作于唐武宗开成（840）末或会昌元年（841）初，为举荐处士王龟而写，进呈对象为当朝宰执。状文主要阐述四点内容。第一，"公侯之胤"或因"膏粱"之故需要公族大夫修治其性以使之承嗣祖辈"耿光"。依据《国语·晋语七》关于"公族大夫"之论（详见注释[2]），公族大夫需由具备多样化优质品性的贤才组成，或"惇惠"，或"文敏"，或"果敢"或"镇静"，或兼有多种素能。既然需要如此素质和才能的人方能胜任公族大夫之职，刘禹锡认为公族大夫备选人也当经过"惇惠者""文敏者""果敢者""镇静者"的教导和陶冶方能就任，刘氏之论言形似《国语》表述，然主语对象发生了转变，将教育者所需要的几种素能延伸至公族大夫的先期培养领域，从而拓展了语典的内涵。第二，指出古之用人既用寒士也用世胄，被举荐人王龟出身于文儒世家，当为后者。王龟之父是王起。刘禹锡举荐王龟时,其父王起任职东都留守,刘氏与其多有诗文唱和。第三,此篇状文着重介绍了王龟的秉性、操守、志趣及卓越的文才与社会知名度。字里行间充满着作者的赞美。第四,恰逢当朝宰执公正持衡的时代,刘禹锡恭谨地表达出推荐人才的用意。于文首,作者阐述了公族大夫履职资历之高要求以及他们对修治"公侯之胤""膏粱"之性的重要意义;文中,也含蓄地点出"谏院有状",使人联想到王龟不就职的特殊经历。据此,可以认为刘禹锡意在举荐王龟任公侯大夫之类的高级职位。

至于刘禹锡为何注目王龟并积极举荐王龟,下面从刘禹锡与其伯父王播、父亲王起的交往以及我国古代举荐人才的传统习惯等方面略作阐释。

刘禹锡与王氏兄弟的交往。刘禹锡与王起之兄王播早有交往。他们早年是同门,又同在御史台共事,他们曾一同祭祀座主顾少连。刘禹锡在和州任上时,王播为淮南节度使,为刘禹锡上级领导。大和二年刘禹锡入朝为主客郎中时,王播为宰相;大和四年正月王播暴卒,刘禹锡充满深情地赋诗《哭王仆射相公》,在《代诸郎中祭王相国文》中从一定角度对王播进行了肯定,如"未曾伤物,屡有荐士""簿领如山,处之若闲"等①。王起与其兄王播感情笃厚,"居播之丧,号毁过礼,友悌尤至"(《旧唐书·王起传》)。刘禹锡与王播的交游之情自然为刘禹锡与王起的交往构筑了友好基础。开成五年(840)春正月唐文宗病重并于辛巳日病逝。唐武宗登基,该年八月王起任山陵卤簿使,不久因立功升任东都留守。《旧唐书·王起传》:"会昌元年(841),征拜吏部尚

---

① 卞孝萱:《刘禹锡的交游》,《扬州师院学报》(社会科学版),1981年第2期。

书,判太常卿事。"对仕途升迁的时间进行比较可知,王起任东都留守的时间不长,自开成五年八月后,最迟当在会昌元年春离开洛阳回长安任职。刘禹锡自开成元年(836)起至会昌二年(842)卒,均分司东都,居于洛阳。因此,刘禹锡与王起在洛阳具有时间交集。检索刘禹锡与王起的诗文作品,也能清晰地发现他们之间的联句、唱和交往。其中联句诗有四首,分别为《秋霖即事联句三十韵》《喜晴联句》《会昌春连宴即事》《仆射来示有三春向晚四者难并之说诚哉是言辄引起题重为联句疲兵再战勍敌难降下笔之时辄然自哂走呈仆射兼简尚书》,最后一首联句诗题目显然为刘禹锡所拟。又,《全唐诗》卷四百六十四载有王起诗六首,其中《赋花》小序云:"乐天分司东都,起与朝贤悉会兴化亭送别,酒酣,各赋一字至七字诗,以题为韵。"刘禹锡则创作了赋莺诗一首,诗题为《同留守王仆射各赋春中一物从一韵至七》。在刘禹锡与王起的交往中,自然要谈起王起之子王龟,而且刘禹锡还与王龟有过面谈之缘,于是,刘禹锡对王龟的才性、志趣与超逸之举就有了深刻的了解(见状文所述),其荐举王龟之状随即撰成。

古代职官荐举人才乃效忠朝廷的传统行为和责任所在。早在春秋战国时期,推荐任官就是一种重要的选官方式。齐桓公的贤相管仲是鲍叔牙推荐的,秦国秦穆公之相蹇叔是百里奚推荐的,楚国楚成王令尹子玉是子文推荐的,他们均为所在国立下不朽功勋。秦汉时,统治者非常重视选拔人才,建立了较为完善的察举、征召、辟除等选官制度。其中察举、征召都存在着推荐优秀者入京考试这一环节。汉朝帝王多规定官员有举才之责。汉高祖刘邦曾下《求贤诏》云:"贤士大夫有肯从我游者,吾能尊显之。布告天下,使明知朕意……其有意称明德者,必身劝,为之驾遣诣相国府,署行、义、年。有而弗言,党,免。年老癃病,勿遣。"(《汉书》卷一《刘邦本纪》)在这段话中刘邦指出,凡是有诚意推举有贤明之德者,郡守必须亲自劝说他们,并用车将其送到相国府,登记品行、仪表、年龄等内容;若有人才而不举荐,一旦发觉,郡守官职即被免除。由此可知,推荐人才是官员们的义务和责任。汉武帝对荐举人才也非常重视,其于元朔元年冬十一月下诏云:"且进贤受上赏,蔽贤蒙显戮,古之道也。其与中二千石、礼官、博士议不举者罪。"(《汉书》卷六《武帝本纪》)汉武帝明确要求对举贤者给予奖赏,对遮蔽贤人、藏匿名人者予以治罪,要求有关人员制定出具体的奖惩细则。举荐人才在魏晋南北朝时,依然是选官任官的重要途径,统治者的重视程度见诸于不同的文献之中。如梁武帝《求荐士诏》云:"夫进贤茂赏,蔽善明罚。"(《梁文纪》卷六)至隋唐时,虽实行科举取士制度,但依然保留荐举人才一途,针对那些未曾入仕的被推荐人来说,若得到皇帝的特别欣赏,或有可能通过征召这种特殊方式步入仕途。符合征召之士一般需具备名高、饱学等条件,即被推荐人在国内或为品德好、学识富之能人,或为隐逸山林、高蹈出世之贤士。皇帝可予以特聘,不需要考试即可入仕为官,这种特殊礼遇对士人而言特具有荣耀感,因此也令天下有仕进愿望的才子们心驰神往。对于被征召之人来说,既可应聘,也可辞谢不就。唐代有两个广泛流传的故事或为皇帝征召士人之特色案例。

其一为"终南捷径"。该典故说的是唐代文人卢藏用被征召任官的事情。《旧唐书》卷九十四《卢藏用》云:"藏用少以辞学著称。初举进士选,不调,乃著《芳草赋》以见意。寻隐居终南山,学辟穀、练气之术。长安中,征拜左拾遗。"该本传又补充云:"初隐居之时,有贞俭之操,往来于少室、终南二山,时人称为'随驾隐士'。"由此可知,卢藏用因少富才学,又隐居于终南山,而来往于中岳嵩山,被人认为是隐逸高士,于是遂得到朝廷征用。卢藏用的入仕路径也成为后来人乐道和效仿的一种范式。其二为"竹溪六逸"。该典故的传播知名度远没有"终南捷径"那样闻名遐迩。但其中主要人物之一李白,却是家喻户晓之一代诗仙。李白于开元二十八、九年(740、741)在山东与孔巢父、裴政、韩准、张叔明、陶沔隐于徂徕山,时号"竹溪六逸"(《旧唐书·孔巢父传》)。随即在742年,李白经由唐玄宗妹妹玉真公主的荐举入京任职。李白征召于唐玄宗时代,而卢藏用被用于武则天时期,少年时代的李白当对"终南捷径"的故事有所听闻,甚或受其鼓舞。李白自少年时代,即对山林充满志趣,立志成为一名饱腹经纶而名闻天下的高逸之士。少年时期,他曾隐居四川大匡山读书,又与逸人东严子隐于岷山之阳,志在将来有所作为;27岁他在湖北安陆入赘成家后,曾隐居于安陆之北寿山,后又曾隐居嵩山,或隐或出,意在扬名天下,然历经十年,仍无起色,或如其《秋于敬亭送从侄端游庐山序》所云:"酒隐安陆,蹉跎十年。"于是,李白在妻子去世后,携带儿女迁居至山东兖州,遂使其隐逸之名鹊起。考察李白的生命旅程,从其所撰《代寿山答孟少府移文书》可以发现,李白"弄之以绿绮,卧之以碧云,嗽之以琼液,饵之以金砂"的隐居行为,目的很明确,就是在于壮大名声以博取皇帝青睐而步入仕途,从而实现其"奋其智能,愿为辅弼,使寰区大定,海县清一"的远大理想。

撇开"终南捷径"和"竹溪六逸"的隐士世界,就刘禹锡所推荐的王龟处士来说,他的行为也堪称奇异。刘禹锡状文中称其不由门第出身求仕,安乐于处士生活,"自到洛都,便居山寺。耽玩坟籍,放情烟霞。曾邀与语,如锯木屑。信有禀受,居然出群"。这是甘于林泉、脱离尘俗的高逸士人的形象。后出《旧唐书·王龟传》也描述了王龟的隐士生活和高蹈之态,其云:"性简澹萧洒,不乐仕进,少以诗酒琴书自适,不从科试。……于永达里园林深僻处创书斋,吟啸其间,目为半隐亭。及从父起在河中,于中条山谷中起草堂,与山人道士游……及起保厘东周,龟于龙门西谷构松斋,栖息往来,放怀事外。起镇兴元,又于汉阳之龙山立隐舍,每浮舟而往,其闲逸如此。"《旧唐书》所言当与刘禹锡之述相与吻合。基于对王龟隐逸行迹和简澹情怀的深刻认识,刘禹锡撰写此状庄重地向宰相们推荐王龟,并期待王龟能够如古代高逸之人一样被皇帝征召,从而获取如公族大夫之类的显赫职位。由此或能深入理解刘禹锡推介人才的责任担当和效忠朝廷的耿耿之心。

书　启

答柳子厚书[1]

　　禹锡白：零陵守以函置足下书爰来[2]，屑末三幅，小章书仅千言[3]，申申夤夤，茂勉甚悉[4]。相思之苦怀，胶结赘聚[5]，至是泮然以销[6]。所不如晤言者无几[7]。书竟获新文二篇[8]。且戏余曰：将子为巨衡，以揣其钧石铢黍[9]。余吟而绎之，顾其词甚约，而味翕然以长[10]。气为干，文为支[11]。跨踔古今，鼓行乘空[12]。附离不以凿枘，咀嚼不有文字[13]。端而曼，苦而腴[14]。佶然以生，癯然以清[15]。余之衡诚悬于心，其揣也如是。子之戏余，果何如哉！

　　夫矢发乎羿彀，而中微存乎它人[16]。子无曰必我之师而能我衡[17]，苟然则誉羿者皆羿也，可乎？索居三岁[18]，理言芜而不治[19]，临书轧轧，不具[20]。禹锡白。

【注释】

　　[1]柳子厚：柳宗元。永贞革新失败后，被贬为永州司马。

　　[2]零陵：即永州。足下：古代下称上或同辈相称的敬词。爰：助词。无义。用在句首或句中，起调节语气的作用。

　　[3]屑末：表示细小。屑，碎末。章书：即章草。草书的一种。笔画有隶

书波磔，每字独立，不连写。仅(jìn)：表示多。有几乎、将近、差不多达到的意思。

[4]申申：和舒貌；整饬貌。亹亹(wěi)：指诗文动人，有吸引力，使人不知疲倦。茂勉：劝导勉励。茂，劝勉之意。甚悉：很详尽。悉，尽、全。

[5]胶结：如胶之凝结。常喻事物不易分解。赘聚：会聚。赘，会。胶结赘聚，形容心绪郁积沉闷。

[6]泮然：释然。思念、疑虑等消除貌。销：消除。

[7]这句话的意思是指用书信表意与见面交谈的效果差别不大。晤言：见面谈话；当面谈话。无几：没有多少；不多。

[8]意思是，从柳宗元的书法作品中发现了二篇新作的文章。至于这"新文二篇"是指哪两篇作品，今无考，或早已遗失。宋王应麟在《困学纪闻》卷十七中云："刘梦得《答柳子厚》书曰：'获新文二篇，且戏余曰：'将子为巨衡，以揣其钧石铢黍。'此书不见于集……则遗文散轶多矣。"此则材料说明宋人已不知这二文的篇名与归宿了。

[9]巨衡：大秤。钧石铢黍：比喻文章的优劣得失之处。"钧石铢黍"为古代重量单位。《汉书》卷二十一《律历志上》云："权者，铢、两、斤、钧、石也，所以称物平施，知轻重也。本起于黄钟之重。一龠容千二百黍，重十二铢，两之为两。二十四铢为两。十六两为斤。三十斤为钧。四钧为石。"

[10]绎：寻绎，理出事物的头绪。引申为解析。约：精约简省。形容文体风格。

[11]奫：一作"渊"。奫(yūn)，水深貌。

[11]文：文采。引申为文章的表现形式。

[12]跨踯：超越。鼓行：盛行；风行。乘空：凌空；腾空。

[13]附离：附着，依附。鑿枘(ruì)：卯眼和榫头。两者相合，使物体组合在一起。咀嚼：体味；玩味。不有：无有，没有。

[14]端：正。曼：细润；柔美。腴：指诗文的美好内容。

[15]佶：壮健貌。癯：瘦。

[16]这两句指箭从羿的弓中射出去，而他射中的靶子则是由别人决定的。根据句意，这两句似与柳宗元原文中提及的信息有关。羿：古代神话传说中善射的人。彀：张满弓弩。文中指弓。中微：射中细微之物。

[17]能我衡：即"能衡我"的倒装。

[18]索居三岁：指孤独地过了三年。据"三岁"或可知，刘禹锡谪居朗州已有三年，知该文当写于元和三年(808)。

[19]理言：议论。芜而不治：杂乱而不严整。杂乱无章。自谦之词。

[20]轧轧：难出貌。形容文思枯涩之貌。陆机《文赋》："理翳翳而愈伏，思轧轧其若抽。"不具：书信末尾常用语，犹言不详备。

【助读】

端而曼，苦而腴
——由刘禹锡评价柳宗元作品说起

刘禹锡《答柳子厚书》写于其谪居朗州时期，约在元和三年期间。这是一篇精彩的评论性短文，文章从多角度评价柳宗元两篇新文的言词、结构、内容和精神意蕴，独具眼力，而又能切中肯綮。该文既能反映柳宗元作品的思想特点和艺术风貌，又能从某些角度体现出刘禹锡的文学观点和批评原则。深入字里行间的品评之语，又非常真切地揭示出刘柳二人同气相求、肝胆相照的深情厚谊。下面先围绕柳宗元同时代文人给予柳宗元的评价进行一些阐述。

柳宗元作为中唐时期巨擘式的杰出文学家，一直是文艺理论界聚焦的重点。唐之后，对于柳宗元文学作品的深入剖析和广泛评点，已属诗文批评中的热点话题，至今长盛不衰。然而在柳宗元名震京师和贬谪南方的生命历程中，当时之文人，除刘禹锡、韩愈外，对柳宗元作品的直接评论，却并不多见。兹略作梳理。检索今人学者吴文治编《古典文学研究资料汇编·柳宗元卷》①可知，用诗文等形式传播柳宗元事略、品评柳宗元诗文作品

---

①吴文治：《古典文学研究资料汇编·柳宗元卷》，中华书局，1964年版。

的唐五代人共有十八位,而为宗元同时代人且在当时已有一定文名的只有六位,而后之宋代关注、评价柳宗元的文人达到一百四十位之多。但就人数而言,或可判断柳宗元在世时并未引起社会政治、文化高层的广泛关注,在文学评论领域里,其人其作还显得十分寂寞。吴文治资料汇编中,载同时代关注柳宗元的文人主要有韩愈、刘禹锡、皇甫湜、元稹、吴武陵和李肇。下面先考察一下除刘禹锡外的其他五人是从哪些角度来品评柳宗元的。先看韩愈。柳宗元永州期间曾写有《送元十八山人南游序》,韩愈后来当读过此文。元和十四年,韩愈赋诗《赠别元十八协律六首》云:"吾友柳子厚,其人艺且贤。吾未识子时,已览赠子篇。"此处以一"艺"字赞其才华,以一"贤"字述其德能。又,韩愈《祭柳子厚文》:"子之自著,表表愈伟。不善为斫,血指汗颜;巧匠旁观,缩手袖间。"用含蓄又形象的语言指出柳宗元文学才华卓伟不凡,使拙者汗颜,而精于文者也不敢露其才华,只能袖手旁观。元和十五年,韩愈在其所撰《柳子厚墓志铭》文中对柳宗元的人品和才华进行了充分阐释。其云:"俊杰廉悍,议论证据今古,出入经史百子,踔厉风发……又例贬永州司马。居闲,益自刻苦,务记览,为词章,泛滥停蓄,为深博无涯涘……衡湘以南为进士者,皆以子厚为师,其经承子厚口讲指画为文词者,悉有法度可观。"这篇文章,所议所赞集中:柳宗元精悍出众的才能、博通古今的学问、纵横雄辩的气势、汪洋恣肆的笔力、浩瀚而深远的内涵,以及指点后学的可观业绩,等等。此处评价富有高度,角度多样,不仅赞其才、歌其识,更对他的宏阔超迈的作品气象予以热烈赞美。韩愈对柳宗元的概观之论,客观公允,并不囿于两人之间政治观念、哲学观念上的差异,如韩愈并不赞成柳宗元加入永贞革新派阵营,也与柳宗元"功者自功,祸者自祸"(柳宗元《天说》)的天人哲学观点相左,但韩愈能够重视友情,对柳宗元的人品、作品和政治作为给予美誉,确为难能可贵。皇甫湜是中唐著名古文家,曾与李翱同从韩愈学习古文。其《祭柳子厚文》云:"呜呼柳州,秀气孤禀。弱冠游学,声华藉甚。肆意文章,秋涛瑞锦……"皇甫湜之评,高度赞扬柳宗元突出的才气和禀性,揭示出其早年游学京师时的响亮知名度;同时,用简洁的语言指出柳子厚文章挥洒自如、壮阔多彩的艺术特征。元稹是中唐大诗人之一,元和十年(815)他在离商州赴西京途中曾写诗一首留呈柳宗元等,其云:"泉溜才通疑夜磬,烧烟馀暖有春泥。千层玉帐铺松盖,五出银区印虎蹄。暗落金乌山渐黑,深埋粉堠路浑迷。心知魏阙无多地,十二琼楼百里西。"(元稹《留呈梦得、子厚、致用(题蓝桥驿)》)此诗写于刘柳等奉诏回京而旋又被贬出任远州刺使期间。此诗重在抒发元稹对仕途的瞩望,也反映了元稹与刘禹锡、柳宗元、李景俭之间的交往,但并无评价柳宗元文学创作的内容。《古典文学研究资料汇编·柳宗元卷》中收此材料,可为研究柳宗元等人的行踪和交游提供素材,但与文学批评了无关系。吴武陵曾因事流落永州,与柳宗元有过一段密切的交往。他于元和十一、二年回京后,在身居相位的裴度和工部尚书孟简面前替柳宗元说情,希望他们能够帮助柳宗元重回京师,但均无结果。吴武陵《遗孟简书》文中述说柳宗元遭遇,深抱不平,但亦未涉及文学批评内容。李肇因著有《唐国史补》一书,深为后人所知,其被收入"汇编"中的文字涉及柳宗元传文中人物"宋清",然与柳宗元实无关系。在吴文治汇编的同时代六人中,刘禹锡是与柳宗元感情最为笃厚且共同性最多的人。"汇编"中收入的篇目较多,有十九篇(首)专为柳宗元而写,有一篇祭祀韩愈,但涉及柳宗元资料。20件作品均表述了梦得、子厚之间"二十年来万事同"(刘禹锡《重别》)的深厚感情,而关涉文学批评之内容也不少,梦得论语求实,明辨而允当。《天论上》云:"余之友河东解人柳子厚作《天说》以折韩退之之言,文信美矣,盖有激而云,非所以尽天人之际。故余作《天论》以极其辩云。"此处虽指出柳宗元认识论上的不足之处,但认为文章确实很美,其"美"的内涵当然十分丰富,形式和内容完美结合当是应有之意。其中提及"有激"二字,当能体现柳宗元文章的壮气与激情。刘禹锡《与柳子厚书》云:"间发书,得《筝郭师墓志》一篇。以为其工独得于天姿。使木声丝声均其所自出……寻文寤事,神骛心得。倘佯伊郁,久而不能平。"刘禹锡认为柳宗元的墓志文字表达效果很好,其触动人心之处强烈,能够引起人丰富的联想,且能使人身陷悲情之中而感慨不平。刘禹锡《唐故尚书礼部员外郎柳君集纪》云:

> 河东柳子厚,斯人望而敬者钦!……二十有一年,以文章称首,入尚书为礼部员外郎。是岁,以疏隽少检获讪,出牧邵州……昌黎韩退之志其墓,且以书来吊曰:"哀哉,若人之不淑! 吾尝评其文,雄深雅健似司马子长,崔、蔡不足多也。"安定皇甫湜于文章少所推让,亦以退之之言为然……

在此,刘禹锡对柳宗元进行了多重评述:令人仰望而敬重;年轻时即以"文章称首"名闻京师;永贞年其被贬谪,缘于放达超逸而不拘礼法。刘禹锡于文中还引用了韩愈对柳宗元的精评,即"雄深雅健",此四字反映了柳宗元作品的雄壮气势、深刻内涵和雅正风韵。韩愈之评被刘禹锡接受,也被皇甫湜所接受。此论实际成为后之历代接受柳宗元作品的理论基石。刘禹锡《答柳子厚书》中类似之评也颇为深刻,此处暂不讨论,后文再予以详究。至此,再将话题切换到柳宗元并未获得同时代广泛评价的问题上来。

细究中唐,文士众多,灿若繁星,或可与盛唐相媲美。就柳宗元同时代的名家而言,颇具盛名者也甚多见,诸如权德舆、李翱、武元衡、裴度、白居易、张籍、王建、孟郊、李贺、李德裕、令狐楚等等,但他们对柳宗元作品几无评价,原因何在?此事或与柳宗元才高名盛却“疏隽少检”、自负其才有关,或更与戴罪贬谪、远离京师有关。永贞元年,王叔文集团聚集同党实施改革,自然遭到保守势力的强烈反对,柳宗元身处革新派阵营,其对立之人当为众多。柳宗元性格刚直峻切,如“素不悦武元衡”(《旧唐书·刘禹锡传》)就是突出的表现;其攀升很快,自信往往也会导致自负,因为年轻气盛,自然会引起一批人不悦。永贞失败,再遇贬谪,成为罪人,自然浮谤如川,脱离友情者有之,落井下石者当亦有之。此种情形,或尽如柳宗元文章所述。其《答问》云:“独被罪辜,废斥伏匿。交游解散,羞与为戚,生平向慕,毁书灭迹。他人有恶,指诱增益,身居下流,为谤薮泽。”又,如其《寄许京兆孟容书》云:“伏念得罪来五年,未尝有故旧大臣肯以书见及者。何则?罪谤交积,群疑当道,诚可怪而畏也。”在如此恐怖的环境里,柳宗元深受打击,对于无甚关系的文人而言,有谁愿意冒着风险去品评柳诗柳文呢?另外需要说明的是:柳宗元自永贞元年(805)秋被贬出京,投身荒蛮,至元和十四年(819)客死柳州,中间除了元和十年二、三月间短暂回京,其他时间均处于僻远的荒服之地。对柳宗元而言,"在文化信息、人际交往、创作视野、文学影响诸方面,都不具备置身政治文化中心长安的诸多文人所具有的优势"①,因此,他的作品在当时自然很难得到积极的传播与广泛的社会评价。

柳宗元的作品,在他活着的时候虽然未引起社会的普遍反响,但有了韩愈、刘禹锡两位大家的美誉和热捧,这是柳宗元的幸运,也是中国散文史的幸运。如果说韩愈对柳宗元的评价侧重于从宏观角度切入,那么刘禹锡则更注重于从中观和微观的角度去探讨柳氏作品的特色,如《天论上》《与柳子厚书》就明显地呈现出针对个案的分析倾向。刘禹锡《答柳子厚书》则给读者展示了一个多维度、多层面的立体评论范式。下面着重探讨一下这篇专题性的批评文章。

元和三年永州刺史崔敏来朗州时带来了柳宗元致刘禹锡的书信,刘禹锡展开书信,于是乎神思奔驰、心潮起伏,其中有"相思之苦怀"的独白,更有对柳宗元作品艺术特性的感悟和思考。根据当代传播学信息传播过程的理论知识,柳宗元是传播者,书信的内容是讯息,纸质载体和零陵太守是传播媒介,受传者是刘禹锡,当书信的内容被刘禹锡阅读后,引发了刘禹锡的心理感受和对这封信所载符号和意义的解读,这是一种接受,这种接受是基于刘禹锡生活阅历和经验所得而产生的,它不是被动的,而是融入了刘禹锡的感悟与评价的结晶,将这种所思所感的信息从大脑中传输出来即启开了人际传播之反馈过程。刘禹锡《答柳子厚书》的内容当是引动反馈过程运行的新讯息。刘禹锡接受柳宗元书信信息之后,引发的体悟和思考大约分为四个环节。

①尚永亮:《柳宗元诗文选评·前言》,上海古籍出版社,2003年版,第9页。

首先,当他打开信函看到书信时,跃入眼帘的是"屑末三幅,小章书仅千言",于是获得了初步的审美体验。"章书",指用章草书体书写的文字。柳宗元的章草书法颇负盛名。唐赵璘《因话录》载:"元和中,柳柳州书,后生多师效,就中尤长于章草,为时所宝。湖湘以南童稚悉学其书,颇有能者。"柳宗元的章草笔法豁然显现当能给刘禹锡以强烈的视觉冲击,千言文字可谓多,而载体仅为三张窄小信笺,当能使人惊叹于柳宗元精微流畅之高超笔法。透过精美的书体,熔铸才华、学识与友情的书信内容随之会引发神经的触动,于是刘禹锡情不自禁地以"申申詹詹"予以夸赞,此四字反映出目之所及的整饬与和悦,表达出心之所感的动人与精彩。这种赞美不独是评价内容,也当是赞赏书体给人带来的享受,也就是对柳宗元作品和书法的双重评价。这种评价属于面上的感受,直观、概括而偏重感性,但已让人异常激动。随着品读体验的深入,结合柳宗元请求批评的意愿,刘禹锡遂开始用心琢磨眼前的作品了,于是进入"余吟而绎之"的体悟与反馈环节。

> 顾其词甚约,而味弥然以长。气为干,文为支。跨跞古今,鼓行乘空。附离不以凿枘,咀嚼不有文字。端而曼,苦而腴。佶然以生,癯然以清。

此处文字是对柳宗元两篇新文的具体评析与精细鉴赏。刘禹锡先从言词和韵味的角度自宏观整体评之。吟读之,觉用词简洁、洗练;揣测之,悟意味深长,含义隽永。如此评语,以感悟为中心,突出了柳宗元文章的形式与内容之间的完美结合。随后八句,刘禹锡从不同的角度来解剖品读文章的艺术与技巧。"气为干"，表明该文章的素材选择、加工组合以至形成整体后发挥功能方面的特质，强调"气"，意味着重视素材本身的价值意义和审美要素，更趋向于追求文章独立存在的自持活力与恒久而旺盛的改造环境之生命力。"文为支"与"气为干"，形成了"干""枝"关系的比喻系统。气旺，则本体健康有力，利于功能充分发挥。"文"为"枝"，则认为"文"次要于根本之"气"，但适度讲究"文"彩，枝繁叶茂而不过度，"枝"当与"干"相依相存、互为表里，共同形成美好的品格风貌。"枝""干"是表征，"气"和"文"则是形成精美作品的动力之源。刘禹锡此处强调"气"和"文"，当是对韩愈"气盛言宜"（韩愈《答李翊书》）学说进行了呼应，此在实践层面也有力地支援了韩愈等倡导的古文革新运动。"跨踔古今，鼓行乘空。"这两句主要形容文章的取材自由度、思维的开阔度、超越古今的穿透力和气势浩大的影响力。此是文章生气勃勃的表征，也是以气取势、以文添彩和博取古今的结果体现。"附离不以凿枘，咀嚼不有文字。"此两句涉及文章结构组织和言意关系问题。柳宗元高超的文章结构，靠的不是卯眼和榫头的机械组合，而是不着痕迹的自然天成；进入了文章的诗意境界，得其意而已忘其言。得意忘言的美妙效果，自然得力于文辞的精美晓畅，结构的妙合无垠，更归功于思想情感的动人心魄。"端而曼，苦而腴。佶然以生，癯然以清。"则是从四组关系概念切入来体味柳宗元文章的风貌神韵。这四句始终结合着内与外因素的互联互动来阐述柳文的强大内功与绰约风姿。"端"，表示思想纯正，这是指文章之源正统，或指我国文学创作承续的儒雅之道；"曼"，反映文章外在表达具有美润之态。"苦"，指人生阅历丰富，经历沧桑忧患，郁积着欲吐为快的浓情；"腴"，指文章内容美好，体态丰盈,色泽光鲜,惹人喜爱,重在强调外形美。"佶然",有壮气流贯于字里行间,呈现出"生"之勃勃活力;"癯然",瘦健的状态,形容文章筋骨思理脉络分明而又灵动发达,由此,给视觉以清新悦目、给听觉以清朗律动、给感觉以轻巧舒畅。至于柳宗元作品为什么有深博的内涵和强大的能量,从柳宗元文章中,或能找到答案。兹列数例以详。柳宗元《答韦中立论师道书》云:"本之《书》以求其质,本之《诗》以求其恒,本之《礼》以求其宜,本之《春秋》以求其断,本之《易》以求其动。此吾所以取道之原也。参之《谷梁氏》以厉其气,参之《孟》《荀》以畅其支,参之《庄》《老》以肆其端,参之《国语》以博其趣,参之《离骚》以致其幽,参之《太史公》以著其洁。此吾所以旁推交通而以为之文也。"此材料当能诠释柳宗元作品的艺术成就与其博观约取是密切关联的。又,如《寄许京兆孟容书》曰:"宗元早岁与负罪者亲善,始奇其能,谓可以共立仁义,裨教化。过不自料,勤勤勉励,唯以中正信义为志,兴尧、舜、孔子之道,利安元元为务……"此段材料当能说明柳宗元思想高度的源头活水所在。至此,再回到刘禹锡那八句经典的评论。总括之,刘氏八句评论是按总分总思路,从宏观感知、分类品味和整体体验几个角度与层面去品评柳宗元作品的思想内容与艺术特征,如崇高与精粹、庄伟与清美,等等。刘禹锡作为一个负责任的评论家,当他发表了上述八句评价之后,又有一些放心不下,追求精当与完美的自觉意识,又促使其对柳宗元作品进行了反复的琢磨,正如文中所说"余之衡诚悬于心,其揣也如是"。至此,刘禹锡方才放心。这是刘禹锡此次评论的第三个环节,也是评论过程中的重要环节,由此可见他对文事的忠诚、对友人的尊重。在思如泉涌的冲击和字斟句酌的考量中,刘禹锡突然悟出了一个重要的道理,用羿射神箭而获人赞誉为喻,明确指出柳宗元"必我之师而能我衡"之论的缺陷所在,指明创作与批评并非同一回事,可以分而实施。结合当代写作与评论的相关理论观之,有高超创作水平之人从事文学评论自然得心应手,但无优异创作实绩的人也未必做不好文学评论之事。刘禹锡"誉羿者皆羿也,可乎"之反问,颇有启发意义,他提出的这条文学批评原则,从某种意义上来说,纠正了当时文评活动中的某些偏颇观点。以上是对刘禹锡评论柳宗元文章之第四个环节的陈述和评析。

遗憾的是,刘禹锡精心结撰的批评文章虽然文采斐然、论述独到,然今天已无法找到柳宗元所写的那两篇新文了。不过,对照柳宗元其他一些优秀作品,当能发现这些优点普遍存在。如《贞符》(并序)、《钴鉧潭西小丘记》《小石潭记》《晋问》《愚溪对》《蝜蝂传》等文章,皆可以用刘禹锡之评语去予以比对。

需要进一步阐释的是,为什么刘禹锡能对柳宗元进行多角度、多层面的审美批评,而其他人却难以做到?即使是韩愈这样的大文豪,也只是从宏观的面上去概括提要柳氏作品之特征呢?前文,我们已指出,柳宗元作品难以在时人中产生广泛批评的原因。至此,还当特别指出,一般文人与柳宗元无深切的交往,很难读出柳宗元作品蕴藉的丰富内涵;即使有较多交往的人,如吴武陵等,因为缺乏深刻的共性体验,也未必能充分体恤柳宗元的所思所感。而刘禹锡却具备了这种种条件,他们之间具有诸多的共通的意义空间。二十多年来,他们有着科考、在京为官、同参永贞革新、同被贬谪荒蛮的诸多共性体验,尤其是元和三年当他读到柳宗元二篇新文的时候,其自身也正在朗州遭受着因贬谪带来的苦痛。作为柳宗元众多作品的阅读者和接受者,刘禹锡在理解柳宗元创作时,他的痛和怨都会不由自主地移情至柳氏的作品之中,于是他对柳宗元作品的领悟往往就更为深入,他接受柳氏作品的反馈感受则更为真切,其中文学批评内容的反馈言辞就显得更为细腻而妥当。韩愈仕宦生涯中,虽亦历经沧桑,但与柳宗元相比,同质性的苦难与忧思并不多见,因此,韩愈也很难细致透彻地去分解柳文中的言内之情与文外之意,而对其他疏于交往的同时代文人来说,欲使之细论柳氏之文就显得更加勉为其难了。

与刑部韩侍郎书^[1]

退之从丞相平戎还^[2],以功为第一官^[3]。然犹议者嘛然,如未迁陟^[4]。此非特用文章学问有以当众心也^[5],乃在恢廓器度^[6],以推贤尽材为孜孜^[7],故人心乐其道行,行必及物故耳^[8]。

前日赦书下郡国,有弃过之目^[9]。以大国材富而失职者多^[10],千钧之机,固省度而释,岂鼷鼠所宜承当^[11]?然譬诸蛰虫坏户而俯者,与夫槁死无以异矣^[12]。春雷一振,必歙然翘首,与生为徒^[13]。况有吹律者召东风以薰之,其化也益速^[14]。雷且奋矣,其知风之自乎^[15]!既得位,当行之无忽。禹锡再拜。

【注释】

[1]该书元和十三年春作于连州。刑部:尚书省六部之一。刑部尚书为主官,侍郎为其次官。中唐时期,六部尚书常为宰职或藩帅的兼职,他们往

往不理本部事务;有时尚书官衔只是皇帝优宠文武重臣的加官,由此成为他们迁转的资历。因此,各部尚书常常缺位,侍郎则成为该部实际上的掌权者。尚书,正三品;侍郎,正四品下。《唐六典》卷六:"刑部尚书、侍郎之职,掌天下刑法及徒隶勾覆、关禁之政令。其属有四:一曰刑部,二曰都官,三曰比部,四曰司门;尚书、侍郎总其职务而奉行其制命。"韩侍郎:指韩愈。

[2]丞相:指裴度。平戎:指元和十二年八月至该年十一月裴度帅师平定淮西吴元济叛乱之事。

[3]第一官:表明受人尊崇之官。瞿蜕园《刘禹锡笺证·与刑部韩侍郎书》"笺证"云:"韩愈本传:'以右庶子充淮西行军司马,还朝以功授刑部侍郎。'唐人以尚书省为枢要,愈以官僚得之,故云第一官。"

[4]此句意思指议论者(也即韩愈的支持者们),并不满足于韩愈升迁刑部侍郎一职,认为与他的功劳相比这似乎就像没有得到提升一样。嗛然:不满足貌。嗛,通"歉"。迁陟:迁升。

[5]有以:有所作为。当:顺应。

[6]恢廓:宽宏;宽阔。气度:气魄风度。

[7]孜孜:为"孜孜以求"的省略语。孜孜,勤勉、不懈怠之意。

[8]道行:指主张得到实施。这里当指韩愈的政治观点和倡导古文运动的主张得到实施。及物:指恩及万物。

[9]弃过之目:赦免罪人的条目。

[10]材富:人才众多。失职:失去职权。

[11]千钧之机:也即千钧之弩。这里指重大的政治措施。"千钧之机"与"蹊鼠"配对使用,表示不需要用重大的行动去处置小的事情。典出《三国志》二十三《魏书·杜袭传》:"臣闻千钧之弩不为蹊鼠发机,万石之锺不以莛撞起音,今区区之许攸,何足以劳神武哉?"省度:思考;估量。蹊鼠:文中指自己,含有自嘲自喻之意。

[12]蛰虫:藏在泥土中过冬的虫豸。此处为自喻。坯户:用泥土堵塞门户。坯,土坯,文中用作动词。"坯户"亦作"坏户"。语出《礼记·月令》:"(孟秋之月)是月也,日夜分,雷始收声,蛰虫坯户。"槁死:枯死,困死。

[13]歂然:喜悦貌。徒:同类。

[14]吹律者:吹奏律管的人。指邹衍。律为阳声,故传说可以使地暖。《艺文类聚》卷九引汉刘向《别录》:"邹衍在燕,燕有谷,地美而寒,不生五谷,

邹子居之,吹律而温气至,而谷生,今名黍谷。"薰之:使之变暖。

[15]奋:震动。《周易·豫》:"雷出地奋。"孔颖达疏:"奋是震动之状。"

【助读】

千钧机弩岂顾鼠,春雷惊蛰望东风
——刘禹锡致信韩愈的用心所在

唐代古文运动的倡导者韩愈和刘禹锡曾有过同事之交,而当时著名文学家柳宗元也与他们同台供职。这是人生的巧合,更是唐代文学的幸事。贞元十九年(803)闰十月刘禹锡进入御史台任监察御史,柳宗元也在这一年闰十月入为监察御史里行,而韩愈也恰于该年冬授为监察御史,但韩愈同年十二月即被贬为阳山县令。刘柳韩三人共事的时间最多不超过三个月,但在这短短的时间里,他们纵论天地,关注人文,遂结下深厚的友情。韩愈所谓"同官尽才俊,偏善柳与刘"(韩愈《赴江陵途中寄赠王二十补阙李十一拾遗李二十六员外翰林三学士》),当能说明他们之间的密切关系。韩愈离京之后,他们三人从此天各一方,历经宦海浮沉,遭受几多打击,却难有谋面之缘。永贞年(805)秋冬之际,刘禹锡在被贬赴南方途中,应韩愈之约而作《韩十八侍御见示'岳阳楼别窦司直'诗因令属和重以自述故足成六十二韵》。从诗题看,刘、韩或途中相遇。卞孝萱、卞敏《刘禹锡年表》①认为该诗作于江陵,刘与韩在江陵重逢;刘国盈《韩愈评传·阳山之贬·在赴江陵途中》认为韩愈在岳阳托窦庠转交其诗请刘禹锡和作,由此或可认为刘韩未曾见面;瞿蜕园《刘禹锡笺证·与刑部韩侍郎书》"笺证"中指出刘韩二人相遇,但于何处会

---

① 卞孝萱、卞敏:《刘禹锡评传》,南京大学出版社,1996年版。

面,尚存犹豫,未下断语。由此看来,刘、韩二人永贞年是否见面,地点在何地,此尚为学术疑点,在此存疑,且不论。虽元和十年(815)二至三月,他们同在京师,是否会面?苦于刘柳韩三家史料均无记载,实无从考证。自刘禹锡元和十年出任连州刺史后,至韩愈长庆四年(824)去世,他们之间当再无见面,尽管如此,当年同为监察御史时结下的友情依然长存于心,他们之间的交往互动在诗文书信等文献中明晰可见。《与刑部韩侍郎书》,写于元和十三年春,此时禹锡在连州刺史任上,虽为一方长官,但相较于顺宗时的得意人生,自然仍处贬臣之列。韩愈此时随裴度凯旋还朝不久,因立功而晋升,其当处于意气风发之时。于是刘禹锡致信韩愈,表达祝贺并提出请求援引之意。该文言辞朴实,着意真切;坦陈事实,通情达理;结撰典实,托物述志;譬喻连构,情气郁勃。

先看第一段。鉴于刘、韩二人的密切关系,开篇不循客套礼路,直以平实之语起笔。"退之从丞相平戎还,以功为第一官。"用语看似平淡无奇,实际上隐含着丰富的内容,诸如宰相裴度对韩愈的信任、韩愈之削藩主张与情绪、韩愈作为行军司马的表现、韩愈立功晋职的荣耀、第一官的社会美誉及影响力,等等。对于这些,文中一语带过,未作细致阐述,事实上也无需多说,或可解释为尽在不言之中。此种处理办法,基于二人深厚关系,也服从于本文的宗旨所向。就二人关系而言,当年在台府时,他们交往密切,"持矛举盾,卒不能困"(刘禹锡《祭韩吏部文》),经过柳宗元"窜言其间"的干预和协调,往往又"服之无言"(刘禹锡《祭韩吏部文》)。二人之间越是争执,情感越发加深,此种笃厚友情,决定了后来他们之间的通信无需客套寒暄;若行之,反而显得生分。这简洁而平实的开篇之语，已足以体现刘禹锡对韩愈的祝贺、认可和尊重。自书信后文观之，刘禹锡致书的目的在于请求韩愈推荐自己，由此可知迅速切入问题，也当是作文本身的需要。自"然犹议者嗛然"至"行必及物故耳"几句分析了韩愈人气所归的原因，并高度赞美其推贤荐才的品德。首先，指出有一种议论以为韩愈此次升职与其军功不相匹配，再高一些才算合适。这些议论者当为韩愈的支持者无疑。刘禹锡提及此事，表示自己一直关注着韩愈的行止举动，且也含蓄地表明自己认同议者之论。这种论语恐是韩愈喜欢接受的评价，也更容易使他们的感情回转到笃厚的初心。其次，刘禹锡迅速切换话题，分析指出韩愈之所以有广泛的支持者和追随者的原因所在。自文学史观之，韩愈能够成为古文运动的中心人物，与其作品、人品及其组织才能都是密切相关的。这也是历代文学史研究者和学习者必须重温的重要命题。刘禹锡，作为当时古文运动的健将，他在致韩愈的信中很概括地给予了分析。刘禹锡指出韩愈的威望，与他精彩的文章和渊博的学问分不开，但这只是基本条件，而更重要的条件在于他具有宽阔的情怀，且乐此不疲地去奖掖后进、推荐人才，由此方使"人心乐其道行"。关于韩愈乐于鼓励并积极荐举人才的事例很多。在此略作梳理。今人刘国盈在《韩愈评传》行文中，十多处提及韩愈向京城内外掌权者推荐人才之事。在此，列举几例以说明："韩愈曾为薛公达写推荐信给张建封"[①]；"韩愈在离开洛阳之前（按：贞元十七年秋），还为侯喜向汝州刺史卢虔写了一封进荐信"[②]，此信即《与汝州卢郎中论荐

①刘国盈：《韩愈评传》，北京师范学院出版社，1991年版，第44页。
②刘国盈：《韩愈评传》，北京师范学院出版社，1991年版，第90页。

侯喜状》；"贞元十八年，权德舆典贡举，陆傪佐榜，韩愈便给陆傪写信，向其推荐侯喜、尉迟汾、侯云长、李翊等10余人，侯喜等人均以其年登科"①。中唐诗人李绅也在其中，遗憾的是，韩愈晚年与李绅同在朝中任职时，由于遭宰相李逢吉算计却反目成了对头。检索韩愈诗文集还可发现，他曾有过很多次赋诗、撰文荐举人才的事迹（尚不含"自代"之举）。例如，元和初韩愈回长安任国子博士后写《荐士》诗向河南尹郑庆余推荐孟郊；又，他专门写《冬荐官殷侑状》《荐樊宗师状》等状文荐举人才（这些状文写作时间均早于本篇致韩愈的书信）。当韩愈不便向长官推荐优秀人才时，他往往通过亲自拜访等形式为英才们传播名声，可谓用心良苦。《唐摭言》卷六《公荐》中即载有韩愈贞元中为牛僧孺扩大知名度的故事。韩愈、皇甫湜于牛僧孺租住之门上书字曰："韩愈、皇甫湜同访几官先辈，不遇。"此留字引来观者如堵，从而使牛僧孺名声大振。韩愈元和四、五年间任河南尹时，他器重李贺，再次与皇甫湜采取屈尊拜访的形式鼓噪李贺的名声，从而使李贺通过了河南府试。韩愈荐才，名重天下，刘禹锡自然耳熟能详。他指出韩愈名威望重与其"文章学问"固然不可分割，然与韩愈乐于荐才更为关切。此论实为下文希冀韩愈荐己而积极张本。

再看第二段。刘禹锡开始谈及"前日赦书下郡国"之事。《旧唐书·宪宗纪下》：（元和）十三年春正月乙酉朔，御含元殿受朝贺，礼毕，御丹凤楼，大赦天下。"此为刘禹锡写信的缘起，由"前日"可知该书信当作于十三年春。既然是大赦天下，又何必求助于人呢？刘禹锡认为天下"失职者"太多，皇帝很难格外重视自

---

① 刘国盈：《韩愈评传》，北京师范学院出版社，1991年版，第90页。

己。为说清此理，他使用了《三国志·杜袭传》中岂有以"千钧之机"去为"鼷鼠"发射的典故（典故见正文注释[11]），表明自己如"鼷鼠"般微不足道，又怎能引起朝廷的关注呢？以"鼠"譬喻，当寄寓着刘禹锡沉重的流落慨叹，因为致书的对象是自己的好朋友，他无需夸饰才能，也无需掩饰自己的悲凉境遇。在知己面前喻己为鼠，无卑躬屈膝之嫌，也不会引起韩愈的嘲笑，因为，刘禹锡深知韩愈的恢廓器度和二人之间的友情基础。如果说"鼷鼠"之喻还难以揭示刘氏的困厄与追求，那么"蛰虫"之喻，当能使人豁然而明刘氏的处境、机遇与企盼。书信中有文云：

然譬诸蛰虫坏户而俯者，与夫槁死无以异矣。春雷一振，必欣然翘首，与生为徒。况有吹律者召东风以薰之，其化也益速。

"蛰虫坏户"语出《礼记》，其雅深内涵或能启人心智，容易使人感受到刘氏似"槁死"之艰难与"欣然翘首"之期盼。"蛰虫"喻指刘禹锡自己，该喻体为自然灵动之物，有雅致之情，而无鄙薄之意；"春雷"为春天的天气现象，文中喻其为大赦天下之喜讯。作者使用蛰虫、春雷之象，语美而意深，既点明了写信的季节背景，又体现出惊蛰节气物候特征，带给人生机勃勃的感受。有了春雷，似乎还缺少了一种动力，那就是使大地回春的东风，于是刘氏又继用邹衍吹律的典故，将韩愈之提携譬喻为吹暖寒谷之东风。至此，三个典故连缀而用，不仅丰富了文章的内涵，更使三个各自独立的比喻连接成为一个勾连互通的比喻体系，藉之传达出耐人咀嚼的政治诉求和审美意义。刘禹锡对韩愈充满着期待，渴望着在雷声将振之际，东风吹来，从而使蛰虫获得新生。文章最后，以催促之言请求韩愈当机立行。此处以快言直语收束话题,再一次反映出刘、韩之间的醇厚情谊。

总之,全文语朴而情真,用典自然而寓意深刻,象喻生动又理趣横生! 柳宗元曾评价刘禹锡散文云:"隽而膏,味无穷而炙愈出。"(刘禹锡《犹子蔚适越戒》)比照此文,觉柳宗元之论诚有道理!

上淮南李相公启[1]

某启:某间以昧于周身,措足危地[2]。骇机一发,浮谤如川[3]。巧言奇中,别白无路[4]。祝网之日,漏恩者三[5]。咋舌兢魂,分终裔壤[6]。岂意天未剿绝,仁人登庸[7]。施一阳于剥极之际[8],援众溺于坎深之下[9]。南箕播物,不胜昌言[10]。危心铄翮,蕖是自保[11]。阴施之德[12]已然,乃闻受恩同人[13],盟以死答。私感窃抃,积于穷年。化权礼绝[14],孤志莫展。

今幸伍中牵复[15],司存宇下[16]。伏虑因是记其姓名,谨献诗二篇,敢闻左右[17]。古之所以导下情而通比兴者,必文其言以表之[18]。虽甿谣俚音,可俪风什[19]。伏惟降意详择,斯大幸也[20]。谨因扬子程留后行[21],谨奉启不宣[22]。谨启[23]。

【注释】

[1]淮南李相公:指李吉甫。据《旧唐书·李吉甫传》,元和二年,李吉甫被擢为中书侍郎、平章事,元和三年九月,"拜检校兵部尚书,兼中书侍郎、平章事,充淮南节度使",元和六年正月再次回朝入相。刘禹锡所呈之启作于元和四年贬谪朗州时,时李吉甫在淮南道治所扬州。启:泛指奏疏、公文、书函。有奏启和书启两类,前者指公文,而后者则是亲朋之间来往书信,属于

一般应用文范畴。此处所论之"启"倾向于前者。《太平御览》卷五九五引汉服虔《通俗文》云:"官信曰启。"魏晋时期上书于君主、诸王,始用此名称,兼有奏表和奏疏的职能。唐宋时,启文仍广泛运用,但其对象已扩大,除可呈君王外,大凡比自己官职高的人,均可用"启"这种文体来表达,其内容也大为延展。今人学者褚斌杰《中国古代文体概论》云:"诸如诤谏、贺官、谢官、谢赏、荐士、上诗文、投知己,均可用启。"其实质是将"启"视为奏议类表文与一般书牍文之中间物。

[2]间:阻隔;间隔。文中表示被动。以:因。昧:愚昧;糊涂。周身:保全自身。"周",动词,使动用法。措足:立足;置身。这两句意思是,我因糊涂于保全自身而受到阻碍,致使立身于危险的境地。

[3]骇机:突然触发的弩机。比喻猝发的祸难。浮谤:无中生有、毁坏他人声誉的坏话。本句指永贞元年顺宗内禅让位于宪宗后,刘禹锡、柳宗元等被贬为远州"八司马",随后朝廷毁谤之声不断。

[4]巧言:谗言。奇中:意想不到地达到目的。别白:辨别清楚。别,辨别。

[5]祝网:意指帝王施行仁德。典出《史记·殷本纪》(见本篇"助读"文内容)。

[6]咋舌:咬住舌头。谓因害怕而不敢说话。兢魂:有惊魂之意。兢,趋。分终:命运的结局。分,缘分、福分。终,事物的结局。裔壤:即裔土。荒癖边远的地方。

[7]仁人:指李吉甫。登庸:选拔任用。此指李吉甫任宰相。庸,用。

[8]剥:《周易》卦名。象征小人得势,君子不利。后谓时运不利为剥。

[9]坎:《周易》卦名。八卦之一。坎象征险难。

[10]箕:星宿名。天宇中有四星联成梯形,状似簸箕,故称之为箕。因星在南方,又称为南箕。此喻指谗佞造谣之人。《诗经·小雅·巷伯》:"哆兮侈兮,成是南箕。彼谮人者,谁适与谋。"昌言:善言。指李吉甫之言。昌,其他版本作"愿",或"谒"。

[11]危心:心存戒备与恐惧。铩羽:摧落羽毛。常比喻不得志。繇:由。

[12]阴施之德:指阴德,即暗中做的好事。这里指李吉甫的暗中帮忙。

[13]受恩同人:指得到恩惠的同人。这里指永贞革新失败后那些同时被贬谪的人。

[14]化权:化育万物之权。指居高位者。

[15]伍中:行列中。指同被贬谪者。牵复:受牵引而又复原。这里指被贬谪官员重又被起用。该被起用官员当特指永贞革新中被贬"八司马"之一程异。《旧唐书•程异传》:"贞元末,擢授监察御史,迁虞部员外郎,充盐铁转运、扬子院留后。时王叔文用事,由径放利者皆附之,异亦被引用。叔文败,坐贬岳州刺史,改郴州司马。元和初,盐铁使李巽荐异晓达钱谷,请弃瑕录用,擢为侍御史,复为扬子留后。"司马光《资治通鉴》卷二三七载程异于元和四年春复任扬子留后。刘禹锡曾于朗州赋诗《咏古二首有所寄》,表示有所期待之意。

[16]宇下:比喻在他人庇覆之下或治下。扬子院留后属扬州淮南节度使管辖,李吉甫为淮南节度使,故有"司存宇下"之说。

[17]诗二篇:当为同时所作《咏古二首有所寄》。左右:指启之所呈献之人。不直称对方,而称其执事者,表示尊敬。

[18]下情:指下级或群众的情况或心意。文:修饰;文饰。

[19]吨谣:民间歌谣。俚音:通俗浅近的民间声音。风什:诗篇。

[20]伏惟:下对上的敬词。多用于奏疏或信函。指念及,想到。引申为表示希望、愿望的意思。降意:留意的意思。详择:审察采择。

[21]留后:唐中叶后,藩镇坐大,节度使遇有事故,往往以其子侄或亲信将吏代行职务,称节度留后或观察留后。

[22]不宣:不显扬;不公开说出。后以"不宣"谓不一一细说。旧时书信末尾常用此语。

[23]谨启:犹敬白。书信常用语。

【助读】

善用典故陈心曲

本篇启文作于元和四年(806),根据文中提示的背景"因扬子程留后行",可知在程异即将赴任扬子留后之际,刘禹锡托他转呈该文献给李吉甫。刘禹锡或于朗州当面委托程异,因程异自郴州北上当过洞庭湖流域,而朗州毗邻湖之西岸,两位同时被贬的永贞革新人物完全有见面的可能；或通过其他方式转交程异，如托人转交或邮路送达等。该启文语意颇丰，大致表述了三层意思。第一层意思是：由于自己糊涂而不善于自我保护，以至于涉足"危地"，而招致诽谤和打击；尽管多次遇到天子大赦，但自己未沾皇恩；远贬于荒蛮之地，心情糟糕，惊魂不定，缄口难言。刘禹锡谓己"昧于周身"，属交际辞令，有委婉之意，他对于参与王叔文集团实无悔恨之心。事实上，刘禹锡终其一生都不认为参与永贞革新是一种错误，其绝笔之作《子刘子自传》依然对王叔文高度赞美，赞其为"工言治道，能以口辨移人。既得用，自春至秋，其所施为，人不以为当非"。第二层意思是：贬谪打击令人极度绝望，然而幸有李吉甫登居要位，李相伸张正义、推举贤才的言行有力地遏制住谗言奸语，给人带来了希望；三次恩赦而自己无缘沾恩，权要人物与己中断交往（文中以"礼绝"称之），"孤志莫展"之苦闷难以言表，但因同仁程异的复职又使自己萌发了回京的企望，于是请托之意遂潜生于文辞之间。因为是请托，其对李吉甫之颂美自然有明显的夸饰色彩。第三层意思是：交代在转呈该篇启文的同时，也献诗二首呈李吉甫以表达自己的理想情怀；刘禹锡还在书启中发表了一些有关诗歌功能的诗学观点。

本篇启文在叙述、抒情和说理中，善于运用典故以自陈心曲，由此使文意显得庄重、含蓄而又幽深。下面选择几处典实和故事予以解说。

其一，借史书语典摹写自己的困顿窘迫。

1."昧于周身"。"周身"一词，作为名词"全身"来使用，早在西晋时期的典籍中已出现。杜预《春秋经传集解序》云："圣人包周身之防，既作之后，方复隐讳以辟患，非所闻也。"唐代儒家学者、经学家孔颖达对其中语句疏解云："谓圣人防虑，必周于身。"孔颖达"周于身"，即保全自身之意，这里"周"为动词，使动用法。而将"周身"与人的智慧、品行等禀赋才能联系起来加以运用的个案，则以南北朝时北魏重臣、著名文学家高允《征士颂》中的运用为早。《魏书·高允传》（列传第三十六）云："郎苗始举，用均已试，智足周身，言足为治。性协于时，情敏于事。"这句话意思是：郎苗当初被荐举的时候，他的才能均已展示出来了，其智慧足以保全自身，其思想主张足以治理天下。他的性情与时局相协调，其处事行为灵活而机敏。郎苗是高允时代的贤才，据《高允传》所载，他曾被征用为"卫大将军从事中郎"。高允在《征士颂》中使用互文修辞手法表达出丰富而完整的意思，郎苗足智多谋、性格好、办事灵敏，所以他既能够保全自身，又能够治理天下。郎苗一生居高位、得长寿而又名闻天下，实令人艳羡。刘禹锡在这篇奏启中不露痕迹地使用了这个典故，但反其道而用之。"昧于周身"之"昧"，意指自己愚昧、不聪明，以至于深处危险困顿之中。使用此语，包蕴实多，自抑中给对方以尊重，叹惋中道出自己的坎坷处境。

2."骇机一发"。机，古代弩上发箭的装置。骇，令人惊骇、震惊的意思。这四字词语意指弩机突然触发，使人震惊而恐惧，用来比喻祸难猝发。典出《后汉书·皇甫嵩传》（列传第六十一），其云："今将军遭难得之运，蹈易骇之机，而践运不抚，临机不发，将何以保大名乎？"这是原信都令汉阳阎忠游说皇甫嵩反叛朝廷之词。意思是：现在将军遇到了难得的机遇，赶上了容易失去则使人震惊的好时机，若碰上机运不抓住，面临弩机不发箭（也即遇到机会不行动),那么怎么能保住您的美好名声呢?这里"临机不发",指的是机会就在眼前,然而只在瞬间,若错失了良机,则就会令人骇叹而后悔无穷。皇甫嵩拒绝游说,忠于朝廷,未生叛心。机不曾发,而意也并未骇。刘禹锡在启文中逆原典之意而巧用典故,弩机已发箭(实施了贞元革新行动),然而很快受挫而告败,迅即招致如川奔涌的诽谤之声。刘氏使用《后汉书》"骇机"典故,既使语句简约,也使内涵更为深沉,其怨艾之情不言自溢。刘禹锡在后来忆及往事之痛时,多处使用了该典故,如"一坐飞语,如冲骇机"(刘禹锡《谢中书张相公启》),又如"愚触骇机,迸落深泉"(刘禹锡《祭兴元李司空文》)。

3."祝网之日"。《史记·殷本纪》:"汤出,见野张网四面,祝曰:'自天下四方,皆入吾网。'汤曰:'嘻,尽之矣!'乃去其三面,祝曰:'欲左,左;欲右,右;不用命,乃入吾网。'"这一段的意思是:成汤外出,看见有打猎人在田野四面张设了罗网,打猎人祈祷说:"愿天下四面八方的鸟兽都落入我的网中吧。"成汤说:"咳,这不是一网打尽了么!"于是就叫设网人撤掉其中三面网,并叫打猎人改动祈祷词为:"想往左走的,就向左走开;想往右走的,就向右走开;不听从命令的,就落入我的罗网。"诸侯们听到这件事后,均高度赞美成汤的德行,认为"汤德至矣,及禽兽"(司马迁《史记·殷本纪》)。"永贞革新"失败后,刘禹锡于永贞年十一月被贬为朗州司马,在随后的三年中朝廷均颁布过大赦天下之令。《旧唐书·宪宗纪上》载:"元和元年春正月……大赦天下,改元曰元和。自正月二日昧爽已前,大辟罪已下,常赦不原者,咸赦除之。"又,"二年春正月……祀昊天上帝于郊丘,是日还宫御丹凤楼,大赦天下。"又,"三年春正月癸未朔。癸巳,群臣上尊号曰睿圣文武皇帝。御宣政殿受册，礼毕，移仗御丹凤楼，大赦天下。"至元和四年刘禹锡写作该篇奏启时，朝廷已发布过三次大赦令，然而刘氏等"八司马"无缘被赦，因此文中称"漏恩者三"。刘禹锡也不止一次使用此典故，如"祝网之辰，动绁疏目；可封之代，乃为穷人"（刘禹锡《上杜司徒书》）。绁，绊住。疏目，稀疏的网眼。可封之世，指安定淳朴的时代。穷人，困厄之人。刘禹锡用祝网典故，叙事约而悲叹深，同时，又不失对朝廷的美誉，伏隐着回归长安的深切诉求。

上述"周身""骇机""祝网"三个典故，均出自经典文献，易于引发封建士大夫的普遍认同感。这些典故在刘禹锡笔下具有趋同性。自用法观之，皆联系自身，反用典故；从情感探之，均反映出身处逆境之苦痛情绪与并不沮丧的追求愿望。

其二，以《周易》之说表达变动中的潜在生机。

该篇启文多处运用《易》经之说阐发人与自然、社会之间的变易之理，由此赋予文字符号以深刻内涵，从而表达文士之间的阶层意识和文化格调。

1."施一阳于剥极之际，援众溺于坎深之下"。以《周易》"剥"☶☷和"坎"☵☵之卦义来反映天道与人事之变，由此表达对李吉甫扶危济困举动的赞美，也寄寓着希望得到李吉甫援引的期待。在《周易》中，"剥"之卦辞为："剥：不利有攸往。"其意思是："剥"卦象征剥落，不利于有所前往。李鼎祚《周易集解》引郑玄语云："阴气侵阳，上至于五，万物零落，故谓之'剥'也。"该卦形各爻自初位至第五位皆为阴，但上位（第六级爻位）为"上九"，"上"指最上端的一爻，"九"表示"阳"。阴气上腾至于第五爻，可谓困厄至极了，刘禹锡启文中称之为"剥极"，然第六级爻位发生了变化,以阳代阴。第六爻之辞为"上九,硕果不食,君子得舆,小人剥庐。"意思是:上九这一爻,喻指硕大的果实未被摘取而吃掉,君子摘之将能驱车济世,小人得之将会剥落万家。今人黄寿祺《周易译注》阐释云:"君子,小人,喻阳刚、阴柔;得舆,得乘大车,喻济世获'吉';剥庐,剥落屋宇,喻害民致'凶'。"黄氏之论了然清晰,以此联系刘禹锡"施一阳"之意,则可知刘禹锡对登履高位的李吉甫充满着期待。下面再说说"坎"卦。其卦辞为:"习坎:有孚,维心亨;行有尚。"坎卦象征重重陷险:只要心怀信实,就可使内心亨通;努力前行必被崇尚。该卦形上下卦均为"坎",象征陷入险境之意。"习"有重叠之意。其《彖》曰:"'习坎',重险也,水流而不盈。行险而不失其信,维心亨,乃以刚中也;'行有尚',往有功也……"《彖传》指出重叠之险,与流水有关系,但只要重信,则会亨通;砥砺前行,则可收获功劳。其《象》则曰:"水洊至,习坎;君子以常德行,习教事。"《象传》则阐述认为水流涌叠而至,就会形成"坎"之险境,这时就需要君子守德而行,反复熟悉政教事务(或可化险为夷,有所成就)。其卦之上爻则曰:"上六,系用徽纆,置于丛棘,三岁不得,凶。"这是阴爻,其中点明三年不能解决困境,按照古汉语之词义,三岁或指确数三年,或指不定数之多年。刘禹锡在奏启中希冀"援众溺于坎深之下",用"坎"之典,表明困顿不堪;使用"溺"字,取意与"坎"之流水"洊至"相吻合(洊至:相继而至的意思)。上爻取阴,联系三岁"凶"之说法,或与"漏恩者三"相互照应。

　　2."同人"与"牵复"。"同人",《周易》卦名。其卦辞曰:"同人:同人于野,亨,利涉大川,利君子贞。""同人"之卦象征与人和协。此句意思是指:"与人和同必须处于广阔无私,光明磊落的境界,故特取'原野'喻'同人'之所;以此'同人',前景必能畅通,故曰'亨'。"(黄寿祺《周易译注》卷三)该卦上爻辞云:"上九,同人于郊,无悔。"而该爻之"传"辞则云:"《象》曰:'同人于郊',志未得也。"结合上爻辞与传可知,虽与人取得和协,然未能实现目标,但无怨无悔。根据以上经(卦爻辞)传(《象》辞)的意思,结合刘禹锡的经历,可以认为其奏启中使用"同人"之典,既揭示出刘禹锡等永贞革新派具有良好的品德和守正的节操,也表明他们在失败后并未气馁,对曾经的革新行动并不后悔。

"牵复",出自《周易·小畜》,该卦第二爻曰:"牵复,吉。"这里指同人程异官复扬子院留后一事。因为在谈及李吉甫施惠于永贞派人物时,设置了基于《易》经而观物取象的语境,如前文"剥""坎"之论,因此事情之始末皆宜置于《易》经的象喻系统中予以分析,因此,对于程异被起用之事,以《易》之概念"牵复"言之,不仅照应前文,使语意更为含蓄深沉,也使前后文在哲学思考的层面上达到了统一。

其三,借《诗》寓意,托诗言志。

引用《诗经》语典以论事是该篇奏启的又一鲜明表现。文中还指出刘禹锡创作了诗篇以歌咏心志,藉此也可一观刘氏诗学主张与《诗经》传统的密切关联。兹举数例以详。

1."巧言奇中"。《诗经·小雅·巧言》:"乱之初生,僭始既涵。乱之又生,君子信谗……蛇蛇硕言,出自口矣。巧言如簧,颜之厚矣。"《巧言》这首诗说的是大夫伤于谗言,愤而以诗讽谏,讽刺统治者听信谗言致使国家祸乱。巧言,为谗言,具有花哨的形式和阴谋的内核,容易使人迷惑。刘禹锡文中"巧言奇中",与《诗经·巧言》具有类似的结构和特征,作者用此典故,既使文意通俗易懂,又反映了深刻的政治内涵。

2."南箕播物"。《诗经·小雅·巷伯》:"彼谮人者,亦已大甚。哆兮侈兮,成是南箕。"大,通"太"。哆,张口的样子。侈,大的意思。该句意思是:那个散播谗言的人,用心实在太凶狠。其造谣的大口张得大大,就像天上南箕星那样呈簸箕的形状。这里用"南箕"状写造谣者之口形,喻指造谣者声浪之强烈,也隐含着其恶果之伤人。在《诗经》其他篇章中也出现过南箕物象,如《大东》:"维南有箕,载翕其舌。"此句中张口缩舌之形状描写更为生动,讽刺意味不言而喻。刘禹锡用此典故,使文意变得活泼且典雅;《诗经》讽谏精神得到弘扬,又使文章蕴藉深厚,耐人咀嚼。

3."导下情而通比兴"。"诗言志"向为中国诗学理论之基石。"志"是思想和感情的融合体,"志"通过诗歌来表达,此为中国文学表达的思维模式和方式方法。《毛诗序》云:"诗者,志之所之也,在心为志,发言为诗。情动于中而形于言……故正得失,动天地,感鬼神,莫近乎诗。"由"志"达"言"成诗,这是一个心理过程,需具备促进心理转化的动能,而人之性情就是促进这种变化、生成的力量所在。"情"裹载着"志",藉语言文字而符号化,即形成充满感情的诗篇。《诗经》作品,尤其是十五国风,多为传导下情而供治政者采集民情以经营天下的媒介,西周王朝设风人职位采集风诗的目的即在于此。刘禹锡在这篇奏启中对《诗经》精神充满着虔诚的遵循,既阐述了一些诗学观点,也表达了作诗以供李吉甫"降意详择"的意图(所献二诗当随本篇启文一起由程异转呈)。刘禹锡启文中的诗学主张可分解为以下几点:肯定传统诗学观点,认为"导下情"为作诗的主要目的和路径所在。导下情则需采用"比兴"手段以修饰之,此处以部分代整体,喻指对诗之六义（风雅颂、赋比兴）的整体继承。自后文"风什"二字也可感知，"风"之本来义指十五《国风》，"什"代指"《雅》与《颂》"，因《诗经》中《雅》《颂》部分多以十篇为一组（称之为"什"），故"风什"可代表《诗经》的整体面貌和精神实质。强调传导人情，需要运用比兴等艺术手段。"必文其言以表之"是表现"心志"的技艺手段。"文"乃修饰之意。这里表明刘禹锡认同诗歌创作的艺术性问题，用一"必"字，尤为强调。另外，刘禹锡认为"呫谣俚音"这些来自民间的诗歌，有其优质的成分，堪与士大夫文人的创作相提并论，即文中"可俪风什"之语。此处"风什"仍源于《诗经》之说，泛指优秀的文人诗歌。

刘禹锡既重诗学理论，也重诗歌创作实践。其《咏古二首有所寄》即是启文中提及的两篇"献诗"。其一："车音想辚辚，不见辇下尘。可怜平阳第，歌舞娇青春。金屋容色在，文园词赋新。一朝复得幸，应知失意人。"其二："寂寂照镜台，遗基古南阳。真人昔来游，翠凤相随翔。目成在桑野，志遂贮椒房。岂无三千女，初心不可忘。"第一首咏古诗，咏陈皇后失宠而又复得君幸之事。诗之结句转出新意，凸显出尚处于"失意"状态中当事人之体验，这种体验当含有叹惋，也存有期待阅诗者对诗人痛楚的感知，或也含有希冀援引之意。需要澄清的是，咏怀陈皇后复幸之事与史实不符，不存在司马相如以赋打动汉武帝之说，陈皇后终身未能博得君恩重归，但其被改编的理想化结局及其叙事流播方式契合人们的审美期待，业已深植人心，从而使陈皇后的悲剧被误读为以文动情而使不遇者摆脱困厄的经典。第二首咏古诗，叙写汉光武对仁孝美淑、患难与共的原配妻子阴丽华忠贞不渝的感情故事，高度赞美刘秀不忘初心之品格。其所寄托的情感,或在于表达友朋之间当铭记交游厚意而不忘昔日之情。此或指对他人有所期待,也能解释为对自我理想与壮志坚贞不渝。这两首诗,感触于古代美满情缘,奔涌着激情,以抒情的力量推动叙事的发展,采用比兴的手法牵引着诗境转换与诗意衍变;诗歌所运用的语言和节奏,又十分贴近民歌体的风调与品格。自刘禹锡诗歌创作的流与变的历史过程观之,自贬谪朗州后,他就有意地、自觉地在探索诗歌创作的新变,颇重民歌俚语,为其后期"竹枝词"新诗体的新人耳目积累着素材与创作经验。这两首咏古诗,读来也颇能使人感知到其已具有民间诗歌的一些特征与色彩。这两首诗写给何人?今人学者陶敏、陶红雨《刘禹锡全集编年校注》于本诗注释第一条中认为"当是为寄程异而作",而于本篇启文注释第九条中载"诗二篇,未详。或即以《咏古二首有所寄》当之。然二诗为寄同被贬者程异口吻,恐非是。"卞孝萱、卞敏《刘禹锡评传》第四章也认为"程异是'八司马'中最先召回的一人,刘禹锡写了《咏古二首有所寄》相赠"。这两首诗题名为咏古,笔者以为则不应当理解为士人之间单信道的来往赠答之词,它的读者对象不是单一的,应当是不确定的多数。写给程异阅读当没有问题,而由程异转献给李吉甫评点也是完全可以说得通的。至于陶敏著作以为"口吻"似不符问题,前已述此为咏古诗,不是信函,且不是献给单一对象去阅读,未必需要恪遵温文谦卑之礼;且读者不宜将诗题中"有所寄"理解为寄信于某人,应是有所寄托的意思,此寄托之意与本篇启文中刘氏的诗学主张是相吻合的。这两首咏古诗彰显出《诗经》的六义特点,典型地运用了比兴传统手法,且又采用了通俗易懂的民间语体。如此线索与奏启文中所提供的信息完全可以对应。另外,就李吉甫当年与刘禹锡在京城的交情而言,也甚为投合,之间无需处处客套而礼节频频;李吉甫博通古今,具有深厚的文化素养,他们之间传递雅言当没有理解隔阂,至于刘氏诗歌之俗语俚音,李吉甫也当能辨其机轴与创新所在。因此,笔者以为这两首咏古诗是写给程异和李吉甫之说可以并存;所表达的向上心志与美好理想当为诗之主调,而对尊长和朋友有所期待或也潜化于字里行间,余味无穷,耐人咀嚼!

上杜司徒启[1]时谪朗州

某启:一自谪居,七悲秋气[2]。越声长苦[3],听者谁哀?汤网虽疏,久而犹诖[4]。失意多病[5],衰不待年。心如寒灰,头有白发。惕厉之日,利于退藏[6]。是以弥年不敢奏记[7]。

近本州徐使君至,奉手笔一函[8],称谓不移,问讯加剧。重复点窜,一无客言[9]。忽疑此身,犹在门下[10]。收纸长想,欣然感生。寻省遭罹,万重不幸[11]。方寸之地,自不能言[12]。求人见谅,岂复容易?伏蒙远示,且曰浮谤渐消。况承庆宥,期以振刷[13]。方今圣贤合德,朝野多欢。泽柔异类,仁及行苇[14]。万族咸说,独为穷人。四时平分,未变寒谷[15]。自同类牵复[16],又已三年。侧闻众情,或似哀叹。

某材略无取,废锢是宜[17]。若非旧恩,孰肯留念?六翮方铩,思重托于扶摇;孤桐半焦,冀见收于煨烬[18]。伏纸流涕,不知所言。谨启。

【注释】

[1]杜司徒:指杜佑。司徒:是一个具有历史变化的官职概念,西周时为六卿之一,掌土地、人口与教化之事。春秋以后,其名称和职掌多有变动。唐时,其与太尉、司空并列为三公,皆正一品,名为佐天子治邦国,实无具体职掌,多为大官之荣衔或加衔。时谪朗州:指明刘禹锡此篇启文作于其贬谪朗州时期。启文的具体写作时间为元和七年秋。

[2]七悲秋气:指刘禹锡自京师贬谪至朗州已有七个年头。刘禹锡于永贞元年(805)秋被贬出京任远州刺史,随即在同年十一月于赴任刺史途中再贬为朗州司马。

[3]越声长苦:表明刘禹锡对长安的苦苦思念。典出《史记·张仪列传》附《陈轸传》,其云:"庄舄仕楚执珪,有顷而病。楚王曰:'舄故越之鄙细人也,今仕楚执珪,贵富矣,亦思越不?'中谢对曰:'凡人之思故,在其病也。彼思越则越声,不思越则楚声。'使人往听之,犹尚越声也。"

[4]汤网:用《史记·殷本纪》"祝网"之典,泛言刑政宽大。详见《上淮南李相公启》"助读"部分。疎:同"疏",松弛的意思。诖:一作"挂"。

[5]失意多病:指刘禹锡不适应南方水土,心情郁闷,身体多受病痛煎熬。其元和四年所作《卧病闻常山旋师策勋宥过王泽大洽因寄李六侍御》分析了身处南方容易生病的气候原因,其云:"南国异气候,火旻尚昏霾。瘴烟跕飞羽,沴气伤百骸。"

[6]惕厉:警惕谨慎;警惕激励。厉,危险。语出《周易·乾》:"君子终日乾乾,夕惕若厉,无咎。"

[7]弥年:经年;终年。奏记:用书面向公府等长官陈述意见。

[8]使君:州郡长。徐使君,据陶敏、陶红雨根据《元和姓纂》研究认为此人即朗州刺史徐缜。手笔:亲手所写或所画的东西。指所写的书信。函:装书信的匣子。

[9]点窜:修改。客言:指客气的话。表示杜佑没有看外刘禹锡,始终把他当作自己的人。

[10]门下:门生;弟子。

[11]寻省:推求省察。遭罹:遭遇;遭受。

[12]方寸:指心。方寸之地,使用徐庶辞别刘备赴曹营的典故表明心绪

乱而不宁。《三国志·蜀志》:"庶辞先主而指其心曰:'本欲与将军共图王霸之业者,以此方寸之地也。今已失老母,方寸乱矣,无益于事,请从此别。'"

[13]庆宥:因有吉庆之事而赦宥罪人。振刷:去除罪过,重新起用。

[14]泽柔:恩德安抚。行苇:路旁的芦苇。《诗经·大雅·行苇》:"敦彼行苇,牛羊勿践履。"后世用之为仁慈的典实。多用于称颂朝廷。

[15]咸说:都高兴。说,同"悦"。寒谷:寒冷的山谷。比喻命运不佳或境遇窘迫。汉刘向《七略别录·诸子略》:"邹衍在燕,有谷地美而寒,不生五谷,邹子居之,吹律而温,至黍生,今名黍谷。"文中用邹衍事典,但反向用之。

[16]同类牵复:指永贞年同时被贬谪的"八司马"之一程异于元和四年被重新起用一事。语见《上淮南李相公启》:"今幸伍中牵复。"

[17]废锢是宜:贬谪出京,终身不用,应该是这样的。

[18]六翮:指鸟的两翼。铩:伤害。六翮方铩,典出弥衡《鹦鹉赋》,其云:"顾六翮之残毁,虽奋迅其焉如。"孤桐半焦:典出蔡邕取焦桐为琴之典。《后汉书·蔡邕传》:"吴人有烧桐以爨者,邕闻火烈之声,知其良木,因请而裁为琴,果有美音,而其尾犹焦,故时人名曰'焦尾琴'焉。"煨烬:灰烬,燃烧后的残余物。

【助读】

英才皆爱尚书省

这篇启文实为刘禹锡对杜佑来信问询的回复,学术界认为该文写于元和七年(812)秋。篇中云:"近本州徐使君至,奉手笔一函。"可知杜佑写给刘禹锡的亲笔书信是通过徐使君(徐缜)转交给刘禹锡的。时杜佑已致仕(如今干部之离休)。《旧唐书·宪宗纪下》:"(元和七年六月)癸巳,以金紫光禄大夫、守司徒、同平章事、崇文馆大学士、太清宫使、上柱国、岐国公杜佑为光禄大夫、守太保致仕,宜朝朔望,佑累表恳请故也。"从这段史料可知,杜佑自元和七年六月被恩准致仕后,其职事官职已非"守司徒",而是"守太保"。"守"者,犹摄,暂时署理职务,多指以低官阶身份去署理较高职位的官职。太保一职,为重臣加衔,并无实职。对杜佑而言,其已致仕,更无职掌而言,皇帝授予此职意味着对杜佑的恩宠。既然杜佑已不是司徒,刘禹锡启文之题为何仍以"司徒"相称?是写作时间非为元和七年秋,还是另有缘故呢?兹作讨论。

启文有三处表述实际上暗示出写作时间。其一,"一自谪居,七悲秋气。"其二,"自同类牵复,又已三年。"其三,"况承庆宥。"永贞元年十一月,"朝议谓王叔文之党或自员外郎出为刺史,贬之太轻。己卯,再贬韩泰为虔州司马,韩晔为饶州司马,柳宗元为永州司马,刘禹锡为朗州司马……"(《资治通鉴》卷二三六)刘禹锡于元和元年(806)初到达朗州,至元和七年恰为七年。"七悲秋气"指明启文写作时间为秋季。"同类牵复",当指被贬为郴州司马的程异于元和四年被起用官复扬子院留后一事,此事"已三年",又能证明作文时间为元和七年。"庆宥",指庆祝遂王宥为皇太子一事。《旧唐书·宪宗纪下》云:"制立遂王宥为皇太子,改名恒。"立李宥(李恒)为太子一事,在元和七年六月,此材料再次佐证刘禹锡上书杜佑当在元和七年且在六月之后。结合"七悲秋气",可以确认刘禹锡此文写于元和七年秋天。但问题是,刘禹锡不称杜佑为"太保",而继续称其原有官职,此因何在?下面先来梳理一下杜佑任职司徒的履历及相关职事官的经历。

兹以《新唐书·宰相表二》载有的四条资料为经,结合《旧唐书·杜佑传》史料以说明:

1.《新唐书》卷六二:"(十九年)三月壬子,淮南节度使、检校尚书左仆射、同平章事杜佑检校司空、同中书门下平章事。"

《旧唐书》卷一百四十七:"十九年入朝拜检校司空,同平章事,充太清宫使。"

2.《新唐书》卷六二:"(永贞元年)三月丙戌,佑检校司徒。"

《旧唐书》卷一百四十七:"德宗崩,佑摄冢宰,寻进位检校司徒,充度支盐铁等使,依前平章事。旋又加弘文馆大学士。"

自材料1观之,永贞元年(又为贞元二十一年,)三月,杜佑已离开淮南(今之扬州),入朝荣升检校司空高位。司空为"三公"之一,名为辅弼天子,无所不统,隋唐时实为虚衔,于宰相多为加官;检校为代理某官的意思。杜佑为"同中书门下平章事",实为宰相,行宰相之责,其宰相的加官虽为"检校司空",也足见其在皇帝心目中的优宠地位和十分荣耀的职官经历。

由材料2可知,唐德宗去世后,杜佑为"冢宰",在宰相中的排名当攀升至首位,其加官转至"检校司徒",史书中用"进位"之词表述,足见当时"司徒"之位甚于"司空"。杜佑以宰相身份兼领着两个极其重要的管理财政之官职,即度支使与盐铁转运使。"度支"原为尚书省户部下四司之一,盐铁使的职能原也当是尚书省户部的工作内容和延伸范围,度支使和盐铁转运使的设置,使此二使官成为超越于户部之上的财政职官,名显而位高;"弘文馆大学士",属于负责校正国家图书、教授生徒、参议朝廷制度及礼仪等方面事务的官职,隶属于门下省,在国家制度建设与文化发展方面处于举足轻重的地位。

3.《新唐书》卷六二:"元和元年……四月丁末,佑为司徒。"

《旧唐书》卷一百四十七:"元和元年,册拜司徒,同平章事,封岐国公。"

这里是指正式拜为司徒。而根据上文所引《旧唐书·宪宗纪下》杜佑在元和七年为"守司徒"之说,当能说明杜佑一直是以低级职事官代理高级别职事官的。

4. 元和七年六月,"佑为太保致仕"。这则资料表明杜佑已由司徒转为太保。

同样,根据上文所引《旧唐书•宪宗纪下》杜佑在元和七年致仕时授予"守太保"加官一事,说明他的加官仍是以低级别身份代理高级别职务的。但对于杜佑来说,这并不重要了,他任职司徒这八年经历已足够荣耀,致仕为"守太保"也当是宠遇有加。天子恩准其致仕,满足了他多年前(或始于元和二年)即开始请退的愿望。此次致仕,他的散阶官位得到提升,由原"金紫光禄大夫"升为"光禄大夫",即其文散官官阶由正三品晋升至从二品。而且皇帝命曰"宜朝朔望",也就是说他在每月的"朔"日(初一)和"望"日(十五)仍可参与朝廷议事。遗憾的是,杜佑在该年十一月就去世了,但朝廷给予他极度的尊崇,为其"废朝三日,册赠太傅"(《旧唐书•杜佑传》)。

从以上对杜佑任职司徒期间为官经历和恩宠优遇的梳理,可知杜佑为官司徒是其人生的黄金时期和顶峰状态,其司徒的声誉已深入人心、令人敬仰。刘禹锡于贞元二十一年(永贞元年)为杜佑所作的几篇表文,皆称其为"司徒",如《为杜司徒让度支盐铁等使表》《为杜司徒谢追赠表》《为杜司徒让淮南立去思碑表》。至此,笔者认为刘禹锡于元和七年秋所作上杜佑的启文称其为司徒,或出于以下几种考量。一则是,如上述,杜佑的最辉煌时期恰恰是其任职宰相且加官为司徒时期,按常理,当有人从最显达的职位转向致仕退居的职位时,人们与之交往时还习惯呼其最具有人生价值的前期职位,刘禹锡作为杜佑的门生故吏,用习惯使用的"司徒"称呼显得亲切,也能顺合杜佑的心理需要。二则是,皇帝习惯用"司徒"称呼杜佑,表示恩宠,如"每入奏事,宪宗优礼之,不名,常呼司徒。"(《旧唐书·杜佑传》)这一史料表明"司徒"对于杜佑而言,意味着皇帝对他的高度认可和优待,这是杜佑的自豪,人们乐于用该官职称呼他,自然是对他的景仰和敬重,这当是人际交往中令人愉悦的事情。其三,因为杜佑致仕由守司徒转为守太保,其时间在元和七年六月,刘禹锡回复杜佑之书在该年秋季,相距时间不长,或许刘禹锡还不知道杜佑致仕及转任太保之事,若其因成立,则刘禹锡用"司徒"称之,就更不足为奇了。

检索杜佑贞元十九年后的履职经历,发现其系列官职中有一些与尚书省的职掌关系密切。如度支、盐铁转运使等。而杜佑入朝为相前,多次执掌尚书省职务。

《旧唐书·杜佑传》载:"累官至检校主客员外郎,入为工部郎中";"杨炎入相征入朝,历工部、金部二郎中,并充水陆转运使,改度支郎中兼和籴等使";"迁户部侍郎,判度支";"贞元三年,征为尚书左丞";"迁检校礼部尚书";"丁母忧,特诏起复,累转刑部尚书、检校右仆射";"以淮南节制检校左仆射、同平章事,兼徐泗节度使"。从杜佑任职尚书省来看,其在礼部、工部、金部、度支、户部等司工作过,任职过尚书左丞、刑部尚书、检校右仆射、检校左仆射等,这些部门和具体官职都与中央三省六部制之尚书省密切关联。下面简要阐述一下唐朝尚书省之组织构成与具体职掌。

尚书省与中书省、门下省合称三省,是有唐一代中央机构的核心组成部分。三省之间有合作,更有分工。明王鏊《震泽长语》(卷上)云:"唐初始合三省,中书主出命,门下主封驳,尚书主奉行。"尚书省为政务机构,掌政令颁行,设都省为总办公厅,其下设吏、户、礼、兵、刑、工六部,各部又设四司,共二十四司。尚书省官署设于中书、门下之南,故又称为南省、南宫。尚书省自初唐以来,不同时期还有其他名称,如中台、文昌台、都台等。尚书省长官为尚书令,其副职为左右仆射。李世民时代,因其自身曾任尚书令,故其继位后,取消了尚书令官称,只设左、右尚书仆射。仆射最初与中书令、侍中并为宰相,唐玄宗时则需加"同中书门下平章事"之官衔才能主管尚书省。平章:评处、商酌,均智愚而昭示之。同平章事,即同参国事。若仆射无"同平章事"之衔,则尚书省的真正负责人就是仆射的属官左右丞,他们品阶相同,均为正四品,但左丞地位和影响力高于右丞。左丞分管吏、户、礼三部,右丞分管兵、刑、工三部。尚书省之都省为总领该省之总官署。"凡都省掌举诸司之纲纪,与百寮之程式,以正邦理,以宣邦教。"(《旧唐书·职官志》第二十三)在都省履职人员主要有令、仆射、左右丞,左右司郎中、员外郎,以及都事、主事等。尚书省六部长官称为尚书,秩为正三品,次官侍郎为正四品下,唯吏部侍郎除外,其为正四品上。每部各司之主官为郎中(从五品上),次官为员外郎(从六品上)。六部中各部均有四司。吏部为六部之首,有吏部司、司封司、司勋司、考功司四司。其职责和功能是:"职掌天下官吏选授、勋封、考课之政令。凡职官铨综之典、封爵策勋之制、权衡殿最之法,悉以咨之。"(《唐六典》卷二)户部主要管理范围为:"职掌天下户口井田之政令。凡徭赋职贡之方、经费赒给之算、藏货赢储之准,悉以咨之。"(《唐六典》卷三)户部有户部司、度支司、金部司、仓部司四司。礼部主要管理范围为："职掌天下礼仪、祠祭、燕飨、贡举之政令。"（《唐六典》卷四）有礼部司、祠部司、膳部司、主客司四司。兵部主要管理范围为："职掌天下军卫、武官选授之政令。凡军师卒戍之籍、山川要害之图、厩牧甲仗之数，悉以咨之。"（《唐六典》卷五）有兵部司、职方司、驾部司、库部司四司。刑部的主要管理范围是："职掌天下刑法及徒隶、句覆、关禁之政令。"（《唐六典》卷六）有刑部司、都官司、比部司、司门司四司。工部的主要管理范围是："职掌天下百工、屯田、山泽之政令。"（《唐六典》卷七）有工部司、屯田司、虞部司、水部司四司。尚书省在唐代中央组织机构中，具有极其重要的地位，"王政之本，系于中台，天下所宗，谓之会府"（《册府元龟》卷四百九）。其与卿监百司的关系甚为密切，或如是说："九寺、三监、东宫三寺、十二卫及京兆河南府是王者之有司，各勤所守，以奉职事。尚书准旧章立程度以颁之。"（《唐会要》卷七十八）这里指明卿监百司及府州等均承尚书省之令而各司其职，尚书省处于行政指挥系统的上层领导位置。

以刘禹锡、柳宗元为代表的"八司马"，永贞革新时期或更早一些时候，均在尚书省任过职务。现作些解说。刘禹锡，担任过工部"屯田员外郎"（从六品上），"掌天下屯田之政令"（《唐六典》卷七）。刘禹锡此时还兼判度支盐铁案，协助杜佑、王叔文管理财政。柳宗元，担任过"礼部员外郎"（从六品上），协助礼部尚书侍郎及礼部司郎中"举其仪制而辨其名数"（《唐六典》卷四），主要掌管礼仪、享祭、贡举之政。韩泰，贞元中累迁至户部郎中（从五品上），协助尚书、侍郎"掌领天下州县户口之事"（《唐六典》卷三）；永贞革新中被王叔文任用为范希朝神策行营节度行军司马，介入了军事武装阵营。韩晔，永贞时为尚书省司封郎中，司封司属于吏部,其郎中官品为从五品上,掌邦国封爵之事。程异,"贞元末,擢授监察御史,迁虞部员外郎,充盐铁转运,扬子院留后"。其"虞部员外郎",属于工部虞部司次官,从六品上,职责范围包括:"京城街巷种植,山泽苑囿,草木薪炭供顿,田猎之事"(《旧唐书·职官二》卷四十三)。另外两位陈谏和凌准,按今人学者卞孝萱、卞敏《刘禹锡评传》所说:"陈谏为仓部郎中,凌准也由翰林学士参度支,调发出纳。"仓部郎中,为户部仓部司长官,从五品上,掌管天下仓储、受纳租税、出给禄廪之事。度支,为户部下属之司,度支司主管预算和开支,当是唐代最高的财务管理机构。凌准参与了该司所属的相关工作。根据上述考证资料可知,"八司马"在永贞改革前或期间,均在尚书省某一岗位上有过履职经历,他们是革新进程中的中坚力量,当然,改革失败之结局也注定了他们必然会遭受来自反对势力的各种打击和迫害。

上中书李相公启[1]绛

某启:去年国子主簿杨归厚致书相庆[2]。伏承相公言及废锢,愍色甚深[3]。哀仲翔之久谪,恕元直之方寸[4]。思振淹之道,广锡类之人[5]。远聆一言,如受华衮[6]。伏自不窥墙仞,九年于兹[7]。高卑邈殊,礼数悬绝[8]。虽身居废地,而心恃至公。

伏以相公久以讦谟,参于宥密[9]。材既为时而出,道以得君而专。令发于流水之源,化行犹偃草之易[10]。习强伉者自纳于轨物,困杼轴者咸跻于仁寿[11]。六辔在手,平衡居心[12]。运思于陶冶之间,宣猷于鱼水之际[13]。然能轸念废物[14],远哀穷途。嗟哉小生,有足悲者。内无手足之助[15]，外乏强近之亲。为学苦心，本求荣养[16]；得罪由已，翻乃贻忧。扪躬自劾[17]，愧入肌骨。祸起飞语，刑极沦胥[18]。心因病怯，气以愁耗。

近者否运将泰，仁人持衡[19]。伏惟推曾、闵之怀，怜乌鸟之志[20]；处夔、龙之位，伤屈、贾之心[21]。沛然垂光，昭振幽蛰[22]；言出口吻，泽濡寰区。昔者行苇勿伤，枯骼犹掩[23]。哀老以出弊，愍穷而开怀[24]。无情异类，尚或婴虑[25]。顾惟江干逐客[26]，曾是相府故人。言念材能，诚无所取。譬诸飞走，庸或知恩[27]。

呜呼！以不驻之光阴，抱无涯之忧悔。当可封之至理，为永废之穷人。闻弦尚惊[28]，危心不定。垂耳斯久，长鸣孔悲[29]。肠回泪尽，言不宣意。谨启。

【注释】

[1]中书:这里指中书省。李相公:当是中书省的长官，行宰相之职，故为相公。根据本启文中"去年国子主簿杨归厚"（元和七年贬为国子主簿）及"九年于兹"（"兹"为朗州）等信息，知该文当作于元和八年(813)。元和八年之际，根据《新唐书·宰相（中）》所载，中书省李姓宰相为李吉甫和李绛，他们虽未被任命为中书令，但均为中书侍郎、同中书门下平章事，实为宰相。四库全书版《刘宾客文集》、清董诰《全唐文》及今人学者卞孝萱校订的《刘禹锡集》标题中均无"绛"字，而今人学者瞿蜕园《刘禹锡集笺证》和陶敏、陶红雨《刘禹锡全集编年校注》中启文之标题后皆有一"绛"字，指出此位李相公就是李绛。今从李相公为"李绛"之说。

[2]国子主簿:国子监属官。职数一人，从七品下。主簿，古代秘书官，其职责为主管文书，办理事务。杨归厚:唐代官员，刘禹锡密友，且为刘禹锡长子岳父。元和七年十二月由左拾遗被贬为国子监主簿，分司东都。

[3]废锢:革除官职，终身不再录用。文中指刘禹锡等被贬远州任职不再有回京机会。愍:怜悯；哀怜。

[4]仲翔:虞翻字，三国时期东吴官员、经学家，因直言被流放到交州，后

孙权遇挫悔悟,欲寻仲翔回京,然其已逝,其灵枢终归旧墓,妻与子女得以返回。《通志》卷一百二十:"后权遣将士至辽东,于海中遭风,多所没失,权悔之,乃令曰:'昔赵简子称诸君之唯唯不如周舍之谔谔也。虞翻亮直,善于尽言,国之周舍,使翻在此,此役不成。'促下问交州:'若翻尚存者,给其人船,发遣还都;若已亡者,送丧还本郡,使儿子仕宦。'会翻已终。"元直:徐庶。方寸:心。典故详见《上杜司徒启》注释[12]。

[5]振淹:起用久被废黜的贤者。《左传·文公六年》:"宣子于是乎始为国政,制事典,正法罪,辟狱刑,董逋逃,由质要,治旧洿,本秩礼,续常职,出滞淹。"

锡类之人:指孝子。《诗经·大雅·既醉》:"威仪孔时,君子有孝子。孝子不匮,永锡尔类。"

[6]远聆一言:其所聆听之言就是杨归厚致书"相庆"的内容,指宰相李绛对刘禹锡等被贬之人的同情、爱怜和提振之愿望。华衮:古代王公贵族的多彩的礼服。常用以表示极高的荣宠。

[7]这一句指看不到京城的高墙已九年了,意指被贬于朗州得不到起用时间很长。墙仞:高墙,代京城。九年:非泛指,为实际年头。刘禹锡永贞年于贬途中改贬朗州司马,十一月到朗州,至元和八年作此文时,已跨九个年头。

[8]邈殊:久远。礼数:古代按名位而分的礼仪等级制度。亦指官阶品级。悬绝:相差极远。

[9]訏谟:远大宏伟的谋划。訏,大。谟,谋。《诗经·大雅·抑》:"訏谟定命,远猷辰告。"宥密:深密;机密。《诗经·周颂·昊天有成命》:"夙夜基命宥密。"

[10]流水:形容流畅顺达。《史记·管晏列传》:"下令如流水之原,令顺民心。"原,水源。偃草:风吹草倒。比喻道德教化见成效。典出《论语·颜渊》:"子为政,焉用杀?子欲善而民善矣。君子之德风,小人之德草,草上之风,必偃。"后用为官员以德化民之典。

[11]强伉:骄横。轨物:规范;准则。《左传·隐公五年》:"君将纳民于轨物者也。故讲事以度轨量谓之轨,取材以章物采谓之物。不轨不物,谓之乱政。"杼轴:亦作"杼柚"。织布机上的两个部件,即用来持纬(横线)的梭子和用来承经(直线)的筘(kòu)。亦代指织机。《诗经·小雅·大东》:"小东大东,杼柚其空。"朱熹集传:"杼,持纬者也;柚,受经者也。"

[12]六辔:辔,缰绳。古一车四马,马各二辔,其两边骖马之内辔系于轼前,谓之𬪩,御者只执六辔。《诗经·秦风·小戎》:"四牡孔阜,六辔在手。"后以指称车马或驾驭车马。这里比喻治国之术高超。居心:安居之心。

[13]宣猷:施展谋划、方略。鱼水:比喻君臣相得。《三国志·蜀书·诸葛亮传》:"(先主)于是与亮情好日密,关羽、张飞等不悦,先主解之曰:'孤之有孔明,犹鱼之有水也。'"

[14]轸念:悲痛地思念。废物:废弃不用之人。穷途:处境困窘之人。

[15]内无手足之助:由此句知刘禹锡无同胞兄弟。参见瞿蜕园《刘禹锡集笺证·上中书李相公启》"笺证"中按语观点。

[16]荣养:指儿女赡养父母。

[17]自劾(hé):检举自己的过失。

[18]沦胥:相继受到牵连。沦,可解释为"率",即带领的意思。胥,跟从、相随。《诗经·小雅·雨无正》:"若此无罪,沦胥以铺。"王引之《经义述闻·毛诗中》:"'铺'字当训为病……沦胥以铺,谓相率而入于刑,入于刑则病苦。"

[19]否:卦名。《周易》六十四卦之一。坤下乾上。表示天地不交,上下隔阂,闭塞不通之象。泰:卦名。六十四卦之一。乾下坤上,为上下交通之象。持衡:持秤称物。比喻公允地品评人才。

[20]曾、闵之怀:孔子弟子曾参和闵损的胸怀,这里指他们具有令人景仰的孝顺情怀。《史记》卷六十七《仲尼弟子列传》:"孔子曰'孝哉闵子骞!人不间于其父母昆弟之言。'……曾参,南武城人,字子舆。少孔子四十六岁。孔子以为能通孝道,故授之业。作《孝经》。"乌鸟:古称乌鸟反哺,因以喻孝亲之人子。晋傅咸《申怀赋》:"尽乌鸟之至情,竭欢敬于膝下。"

[21]夔、龙:相传舜的二臣名。夔为乐官,龙为谏官。后用以喻指辅弼良臣。屈、贾:战国屈原与汉时贾谊的并称。两人平生都忧谗畏讥,从容辞令,遭遇相似。均为逐臣。

[22]沛然:充盛貌;盛大貌。昭振:照亮、振起。幽蛰:冬眠土中的虫类。喻草野或隐退之士。本文中当指贬谪之士。

[23]行苇:路旁的芦苇。枯骼(gé):枯骨残骸。

[24]出弊:孔子用敝帷以埋畜狗。弊,通"敝"。所用典故表达哀怜之意。《礼记·檀弓下》:"仲尼之畜狗死,使子贡埋之。曰:'吾闻之也,敝帷不弃,为埋马也;敝盖不弃,为埋狗也。丘也贫,无盖,于其封也,亦予之席,毋使其首

陷焉。'"愍穷而开怀:怜悯穷鸟而开怀纳之。暗用了"穷鸟入怀"的典故。

[25]婴虑:纠缠于思虑之中。婴,缠绕的意思。

[26]江干逐客:刘禹锡自谓。江干,江边。

[27]飞走:飞禽走兽。庸或:或许。庸,大概。

[28]闻弦尚惊:喻指受过惊吓而恐惧不安的心情。用"惊弓之鸟"的典故。

[29]长鸣孔悲:(骐骥一类的良马)发出长鸣之声,非常悲伤。喻指自己遭受压制,才能得不到发挥而极其痛苦,并希望得到像伯乐一样的人来识别和帮助。曹植《求自试表》之一:"臣闻骐骥长鸣,伯乐昭其能。"

【助读】

翔泳势异,不革初心
——论刘禹锡与李绛的交游关系兼谈中书省的组织架构

此篇启文写于刘禹锡贬居朗州业已九年之际,意在表达刘氏强烈的回京愿望。经历了漫长的困窘生活,刘禹锡的内心世界十分痛苦,忧愁攻心,惊颤不宁。在"无涯之忧悔"中感叹光阴流逝,恐己为"永废之穷人",又觉己为惊弓之飞鸟,但他始终坚信自己的"骐骥"之才,仰颈长鸣而期待伯乐之贤来拯救自己。他虽身陷荒蛮之"废地",依然对"至公"至正的用人机制充满着期待。只要有一点希望,他都会积极请托友人以争取机遇。刘禹锡的挚友、也是其长子的岳父杨归厚来信告知他一件值得庆贺的事情,那就是宰相李绛在谈及刘禹锡等"废锢"之人时,充满着同情,也流露出要帮助起用他们的意思。文中说李绛正在"思振淹之道",也就是说正在想办法来解救他们。杨归厚闻听此事,立即致书告知,此即成为刘禹锡上书李绛的背景和直接原因。刘禹锡之所以勇于或者说能够与李绛进行书信沟通,此当与他们之间长期的交游关系分不开。刘禹锡希望通过请托,昨日好友、今日宰相李绛或能够给自己带来命运转机。文中交代"江干逐客,曾是相府故人",即指出其与李绛的关系非同一般。下面来梳理一下刘禹锡与李绛的交游关系。

兹先概括介绍一下李绛其人的履职经历。刘禹锡《唐故相国李公集纪》:

> 公讳绛,字深之,赵郡人。在贡士中杰然有奇表。既登太常第,又以词赋升甲科。授秘书省校书郎,岁满从调,有司设甲乙问以观决断,复居高品。补渭南尉,擢拜监察御史。未几,以本官充翰林学士,居中转尚书主客员外郎,历司勋郎中、知制诰,迁中书舍人。风仪峻整,敷奏谠切,言事感动,上辄目送之。一旦召至浴堂门,与语半日,曰:"将移用于大位,宜稔熟民听。"遂出为户部侍郎,迁中书侍郎、同平章事,毅然有直声。及册免,而问望益大。周旋公卿间,五为尚书,历御史大夫,左仆射,一以三公领太常,刺近辅、居保厘,登斋坛皆再焉。太和三年,以司空镇南郑。居二岁,坐气刚玉折,海内冤惜之。

大和七年(833)刘禹锡居官苏州时,应李绛子李顼等请求,为李绛遗作编辑文集。刘禹锡不负友人平生之交,不仅编辑了文集,还专门撰写了《集纪》,也就是书序,对友人之人品、作品等进行评价。上述引文出自书序,对李绛的仕宦经历予以梳理和概括,使后人得以知晓李绛的人生行迹,从而为后出之《旧唐书》《新唐书》等文献提供了令人置信的史料。刘禹锡为李绛编辑文集之行为本身即说明了刘禹锡与李绛关系笃厚,而《集纪》中的有关记述则又能使后世之读者窥见刘禹锡与李绛的交往脉络。如李绛"秘书省校书郎""补渭南尉,擢拜监察御史"之履历,即容易使人联想到刘李二人或有过较多的同行或共事经历。在《集纪》后部分,刘禹锡明确地指出"愚与公为布衣游,及仕畿服,幸公同邑,其后虽翔泳势异,而不以名数革初心"。在李绛遇害的大和四年(830),刘禹锡深怀悲愤写成了悼文《祭兴元李司空文》,同时为当时宰相裴度也代写了一篇祭文《代裴相祭李司空文》,细读这两篇文章,均可见刘禹锡与李绛之深情厚谊。《祭兴元李司空文》云:"追怀周旋,弥四十年,射策校文,接武联翩,甸服同邑,明庭比肩。"又云:"一持化权,一谪海壖,本同末异,如矢别弦。云龙井蛙势不相见。二纪回泊,一朝会面。公为故相,愚似悲翁,契阔相遇,凄凉万重,复以郎吏,交欢上公。披襟道旧,剧谈命酒,清洛泛舟,凿龙携手。公入西关,愚亦征还,削去苛礼,招邀清闲。"根据以上史料,结合二人的生平经历,"追怀周旋"的人生历程大致可以作如下解释:

1. 自二人订交至李绛遇难辞世,已有四十多年时间,二人虽然官品和地位差异很大,如文曰"翔泳势异",刘低处涡旋,李高处翻飞,但他们之间一直保持着深厚的交谊,未曾改变过年少时订交的初心。

2. 订交时,二人尚为布衣,未曾得官,当代学术界认为他们的交往关系是在"射策"(登宏辞科)之应试过程中建立的。

3. 刘禹锡与李绛步入仕途后的交游主要分为四个时期。其一,同行相随,同地(同职)效力。早年他俩或从事同一种职业,或在同行政地域,或在同一单位任职。"校文",谓从事校勘文章类事务。刘李二人皆担任过此类官职,且均为入仕之始职。据清徐松《登科记考》卷十三,李绛贞元八年登进士第后于次年登宏辞科。李绛随后"授秘书省校书郎"。刘禹锡于贞元九年登进士第,当年登宏辞科。《子刘子自传》云:"间岁,又以文登吏部取士科,授太子校书。"即指出刘禹锡在贞元十一年担任了太子校书一职。李与刘先后从事校书工作,他们是同行,时间有先后,故《祭兴元李司空文》称之为"接武联翩"。接武,步履相接之意。既表明时间有前后,也能显示二人之间的亲近关系。他们应试时已订交,同在京城,从事同种职业,其交流之多,当为必然。刘禹锡贞元十八(802)、十九(803)年为京兆府渭南县主簿;自贞元十九年闰十月进入御史台任监察御史,直至贞元二十一年(805)年四月转任屯田员外郎前,他都在监察御史任上。《旧唐书•李绛传》:"秩满,补渭南尉。贞元末,拜监察御史。"比较二人在贞元期间的履职经历,可知他们差不多于同一时期在渭南县任职,后又都进入御史台为监察御史。今人学者卞孝萱《刘禹锡的交游》①一文认为"甸服同邑"指他们同在渭南县任职,"明庭比肩"指他们皆为监察御史。"甸服",古制称离王城五百里的区域,泛指京城附近的地方。"畿服"与"甸服"同义。"明庭",圣明的朝廷,这里指刘李二人都在御史台任职。其二,刘禹锡远州贬谪迁转,李绛京师职掌化权。刘禹锡永贞元年(805)九月被贬为连州刺史,同年十一月在赴任途中再贬为朗州司马;元和十年(815)二月奉诏回到京师,而三月即被再谪为播州刺史,经裴度等请求,改为连州刺史;元和十四年(819)末因丁母忧卸任回洛阳,长庆元年(821)冬再出为夔州刺史;长庆四年(824)夏转为和州刺史,宝历二年(826)冬罢和州刺史回洛阳。在回洛阳途中经过扬州,刘禹锡写有"二十三年弃置身"(刘禹锡《酬乐天扬州初逢席

---

①卞孝萱:《刘禹锡的交游》,《扬州师院学报》(社会科学版),1981年第2期。

上见赠》)诗句,表明刘禹锡"一谪海壖(ruán)"已有二十三年(实为二十二年,因受格律限制而有所改动)。这二十多年,李绛一直在京或东都任职。期间,虽升降有变,但升职居多,且大权在握。如元和六年十一月,由户部侍郎升至中书侍郎、同中书门下平章事,至刘禹锡元和八年(813)写本篇启文时,李绛仍在宰相位上,元和九年二月罢为礼部尚书。《旧唐书·李绛传》:"穆宗即位,改御史大夫……长庆元年,转吏部尚书。是岁,加检校尚书右仆射,判东都尚书省事,充东都留守。二年正月,检校本官、兖州刺史、兖海节度观察等使。三年复为东都留守。四年,就加检校司空。宝历初,入为尚书左仆射。"刘禹锡《祭兴元李司空文》中之"一持化权",即指二人分别后,李绛掌握朝廷权柄的仕宦经历。其三,同至洛阳,久别重逢,契阔谈宴。大和元年春,刘禹锡返回洛阳,而这时李绛还在东都留守任上,至此,两位老朋友经历了二十多年终于相见,他们感慨往事,同游洛阳。其四,均回京师,再展宏图。即"公入西关,愚亦征还。"(刘禹锡《祭兴元李司空文》)刘禹锡于大和二年(828)春返京师为主客郎中,至李绛于大和四年(830)遇难,他一直在京城任职。李绛于唐文宗大和元年回京师为太常卿,大和二年离京外任。刘李二人在大和二年前期均在京师,有过短暂而美好的京师同游生活。他们曾与白居易、崔群一起联句作诗。刘禹锡集中现存有《杏园联句》《花下醉中联句》两首。令人遗憾的是,自大和二年后期李绛外任后,两人终成永别。庆幸的是,刘禹锡以《祭兴元李司空文》《唐故相国李公集纪》等文记录了他们的交往历程,给后人留下了珍贵的文献史料。刘禹锡不仅为李绛编辑了文集,还在《集纪》中对李绛的文章给予了高度评价,其曰:"考其文,至论事疏,感人肺肝,毛发皆耸。呜呼,其盛唐之遗直欤!"论事疏,指李绛的《请崇国学疏》《陈时务疏》《论任贤疏》等十八篇文章。该评价指出李绛的作品具有强大的震撼力,同时刘禹锡认为其作品具有盛唐作品之正直遗风。此论不独具有强烈的美誉之词,同时也流露出刘禹锡对李绛的崇敬之情。

李绛身为中书侍郎、同中书门下平章事,实为中书省之主官,他具有处理中书省内务、与门下省长官联合议事、拟制文书供皇帝裁决等权利。中书省在唐代中央核心机构三省中居于什么样的位置?其组织机构与职能又是怎样的?下面对其中部分内容作些阐述。中书省在唐代机构历史沿革中曾用名西台、凤阁、紫薇省。中书省与门下省合成"两省",掌管着军国政令,一般来说,中书省出令,门下省审议,他们是唐代的机要之司。中书省的主要官员有:"令二人,侍郎二人,舍人六人,右散骑常侍、起居舍人、右补阙、右拾遗各二人,通事舍人十六人、其余小吏各有差。"(杜佑《通典》卷二十一)中书省从属机构主要有集贤殿书院和史馆。集贤殿书院亦名集贤院,主要职掌为刊辑古今经籍、辨明邦国大典、征求天下遗逸图书及隐滞之贤才等。史馆,主要负责修撰国史。《唐六典》卷九载"甀使院"于中书省;《旧唐书》卷四十三《职官(二)》亦同之,另将"翰林院""内教坊""习艺坊"也记之于中书省从属机构中。《新唐书》《通典》不载。

唐朝中书令之位空缺为常有之事,因此,中书侍郎常常即是该部门主官,若带上同平章事,其身份则为宰相。中书令本正三品,大历三年升为从二品,此后不改。其主要职责为:"掌侍从,献替,制敕,册命,敷奏文表,授册,监起居注,总判省事。"(杜佑《通典》卷第二十一《职官三》)献替,即"献可替否"。进献可行者，废去不可行者，谓对君主进谏，劝善规过。敷奏，向君主陈奏、报告之意。中书侍郎二人为中书令次官，旧制正四品上，大历二年升从三品，中书令空缺时，其则为中书省主官。职掌同中书令。唐代中书省的中心工作是起草诏书，而中书舍人担当此任，因此，该职位在中央机构中十分重要，极令文人羡慕。杜佑曾言："专掌诏诰，侍从，署敕，宣旨，劳问，授纳诉讼，敷奏文表，分判省事。自永淳已来，天下文章道盛，台阁髦彦，无不以文章达。故中书舍人为文士之极任，朝廷之盛选，诸官莫比焉。"（杜佑《通典》卷第二十一《职官三》）杜佑的话点明了中书舍人之重要职掌与显赫地位。"永淳"，为唐高宗李治晚年年号，永淳元年为682年。"台阁髦彦"，指中央机构中的杰出人才。李绛元和初曾任中书舍人，表明他在任中书侍郎前已握有如刘禹锡所谓的"化权"，业已发挥出匡正补益的功能。李绛的确也在重权在握时有过"思振淹之道，广锡类之人"的举动。《旧唐书》卷一百六十四《李绛传》："前后朝臣裴武、柳公绰、白居易等，或为奸人所排陷，特加贬黜，绛每以密疏申论，皆获宽宥。"李绛的义举自然会受到社会的关注、称赞与传播，国子主簿杨归厚致书相庆，当是听到了一些李绛怜悯和救助刘禹锡的信息。因此这篇《上中书李相公启》就随之而生，但元和八年刘禹锡回京之愿并未实现，次年李绛宰相之职也被罢免。因此，在刘禹锡返京一事上，李绛恐未起到什么作用。不过，随着时间的消逝，至元和九年（814）十二月，刘禹锡、柳宗元等终于等到了奉诏回京的喜讯，然而曲折的贬谪历程并没有就此结束，等待他们的依然是坎坷的仕宦命运。

谢门下武相公启[1]

　　某启:某一坐飞语,废锢十年[2]。昨蒙征还,重罹不幸[3]。诏命始下,周章失图[4]。吞声咋舌,显白无路[5]。岂谓乌鸟微志,侧于深仁[6]。恤然动拯溺之怀,煦然存道旧之旨[7]。言念鷇觫,慰安苍黄[8]。推以恕心,期于造膝[9]。重言一发,睿听克从[10]。回阳曜于肃杀之辰,沃天波于踣蹐之际[11]。俾移善地,获奉安舆[12]。率土知孝治之源[13],群生识人伦之厚。感召和气,发扬皇风[14]。岂惟匹夫,独受其赐?

　　某即以今月十一日到州上讫[15]。守在要荒,拘于印绶[16]。巾韝诣谢,有志莫从[17]。诚知微生,不足酬德。捐躯之外,无地寄言。效节萧屏,虔然心祷[18]。无任恳悃屏营之至[19]。谨勒军事衙官、左威卫慈州吉昌府别将员外置同正员常恳奉启起居,不宣。谨启[20]。

【注释】

　　[1]门下:这里指门下省。武相公:指武元衡。时为门下侍郎、同平章事,行宰相之职。《旧唐书·武元衡传》(卷一百五十八):"元和二年正月,拜门下侍郎、平章事,赐金紫,兼判户部事……高崇文平蜀,因授以节度使。崇文理军有法,而不知州县之政,上难其代者,乃以元衡代崇文,拜检校吏部尚书,兼门下侍郎、平章事,充剑南西川节度使……八年征还,至骆谷,重拜门下侍郎、平章事。"

　　[2]废锢十年:指刘禹锡被贬谪于朗州的十年。自永贞元年(805)十一月由连州刺史改贬朗州司马至元和九年(814)十二月刘禹锡奉诏回京,已有十年。

　　[3]昨蒙征还:指刘禹锡、柳宗元等奉诏回京之事。重罹不幸:指刘禹锡等

人被召回而旋又授予远州刺史之事。《旧唐书·宪宗纪（下）》云："（十年）乙酉，以虔州司马韩泰为漳州刺史，以永州司马柳宗元为柳州刺史，饶州司马韩晔为汀州刺史，朗州司马刘禹锡为播州刺史，台州司马陈谏为封州刺史。御史中丞裴度以禹锡母老请移近处，乃改授连州刺史。"罹，遭受的意思。

[4]周章：惊恐、不安的意思。《文选·左思'吴都赋'》："轻禽狡兽，周章夷犹。"刘良注："周章夷犹，恐惧不知所之也。"夷犹，亦作"夷由"，犹豫、迟疑之意。失图：失去主意。《左传·昭公七年》："孤与其二三臣悼心失图。社稷之不皇，况能怀思君德。"

[5]咋舌：咬住舌头。谓因害怕而不敢说话。显白：表明；显示。

[6]乌鸟微志：侍奉尊亲的孝心。乌鸟，乌鸦。相传乌鸦幼时受母鸦哺育，待其长成后，则反哺其母。后借以喻指人伦，为人子者需孝敬父母。恻于深仁：出于深厚的爱心而表示同情。恻，同情、怜悯之意。

[7]这两句当暗指裴度念及与刘禹锡母家的交谊而在皇帝面前替刘禹锡求情以期从轻处置之事。恤然：惊恐貌。动：使动用法，使……触动。拯溺：救援溺水的人。引申指解救危难。煦然：阳光照耀而感到温暖的样子。道旧：叙说旧情。

[8]觳觫：恐惧战栗貌。《孟子·梁惠王上》："王曰：'舍之。吾不忍其（指牛）觳觫，若无罪而就死地。'"赵岐注："觳觫，牛当到死地处恐貌。"苍黄：同"仓皇"。匆忙急迫的样子。这两句以"觳觫""仓皇"的特征代指情绪剧烈波动的刘禹锡本人。

[9]恕心：仁爱之心。造膝：来到膝前，谓亲近。喻指臣子见君主而进言献策。造，到。这里指裴度向宪宗求情之事。《资治通鉴》卷二百三十九《唐纪》："'（裴度言曰）禹锡诚有罪，然母老，与其子为死别，良可伤！'上曰：'为人子尤当自谨，勿贻亲忧，此则禹锡重可责也。'度曰：'陛下方侍太后，恐禹锡在所宜矜。'上良久乃曰：'朕所言，以责为人子者耳，然不欲伤其亲心。'退，谓左右曰：'裴度爱我终切。'明日，禹锡改连州刺史。"

[10]重言一发：指裴度在皇帝面前替刘禹锡求情所说的话。重言：指被世人所尊重者的言语。睿听克从：指皇帝听从了谏言。睿听，圣听。

[11]回阳曜：使日光回转。回，使……回。沃：浇，灌。使动用法，使……浇灌。天波：喻皇帝的恩泽。蹭蹬：困顿、失意貌。

[12]善地:指连州。安舆:安稳的车子。这里借指刘禹锡的母亲。这两句指刘禹锡改授连州刺史而得以侍奉母亲。此意在《连州刺史谢上表》中已有表述,其曰:"伏荷陛下孝理弘深,皇明照烛,哀臣老母羸疾,悯臣一身零丁,特降新恩,得移善部。光荣广被,母子再生。"

[13]率土:"率土之滨"之省。谓境域之内。《诗经·小雅·北山》:"率土之滨,莫非王臣。"

[14]皇风:皇帝的教化。

[15]今月:陶敏、陶红雨《刘禹锡全集编年校注》认为该篇启文写于六月;卞孝萱、卞敏《刘禹锡评传》之"年表"中认为该启文作于五月。瞿蜕园《刘禹锡集笺证》认为刘禹锡到达连州在夏初。"今月"具体是五月还是六月,难以决断。本文中有"某即以今月十一日到州上讫",因此,"今月"最迟当在六月,因武元衡被刺死之日在元和十年六月三日,即使刘禹锡远在连州或不能及时听到武氏之死讯,但也不至于到七月"十一日"后还无所听闻,故按情理推算,"今月"当不是七月或其后的月份。

[16]要荒:要服和荒服。要,要服;荒,荒服。古称王畿外极远之地。古代王畿外围,以五百里为一区划,由近及远分为侯服、甸服、绥服、要服、荒服,合称五服。服,服事天子之意。印绶:借指官位。

[17]这两句意思指本想着盛装而前往拜谢,但有这种想法却得不到实现。巾韝:即巾褠(gōu)。头巾和单衣,古代士人盛服。《资治通鉴·宋文帝元嘉十五年》:"帝数幸次宗学馆,令次宗以巾褠侍讲。"胡三省注:"江南人士交际以为盛服,盖次于朝服……"莫从:不能如愿、顺遂的意思。

[18]效节:尽忠。萧屏:即萧墙。古代宫室内当门的小墙。这里指代朝廷。

[19]恳悃:恳切忠诚。屏营:惶恐;彷徨。

[20]谨启:犹敬白。书信常用语。

【助读】

主脑是谁? 推手又是谁?
——刘禹锡屡次遭贬原因探析

元和十年(815)二月刘禹锡等永贞年被贬的革新派人物回到长安,他们久别重逢、兴高采烈,热切地期待着纵马扬鞭去追逐美好的政治理想。然天有不测风云,这一年的三月,他们再次被贬出京师而远赴偏州担任刺史,这无疑是晴天霹雳,令其惊慌失措。十年磨难之后的官运竟至于此,他们悲恐万分、愁肠百结而又不得不唯皇命是听。

刘禹锡带着年迈的老母,经过长途跋涉,于该年春夏之交到达任所连州。按唐代官员管理规定,凡任职地方主官者,到任后必须及时进呈谢表表示已领郡符并谢主隆恩,有时也根据需要向有关宰相呈文以表谢意。这是规定,也是礼节,由此催生出来的不少谢表因内蕴着深刻的政治内涵和人生体悟,也颇有可读价值。刘禹锡第一篇为自己撰写的谢表即《连州刺史谢上表》,该文呈献对象为唐宪宗;随即他也给时任宰相武元衡和张弘靖分别上书以致谢意。检索《新唐书》卷六十二《宰相表(中)》,可知元和十年刘禹锡等被授予远州刺史时,在位宰相主要有武元衡(门下侍郎、平章事)、张弘靖(守中书侍郎、同中书门下平章事)及韦贯之(尚书右丞、同中书门下平章事)。刘禹锡等外任远州刺史,官品虽然提升了,但从唐代重京官而轻地方官的风气而言,他们仍处于被贬之中,何况连州远离京城,地处"海隅"①,实

---

①见刘禹锡于连州所作《贺赦表》。

为南方荒蛮之所,刘氏被惩罚之程度不言自明。所谓致谢之词中的"特降新恩,得移善部"(刘禹锡《连州刺史谢上表》)、"俾移善地,获奉安舆"(本文),均是言不由衷的谀颂之言,这也是以皇权为中心、以相权为主控的官僚体制下为官者不得不效法的事情。授予连州刺史之事,对刘禹锡来说,是忧是喜?从刘禹锡后来于夔州和苏州所写的文章中或能一窥究竟。其长庆二年(822)写给穆宗的《夔州谢上表》云:"又遭馋嫉,出牧远州。"此远州即指连州。其大和七年(833)写给文宗之《苏州谢恩赐加章服表》云:"缘有虚称,恐居清班,务进者争先,上封者潜毁。巧言易信,孤愤难申,俄复一麾,外转三郡。""三郡",即连州、夔州与和州,这里指刘禹锡先后任连州、夔州与和州三州刺史经历。自此二处言辞观之,刘禹锡外任远州刺史实为己所不愿,且为其仕宦生涯中难以忘怀的痛苦体验。同时,从这两则材料还容易发现,刘禹锡被贬远州与朝中那些"务进者"进谏谗言有关,这些进谗者或因为妒贤嫉能,或更因为争权夺利而惧怕"清班"(尊崇的官位)被占,于是乎以花言巧语游说君主以打压刘禹锡等永贞革新中的前沿人物。由此亦可知刘禹锡认为自己被贬数州的原因缘于朝臣们的"潜毁",正是这些"务进者"们为谋私利而处心积虑地排斥自己。从此结论上看,刘禹锡只是将他的政治对立面确立为泛泛而谈的部分奸佞之臣,至于幕后有没有主脑与推手?于诗文中刘禹锡不便直说。自古至今,学术界普遍认为真正排斥异己,不遗余力地打击永贞革新派人物的就是刘禹锡连州撰文所呈献、所感激的两个权威人物——唐宪宗和武元衡。刘禹锡等与他们交恶原因何在?矛盾交织与冲突的情形又是如何?兹在下文作些阐述。

《资治通鉴》卷二三九:"王叔文之党坐谪官者,凡十年不量移。执政有怜其才,欲渐进之者,悉召至京师,谏官争言其不可,上与武元衡亦恶之,三月乙酉,皆以为远州刺史,官虽进而地益远。"这则材料说明,当刘禹锡、柳宗元等回到京师后,有一些心怀嫉妒之谏臣在皇帝面前攻击刘柳等革新派人物,认为王叔文之党不可用于朝中;而皇帝唐宪宗和宰相武元衡也厌恶他们,于是他们被贬出京而远任偏僻州郡长官就是自然的结果了。虽有部分大臣担心刘柳等革新派人物会占据"清班"之位而蓄意予以攻击,但实际上,他们所进谗言的功效是非常有限的。"上与武元衡亦恶之",既说明连皇帝和宰相都参与到打击王叔文余党的阵营中,又容易使人感知皇帝与宰相才是打压刘禹锡等人的主体力量。皇帝不喜欢刘柳等人,且不遗余力地给予打击,主要是因为在唐顺宗立太子问题上,王叔文党派曾与宦官们的意见相左,他们极力反对立李纯为太子。《资治通鉴》卷二三六云:

> 上疾久不愈,时扶御殿,群臣瞻望而已,莫有亲奏对者,中外危惧;思早立太子,而王叔文之党欲专大权,恶闻之。宦官俱文珍、刘光琦、薛盈珍皆先朝任使旧人,疾叔文、忠言等朋党专恣,乃启上召翰林学士郑絪、卫次公、李程、王涯入金銮殿,草立太子制。时牛昭容辈以广陵王淳英睿,恶之;絪不复请,书纸为"立嫡以长"字呈上;上颔之。癸巳,立淳为太子,更名纯。

由此材料可知,当顺宗皇帝久疾不愈之际,立太子之事成为群臣议论的焦点,王叔文集团"恶闻之",也即他们不愿意去讨论此事。然而一批宦官,如俱文珍、刘光琦、薛盈珍等,却在谋划此事,在几位翰林学士的操作下,推举顺宗之长子广陵王淳(即后来之李纯)为太子候选人,王叔文党派虽"恶之",然而立李淳为太子的方案还是得到了顺宗皇帝的同意("上颔之")。宦官联合大臣立李淳为太子之事,最终获得了成功。王叔文党派抵制李淳为太子之事当成为唐宪宗厌恶永贞革新派人物的主要原因。其实,李纯("淳"后改为"纯")在为太子时,即已表现出对革新派理念的强烈抵制。《资治通鉴》卷二三六《唐纪》五十二载:"(韦执谊)故以质为侍读,使潜伺太子意,且解之。及质发言,太子怒曰:'陛下令先生为寡人讲经义耳,何为预它事!'质惶惧而出。"李纯的发怒预示着他与永贞革新派之矛盾难以调和,或表示他们之间的冲突将要持续发酵,甚至升级发展。李纯登基后,迅即对王叔文集团余党予以报复,且不只是一次性惩罚即已,而是给予持续性打击。永贞年贬刘柳等为八司马、元和十年再贬刘柳等为远州刺史,均是皇帝的报复心理在起主导作用。但不可否认的是,唐宪宗对刘柳等不遗余力地予以打击,此与部分佞臣为保护个人私利、争取"清班"位置而不断进谏谗言也是分不开的。这些谗佞之言或进一步强化了唐宪宗对刘柳等人的心理恶意。

至于刘柳等与武元衡之间的关系,却甚为复杂。有等级清晰的从属关系,有互动往来的关系调和,有交流切磋的诗歌唱和,但更为鲜明的是存在着以利益为中心的矛盾与冲突。

《旧唐书》卷一百五十八《武元衡传》:"元衡进士登第,累辟使府,至监察御史。后为华原县令。时畿辅有镇军督将恃恩矜功者,多挠吏民,元衡苦之,乃称病去官。……德宗知其才,召授比部员外郎。一岁,迁左司郎中。时以详整称重。贞元二十年,迁御史中丞。"由此材料,可以看出武元衡有过多次任职御史台的仕宦经历,其中贞元二十年(804)他任御史中丞;他的名声较好,以安详严谨为人所推重。御史中丞的职位很高,为御史台的贰官,其长官为御史大夫。安史之乱前,御史大夫执掌宪台实权,地位很高,其官品为从三品(会昌二年十二月起升为正三品);御史中丞为其副职,官品为正五品上(会昌二年十二月起升为正四品下)。安史之乱后,因御史大夫望重品高,不常设置,则御史中丞实际上成为御史台之长官。刘禹锡于贞元十九年冬入为监察御史,贞元二十年在监察御史任上。御史台所属三院,即台院、殿院和察院,三院分别由侍御史、殿中侍御史和监察御史居之。监察御史原为从八品上,武则天垂拱时期升为正八品上,其职责为"掌分察百僚,巡按郡县,纠视刑狱,肃整朝仪。"(《唐六典》卷十三)监察御史官品虽不高,因其职掌威严,尤令人敬畏而尊崇之。根据以上武、刘二人材料可知,贞元二十年时,武元衡为御史台长官,刘禹锡是其下属,柳宗元该时期也是他的下属。虽然刘柳或并不喜欢武元衡,"宗元素不悦武元衡"(《旧唐书·刘禹锡传》),但他们作为武元衡下属期间,上下级关系保持着稳定常态,并未出现破规矩坏礼仪的行为。期间,刘禹锡为武元衡代写了多篇表文,如《为武中丞谢新茶表》《为武中丞谢春衣表》《为武中丞再谢新茶表》《为武中丞谢新橘表》《为武中丞谢柑子表》《为武中丞谢冬衣表》。刘禹锡在御史台是监察御史,撰写公文之类的文稿当不是他的职掌范围,因为唐代御史台内其实设有主簿、书令史之类的专职文字类秘书官。从刘禹锡替武元衡代写多篇表文之事观之,武、刘二人在御史台共事期间并不存在明显私怨,二人之间的接触反而比较密切,也可看出武元衡对下属刘禹锡是相当信任的。武元衡在御史中丞位上曾赋诗《秋日台中寄怀简诸僚》），刘禹锡也赋《和武中丞秋日寄怀简诸僚故》诗，与武元衡切磋诗艺。此事或又可说明二人之间的交往关系十分正常。

贞元二十一年（805），即唐顺宗永贞元年，以王叔文为首、以刘柳等为核心成员的革新派正式实施改革，他们在聚集人力、网罗人才时也曾向时为御史中丞的武元衡发出了邀约加盟的信息，但事与愿违。《旧唐书·武元衡传》："顺宗即位，以病不亲政事。王叔文等使其党以权利诱元衡，元衡拒之……罢元衡为右庶子。"《旧唐书》作为官方的修史成果，始终以统治者为正统，将革新派视之为逆流，因此，在述史中使用了一些寓含褒贬的词语，如将王叔文等争取武元衡一起参与革新说成是"以权利"去引"诱"，今之读者，阅读这些内容时当注意辨别。武元衡拒绝参加王叔文集团并不能说明其品德不好、行为不端。《旧唐书·武元衡传》指出唐宪宗为太子时就赞赏武元衡是"进退守正"的人，也即指武元衡是一个坚守传统的人。坚守传统与革故鼎新往往是针锋相对的，刘柳等革新派人物与武元衡的关系或即如此。在永贞改革中，侍御史窦群曾"奏禹锡挟邪乱政，不宜在朝"（《旧唐书·刘禹锡传》），因此，窦群被罢免了官职；武元衡也因拒绝参加王叔文集团而被迁任至太子东宫任右春坊右庶子。武元衡等人在永贞年的仕途受挫或成为其后来排斥刘禹锡等人的根本原因。卞孝萱、卞敏《刘禹锡评传·踏上仕途与永贞革新时期》中有文字云："这不是私人的恩怨，而是两种不同的政治主张，即革新与守旧的斗争。"需要指出的是，永贞改革失利后，刘禹锡等被贬远州任刺史，后又于贬途中再贬为司马官职，造成这种结果的直接原因当源于唐宪宗的私人报复，而非出于武元衡的主观迫害。

刘禹锡于永贞年八月被贬为连州刺史,当年十一月份于贬途中再贬为朗州司马,在朗州的十年间,他一直对重回朝廷充满着向往,因而也努力寻找机遇与武元衡化解矛盾。李吉甫于元和三年至六年带使相之衔任淮南节度使职务,李吉甫与刘禹锡关系密切,他于元和四或五年曾赋诗寄身处成都带使相之衔、充剑南西川节度使的武元衡,同时,他也命刘禹锡作和诗一首寄给武元衡,刘禹锡和诗题曰《奉和淮南李相公早秋即事寄成都武相公》。李吉甫令刘禹锡和诗并寄武元衡的目的即在于从中协调武、刘二人之间的关系,以期能够化解彼此心理上的怨气。刘禹锡在元和八年曾上书武元衡,题为《上门下武相公启》。该文开篇即云:"去年本州吏人自蜀还,伏奉示问,兼赐衣服缯彩等。云水路遥,缄縢觌厚。恭承惠下之旨,重以念旧之怀。熙如阳和,列在缃简。苦心多感,危涕自零。"由此信可知,元和七年之际,武元衡在西川曾托朗州吏人捎书与刘禹锡,表达存问关切之意,并赠送了衣服和彩色缯帛,此念旧之举令刘氏十分感动。这是武元衡与刘禹锡的积极互动,毕竟武氏在御史台时曾为刘禹锡之官长。从道义上说,他当具有悯宥身处磨难中之旧属的情怀,才能与其相公的身份相匹配。在西川时,武元衡也与其他永贞中被贬谪之人有过化解前嫌的沟通,如对于柳宗元即如此。柳宗元《上西川武元衡相公谢抚问启》题目即揭示了武元衡抚问柳宗元之事实,柳氏在谢启中自然也充满了感激。其曰:"相公以含弘光大之德,广博渊泉之量,不遗垢污,先赐荣示。奉读流涕,以惧以悲,屏营舞跃,不敢宁处。"由此可知,处于朗州的刘禹锡与充西川节度使的武元衡(元和二年十月后至元和八年三月[①]),

---

当他们居官京外时,相互之间的矛盾趋于化解,他们都坦露了心迹,也显示出诚意。然武元衡元和八年回京继任宰执后,其主观意识发生了偏移,或在心理上对永贞革新派们充满着矛盾,仍然存在着戒意,惧怕他们回京后或占据"清班"要位,进而削弱自身的权力。在元和七、八年之际,朝廷执政们曾有过动议,欲解除或减轻对永贞革新派人士的处罚。刘禹锡元和七年秋所作《上杜司徒启》复述了杜佑告知的情况:"浮谤渐消,况承庆宥,期以振刷。"元和八年刘氏所作《上中书李相公启》中提及杨归厚致信传递的信息,宰相李绛"言及废锢,愍色甚深",正在"思振淹之道,广锡类之人"。《旧唐书·刘禹锡传》也有一段记载值得推敲,其云:

> 初禹锡、宗元等八人犯众怒,宪宗亦怒,故再贬。制有"逢恩不原"之令。然执政惜其才,欲洗涤痕累,渐序用之。会程异复掌转运,有诏以韩皋及禹锡等为远郡刺史。属武元衡在中书,谏官十余人论列,言不可复用而止。

此则材料或能说明随着七八年时间的流逝,有为刘柳等说情的执政者们,如李吉甫、李绛等,正积极地在为刘柳等回京起用争取机会,并期待他们能够逐步得到进用。"有诏",则表明皇帝已经有提升刘柳等为远郡"刺史"的举动,但却遭到武元衡及十余名谏官的阻挡,致使皇帝诏书被封还而止。关于武元衡有没有参与封驳而使"禹锡等为远郡刺史"之事流产?学术界存在着争议。针对"武元衡在中书"之语,有学者认为元和八年武元衡回京任职官署为门下省而不是中书省,史书记载有误,因而否认武元衡曾干预此事。又有一材料或亦能说明武元衡未参与封驳。

元和八年刘禹锡写给武元衡的《上门下武相公启》中,也提及到诏补而未果之事。其曰:"自前岁振淹,命行中止。或闻舆论,亦愍重伤。"前岁,指元和七年。"命"指皇帝的诏书。"命行"不能理解为元和七年的事,而执政者动议"振淹"当起于元和七年。"或闻"的主语是刘禹锡自己,而"亦愍重伤"的主语则是武元衡。因此,这句话的意思是指武元衡也对起用刘禹锡等未果的遭遇表示出怜悯。如此这般,或能够说明《旧唐书·刘禹锡传》所谓武元衡"言不可复用"违背史实。笔者以为不能轻率下此结论。针对"在中书"提法,此处表述或为不完整,但未必是错。因为按唐中后期的决策议事程序,重要事情需在政事堂议决。政事堂是宰相们联合办公的机构,由中书省、门下省等行使宰相之职的同平章事们参与,该机构早期设于门下省,后移至中书省。故"在中书",也可以理解为武元衡在中书省设置的政事堂中与其他宰相共同议事。针对刘禹锡"亦愍重伤"之语,笔者以为不能仅根据字面意思去理解,或要考虑言外之意。按事理逻辑,若武元衡真的是阻挠者,且刘禹锡也已知真相,然鉴于刘氏是一个情商很高的人,他回京的愿望又那么迫切,他不会在写给武元衡的信中正面批驳曾经的上司而如今又是握有重权的宰相,隐忍不发或许是最好的态度;若刘氏不能肯定阻挠者是谁,他就更不宜在求助信(或求宽宥信)中揭示疑似阻挠者的相关内容了。或有人问:刘禹锡明知武元衡是干预者,元和八年他为什么还要呈送《上门下武相公启》?为什么明知被打压还要矫情致谢呢?笔者以为:一则确实有必要给武元衡上书,因为武在西川时给他赠送过物品、表达过存问,当有礼尚往来之表现;二则,武元衡现居宰职,确实握有重权,刘禹锡若能与他疏解关系,化怨气冲突为怜悯与宽宥,必将有利于将来。据此,在当前史料阙如的情况下,不宜轻易否定武元衡曾阻挠过诏补刘柳等为远郡刺史之事。可作为一说存疑。

至于元和十年春,刘柳回到京城,旋又被放之京外、远任刺史之事,其主因在于唐宪宗对永贞革新派之怒气仍未消尽,但与武元衡的干涉也绝对脱不了干系。上文所引《资治通鉴》中"上与武元衡亦恶之"足以为证。武元衡在元和十年不仅是宰相,更为宰相之首。《旧唐书·武元衡传》:"及吉甫卒,上方讨淮、蔡,悉以机务委之。"李吉甫卒于元和九年十月,自此以后至元和十年六月,朝中大权几乎掌于武元衡之手。因此,刘柳等被再贬出京,与武元衡的意见绝对关联。针对永贞元年刘禹锡被贬之事,《旧唐书·刘禹锡传》中所谓"时禹锡作《游天都观咏看花君子诗》,语涉讥刺,执政不悦"之词,只是刘禹锡等被远谪为刺史的导火索而已。唐宪宗心目中的惩处目标就是将永贞革新派人物贬为远州刺史,这或是他的惩戒底线。永贞元年八月后,第一次贬谪的官职是远州"刺史";元和七八年间,下诏欲提升他们为"远郡刺史";元和十年再次外贬的职位依然是远州"刺史"。其间虽有贬为"八司马"之重创经历,但此乃谏臣攻击之所致,或非唐宪宗之初衷。唐宪宗深层意识中,或者是潜意识中打击反对派的愿望得到了实现;革新派们被贬出朝廷,武元衡担心权利被分割的忧惧得以消除。刘禹锡到任连州后撰写谢表,这是组织规定,不能缺失。至于为什么要致信武元衡,自然有刘禹锡的自身想法,有一点或不可回避,那就是武氏此时的身份和地位,他居于门下侍郎之位,又行首席宰职之事,得罪不得。在此宕开一笔,对门下省的职权与官员体系略作说明。根据《唐六典》卷八记载：门下省主官为侍中，设二人，秩正三品；次官为侍郎，设二人，秩正四品上。"侍中之职，掌出纳帝命，缉熙皇极，总典吏职，赞相礼仪，以和万邦，以弼庶务，所谓佐天子而统大政者也。凡军国之务，与中书令参而总焉，坐而论之，举而行之；此其大较也。"此句指出了侍中的上传下达功能、职掌礼仪功能、辅佐天子谋划军国大政功能，以及与中书省联合议事与决策功能。而门下省最使人敬畏之处就是其所执掌的审议与封驳大权。"封驳"，就是封还并对诏敕之不当者加以驳正。既可以对皇帝说"不"，也可以否定臣下的章奏。侍郎辅助侍中处事，权利也炙手可热。至大历以后，侍中升为正二品，已经成为皇帝优宠重臣的加官而不再处理本省事务了，此之后，侍郎则成为门下省的实际主官，官品升为正三品。门下省中还有一个重要的职位称为给事中，此处暂不阐述（详见本书《谢中书张相公启》"助读"内容）。至此，再将话题转回武元衡，元和十年武氏既然在如此重要的职位上，刘禹锡又与他有过合作与冲突，当刘氏到达连州任上时，怎能放弃这么一次于情于理都可以沟通信息的好机会呢！于是刘禹锡到任后，给武元衡呈上了《谢门下武相公启》。该启文含蓄地概括了自己由播州改贬连州刺史的经历，并感谢武元衡"恻于深仁。恤然动拯溺之怀，煦然存道旧之旨"。然而事实并非如此，刘禹锡由播州刺史改为连州刺史实为裴度等求情之结果，刘禹锡何以要曲解事实而张冠李戴呢？此乃刘氏用委婉虚构之法以求缓解矛盾冲突之技巧。或正如瞿蜕园先生在该篇启文"笺证"中所分析的那样："此非特不出于元衡之拯援，且恐正是由元衡所陷害。禹锡不敢不巽词以求纾祸耳。"（瞿蜕园《刘禹锡集笺证（上）·谢门下武相公启》）鉴于武元衡于当年六月三日被盗刺杀,瞿蜕园先生还在"笺证"中认为这篇启文"恐终未入元衡之目矣"。

武元衡遇害以后,刘禹锡或可将其对武氏之愤恨公之于众了,然而刘禹锡并没有那样去做。毕竟武元衡曾经是其长官,有念旧之情;毕竟他们之间曾经有诗文应和,属诗友之交;毕竟武元衡的某些政治主张,如抗击藩镇割据等,与革新派之初衷相与吻合,有政治共鸣之音;毕竟自身也是一个名扬海内外的知名士人,当有爱惜名声之见。人已逝去,但感慨依然颇多,经历过诸多磨难,其感慨中潜隐的讽怨和异样的自适也很难完全控制,有时真有些情不自禁。刘禹锡的《代靖安佳人怨二首》反映了他在得知武元衡遇难后的复杂心绪。其一:"宝马鸣珂蹋晓尘,鱼文匕首犯车茵。适来行哭里门外,昨夜华堂歌舞人"。其二:"秉烛朝天遂不回,路人弹指望高台。墙东便是伤心地,夜夜秋萤飞去来。"靖安,长安中坊名。武元衡居于此,此处以住址代指武元衡。佳人,指歌舞之人。葛立方曰:"梦得作诗伤之(按:武元衡),而托于靖安佳人,其伤之也,乃所以快之欤!"(葛立方《韵语阳秋》卷三)胡震亨曰:"梦得《靖安佳人怨》……实并衔宿怨故。"(胡震亨《唐音癸签》卷二十五)这首诗,于刘禹锡其身,虽有快意之感;但论及世情,毕竟含蓄、委婉而又深寓悲慨。此二诗堪为良篇佳什,令人品味不尽!

谢中书张相公启[1]

某启:某智乏周身[2],动必招悔。一坐飞语,如冲骇机[3]。昨者诏书始下,惊惧失次[4]。叫阍无路,挤壑是虞[5]。草木贱躯,诚不足惜。乌鸟微志,实有可哀[6]。伏蒙圣慈,遽寝前命[7]。移莅善部,载形纶言[8]。凡在人臣,皆感至德。凡为人子,同荷至仁[9]。岂唯鲰生[10],独受其赐?

伏以相公心符上德,道冠如仁[11]。一夫不获,戚见于色[12]。密旨未下,叹形于言。竟回三舍之光,能拔九泉之厄[13]。袁公之平楚狱,不忍锢人[14];晏子之哀越石,乃伸知己[15]。所以庆垂胤祚,言成春秋[16]。神理孔昭[17],报应斯必。身侔蝉翼,何以受恩[18]?死轻鸿毛,固得其所[19]。卑守有限,拜谢未由。无任感激兢惶之至。谨勒军事衙官、守左威卫慈州吉昌府别将员外置同正员常恳奉启起居,不宣[20]。谨启。

【注释】

[1]中书张相公:指中书侍郎、同中书门下平章事张弘靖。《新唐书》卷六十二《宰相表(中)》:"(元和九年)六月壬寅,河中节度使张弘靖为刑部尚书、同中书门下平章事……十二月庚戌,弘靖守中书侍郎……(十一年)正月己巳,弘靖罢检校吏部尚书、河东节度使。"元和十年三月刘柳等革新派再次被贬出京时,张弘靖时在相位。

[2]智乏周身:缺少保全自身的智慧。周身:保全自身。《魏书·高允传》:"智足周身,言足为治。"

[3]一坐飞语:一旦因为流言(攻击)。坐,因为、由于的意思。如冲骇机:就像触动使人惊骇的弩机发箭机关。指弩机突然触发,使人震惊而恐惧,用来比喻祸难猝发。与《上淮南李相公启》中"骇机一发"语义同(详见该文"助读"部分的解释)。冲,一作"触"。此两句使用的关键词"飞语"或"骇机"在刘禹锡呈献给有关重臣的文书中频出,其内涵大致相同。元和元年于朗州所作《上杜司徒书》曰:"加以吠声者多,辨实者寡,飞语一发,胪言四驰。"胪言,传言。又,元和四年于朗州所作《上淮南李相公启》曰:"骇机一发,浮谤如川。巧言奇中,别白无路。"浮谤,也即"飞语"之义。又,元和十年写于连州

的《谢门下武相公启》曰:"一坐飞语,废锢十年。"

[4]这两句指元和十年三月以刘禹锡为播州刺史的诏书下发后,刘氏十分震惊,惊慌恐惧而失去常态。失次,犹失常。

[5]叫阍无路:没有向朝廷申诉冤屈的路径。叫阍,旧时吏民因冤屈等原因向朝廷申诉称"叫阍"。阍,守门人。此句暗用屈原《离骚》典故的意义,其云:"吾令帝阍开关兮,倚阊阖而望予。"又直接引用了杜甫诗句中语词、语义。杜甫《奉留赠集院崔于二学士》:"昭代将垂白,途穷乃叫阍。"挤壑是虞:担心孤苦无依。忧虑,忧患。典出《左传·昭公十三年》:"小人老而无子,知挤于沟壑矣。"

[6]乌鸟微志:侍奉父母的孝心。该典故前文屡见。

[7]遽:遂;就。寝:止息;废置。

[8]移茝:改变到。茝,到。载形纶言:形成诏书。载,助词,用在句首或句中,起加强语气的作用。纶言,帝王诏令的代称。《礼记·缁衣》:"王言如丝,其出如纶;王言如纶,其出如绰。"

[9]同荷:共同承受。至仁:最大的仁德。

[10]鲰生:原指浅薄愚陋的人。引申为小生,多作自称的谦词。本处为谦词。《史记·项羽本纪》:"鲰生说我曰:'距关,毋内诸侯,秦地可尽王也。'"

[11]上德:至德;盛德。道冠:指道德境界超越众人,居于首位。如仁:及仁;达仁。

[12]一夫不获,咸见于色:只要有一个人的衣食得不到保障,其悲伤就见诸于颜色。《尚书·说命下》:"一夫不获,则曰时予之辜。"时,是。辜,错。

[13]三舍:二十八宿,一宿为一舍,三舍指三座星宿之间的距离。"三舍"形容距离远。《吕氏春秋·制乐》:"君有至德之言三,天必三赏君,今夕荧惑,其徙三舍。"回三舍之光,意指感动上苍。九泉之厄:指地下极深处的灾难。

[14]袁公:袁安,东汉明帝时大臣,断狱公平,廉洁守正,名重朝廷。平楚狱:平定楚王刘英谋反所牵连的案件。锢人:被关押的人。《后汉书·袁安传》:"永平十三年,楚王英谋为逆,事下郡覆考。明年,三府举安能理剧,拜楚郡太守。是时英辞所连及系者数千人,显宗怒甚,吏案之急,迫痛自诬,死者甚众。安到郡,不入府,先往案狱,理其无明验者,条上出之。府丞掾史皆叩头,争以为阿附反虏,法与同罪,不可。安曰:'如有不合,太守自当坐之,不以相及也。'遂分别具奏,帝感悟,即报许,得出者四百余家。"

[15]晏子:名婴,字仲,谥平,习惯上多称平仲。春秋时期齐国著名的政治家、思想家、外交家。越石父:春秋时齐国贤人。齐相晏婴解左骖赎之于缧绁之中,后延之为上客。《史记·管晏列传》:"越石父贤,在缧绁中。晏子出,遭之途,解左骖赎之,载归。弗谢,入闺。久之。越石父请绝,晏子惧然,摄衣冠谢曰:'婴虽不仁,免子于厄,何子求绝之速也?'石父曰:'不然。吾闻君子诎于不知己而信于知己者。方吾在缧绁中,彼不知我也。夫子既以感寤而赎我,是知己;知己而无礼,固不如在缧绁之中。'晏子于是延入为上客。"

[16]庆垂胤祚:福泽垂于后代。庆,福泽。胤祚,后嗣的福运。这里指袁安后代"四世三公"之事。言成春秋:指晏子解救越石父且待之以上客之事原载于《晏子春秋·内篇杂上》。春秋,指《晏子春秋》。

[17]神理:犹神道。谓冥冥之中具有无上威力,能显示灵异,赐福降灾的神灵之道。孔昭:十分显著彰明。《诗经·小雅·鹿鸣》:"我有嘉宾,德音孔昭。"

[18]侔:齐等;相当。蝉翼:蝉的翅膀。常用以比喻极轻极薄的事物。

[19]死轻鸿毛:指死亡的价值微不足道。鸿毛,鸿雁之毛,常用以比喻轻微或不足道的事物。鸿毛之典出自司马迁《汉书·司马迁传》,其云:"人固有一死,死有重于太山,或轻于鸿毛,用之所趋异也。"

[20]起居:问安;问好。不宣:不一一细说。旧时书信末尾常用此语。

【助读】

张家出三相,四代掌纶诰

刘禹锡元和十年(815)春夏之际到任连州,按地方长官到达任所的惯例,随即给皇帝敬呈了谢表,同时也向时任宰相上书致谢。当时宰相主要有武元衡、张弘靖和韦贯之。所上武元衡谢启为《谢门下武相公启》,此篇呈献对象为张弘靖。今人学者瞿蜕园《刘禹锡集笺证·谢中书张相公启》"笺证"中云:"观此启知禹锡于时宰遍致谢书,乃循例徇情之虚文,非真谓赖其力而移善地也。是时在相位者尚有韦贯之,想亦有一启已佚耳。"瞿氏论上宰相之启为"循例"之文,当是;而一概论其为"虚文",则需要稍作区别。就刘禹锡与武元衡的矛盾冲突关系而言,称之为十足虚文当不为过;而论及刘禹锡呈张弘靖之文,完全断定其情为虚,只为礼貌或表企图,恐有失公允。从史书记载看,唐宪宗始下的诏书令刘禹锡"惊惧失次",不仅将刘柳等刚回京师的"司马们"再出为远州刺史,而且将刘氏任所安排为尤其荒凉和僻远的播州。鉴于刘母年老多病,且已至风烛残年,在此紧急情况下,裴度进谏宪宗为刘禹锡求情,刘禹锡赖裴度之力得以改播州为连州。史书中非常明确地将改变刘禹锡任所的功劳记之于裴度名下,但是不能就此否认其他人所给予的同情与帮助。虽然从现存刘禹锡作品中很难体察出其与张弘靖有密切的交往关系,但不能简单地认为在刘禹锡的任所改变过程中,张弘靖就没有出过力,或没有表达过感慨与同情。从这篇启文的有关语句中或可察觉出一些问题。不管张弘靖是否帮助过刘禹锡,像"一夫不获,戚见于色",如袁安、晏子一样地救人于危难之中,这些针对泛化性对象的歌颂之词都是人们乐于接受的。但就"密旨未下,叹形于言"而言,若不基于事实而生搬硬套,恐难让人接受。因为这两句话实际上揭示出一些内幕,或表明张弘靖同情革新派余党,或表明张弘靖有过泄密之嫌,若非张弘靖本人真实行为,按常理,当他阅知的时候,恐难有高兴的情绪,此对刘氏而言,不谓弄巧成拙吗?凭刘禹锡的情商与智力,若不基于实际,断不会如此言之!因此,笔者以为在张弘靖提前得知皇帝欲以刘柳等为远州刺史的情况时,他当有过叹息、感慨与同情,甚或表达过无计可施的无奈。就凭这一点,刘禹锡写给他的谢启就不可能都是矫情之语。况且,张弘靖显赫的家族历史以及为人所称道的道德文章,当也会博取刘禹锡的赞扬和钦佩。因此,笔者以为这篇写给张弘靖的启文,不尽皆为虚美之词,当含有不少真挚的谢意。张弘靖及其家族成员显赫之处何在?他们给人又留下了什么样的印象呢?下面从两方面予以阐述。

一、三代为相的仕宦行迹

古之仕宦大家族,不乏高官贵爵赓续多代者。五代之内,位至三公者有之,像刘禹锡本篇启文中所提及的东汉袁安家族即为一例,袁安与其子袁敞、孙袁汤、曾孙袁逢与袁隗均升至三公,遂有"四世三公"之盛名;东汉弘农杨氏自杨震至杨彪四世居于太尉,可与袁氏相媲美。刘禹锡用袁安之典着意强调"庆垂胤祚",或是对张弘靖的含蓄而又极具艺术性的强烈美誉。自张弘靖祖父张嘉贞起至张弘靖本人,已三代历相,极令时人羡慕。刘禹锡用袁安之典或内潜着对张弘靖家族能够延续相位的祝愿:已至三代,或藉张相公德业,四代因之,期在必至。刘禹锡的致谢言辞充满着智慧,潜藏着丰富的潜台词,张弘靖读之,想必一定会很高兴。悉数有唐一代,二代为相者有之,如神龙中宰相苏瑰与开元初宰相苏颋即为父子关系,然三代为相者,除张氏三相外,未见。李肇《唐国史补》载:"张氏嘉贞生延赏,延赏生弘靖。国朝已来,祖孙三代为相,唯此一家。"①

张弘靖祖父名张嘉贞,唐玄宗开元期间为相。《旧唐书·张嘉贞传》:"张嘉贞,蒲州猗氏人也。弱冠应五经举,拜平乡尉,坐事免归乡里。长安中,侍御史张循宪为河东采访使,荐嘉贞材堪宪官,请以己之官秩授之。则天召见……与语大悦,擢拜监察御

①李肇:《唐国史补　因话录》,古典文学出版社,1957年版,第39页。

史。累迁中书舍人,历秦州都督、并州长史。"这段材料记述了张嘉贞的里籍、弱冠时应试类型,以及初入仕途的官职与事变。应五经举,属于参加科举之明经科考试,他通过考试后担任平乡县尉,掌一县治安。应试这一年,具体指哪一年?今有工具书指出是光宅二年,如《中国文学家大辞典·唐五代卷》①"张嘉贞"词条下如此,并载其生卒年为665—729;又有辞典指出是垂拱元年(685),《中国历史大辞典·隋唐五代史》②"张嘉贞"词条即是,并载其生卒年为666—729。光宅元年是684年,光宅二年也就是垂拱元年(685),这一年进行了改元。两部工具书中关于张嘉贞的出生年并不一致,且用很明确的年份来断定张嘉贞应五经举之时间,恐不妥帖。《旧唐书》张嘉贞本传中虽有"弱冠"应五经举之说,但"弱冠"这个词语既可以指二十岁,也可泛指二十多岁。古代文献中暂未发现张嘉贞的具体应试年份,因此,不宜将"弱冠"与垂拱元年(685)完全等同起来。上述引文还揭示出这样的信息:由于侍御史张循宪的推举,武则天召见了张嘉贞,武氏大悦,由此途径,张嘉贞步入朝廷,成为一名京官,从此迈入高层政治领域。在其任并州长史期间,曾回朝献策设立并州天兵军,进谏成功,张氏被授予天兵使。开元八年,张嘉贞拜中书侍郎、同中书门下平章事,数月后,加银青光禄大夫,升迁为中书令。开元十一年,受弟弟张嘉祐贪腐事件牵连,出为幽州刺史。十二年复拜户部尚书,兼益州长史,判都督事。十三年,因事牵连,左转台州刺史。不久拜兵部尚书,为定州刺史,知北平军事,累次受封而至河东侯。除皇族外,文人封侯,这是一件难度很大的事情,

①周祖谟:《中国文学家大辞典·唐五代卷》,中华书局,1992年版。
②《中国历史大辞典·隋唐五代史》,上海辞书出版社,1995年版。

但对时人而言,非常荣耀。封侯是一种爵位,爵位与相应的食邑封户、阶品相对应。据《新唐书·百官一》,县侯食邑一千户,品级为从三品。开元十七年,张嘉贞就医东都洛阳,该年秋天病逝,终年六十四岁,追赠益州大都督,谥号为恭肃。张嘉贞弟弟名张嘉祐,曾官至右金吾将军,后因贪赃被贬为浦阳府折冲,至开元二十五年为相州刺史。后有政绩,改任左金吾将军。张嘉贞兄弟二人,一为相一为将,名震一时,时人对他们十分敬畏。

张弘靖父亲张延赏,德宗贞元初宰相。《新唐书·张延赏传》:"延赏虽蚤孤,而博涉经史,通吏治,苗晋卿尤器许,以女妻之。肃宗在凤翔,擢监察御史。辟署关内节度使王思礼府,思礼守北都,表为副。入迁刑部郎中。始,元载被用,以晋卿力,故厚遇延赏,荐为给事中、御史中丞。大历初,除河南尹、诸道营田副使。"这段材料记述了张延赏学识、婚姻及早年任官的情况。肃宗驻跸凤翔时,他已任监察御史,后跟随王思礼任职,被授予北都副留守。"辟署",征聘委任的意思。"表为副",指王思礼上表皇帝请求授予张延赏北都(今太原)副留守官职,此事成功。王思礼,唐朝名将,安史之乱后期,他与郭子仪在平定安史叛军中发挥了重大作用。此材料还指明在张延赏仕进高位过程中,其岳父苗晋卿当年帮助过的时任宰相元载曾给予了诸多提携。结合《旧唐书·张延赏传》,对这一阶段的为官经历作些补充和说明。张延赏年幼,父亲即已辞世,开元末,唐玄宗召见,并赐予延赏之名,寓含"赏延于世"之意,特授予"左司御率府兵曹参军"。这应该是张延赏涉足仕途的初始之官。肃宗朝,任职监察御史后,获得"赐绯鱼袋"之恩赐,后转为殿中侍御史。任王思礼从事早期,所任职务为太原少尹兼行军司马,后为北都副留守。在代宗朝,任御史中丞后,还担任过"中书舍人"一职。根据《旧唐书·张延赏传》关于张延赏的中后期记载,大历二年或稍后,他权知东都留守,因治理成绩卓著,堪称第一,遂入朝为御史大夫。后出为扬州刺史、淮南节度观察等使。后因母去世,他辞职丁忧,期满后,重返仕途,授予检校吏部尚书、江陵尹兼御史大夫、荆南节度观察使。数年后,改任检校兵部尚书、成都尹、剑南西川节度观察使,仍兼御史大夫,后加吏部尚书之衔。《新唐书》卷六十二《宰相(中)》:"(贞元元年)六月辛卯,西川节度使、同平章事张延赏为中书侍郎、同中书门下平章事……(八月)张延赏罢为左仆射……(贞元三年)正月壬寅,尚书左仆射张延赏同中书门下平章事……(七月)延赏薨。"此材料记述了张延赏提任宰相的曲折过程与人生的终结之事。兹有两点略作说明。其一是,在诏令张延赏回朝任宰相前,他于西川节度使任上,已授予使相之衔。所谓使相,即指出使在外任地方大员而挂宰相之职者,使相自初唐即有之,授此衔者皆不理朝中实务,早期只是在中书门下文状上签署姓名(多由秉笔宰相代签),德宗朝后,连此形式也去掉了,仅仅表示令人尊崇的位置和职事官之级别而已。其二是,贞元元年皇帝下诏提拔张延赏为宰相,根据史书记载,由于凤翔节度使李晟反对,而罢其相位,改为左仆射,虽享受高品,而无实权。而在唐朝早期和中期,左右仆射负宰相之责,官品高(从二品),职权大;但后来,若不加同平章事或同中书门下三品等,仆射则不是宰相,只是皇帝优待元老重臣的名号了。关于空除仆射何时不再为宰相,《唐会要》卷五十七有史料可予以说明,其云:"至景云二年十月,韦安石除左仆射、东都留守,不带同一品,自后空除仆射不是宰相遂为故事。"张延赏最终于贞元三年七月登上宰相位置,但这还是皇帝从中协调并授意李晟表荐的结果。

至于张弘靖本人,他在唐宪宗元和中为宰相。《旧唐书·张弘靖传》:"(弘靖)少以门荫授河南府参军,调补蓝田尉。东都留守杜亚辟为从事(按:后为令狐运辩解而被逐出幕府)……德宗嘉其文,擢授监察御史。转殿中侍御史、礼部员外郎;迁兵部郎中、知制诰、中书舍人、知东都选事;拜工部侍郎,转户部侍郎、陕州观察、河中节度使;拜刑部尚书、同中书门下平章事。"这段史料记述了张弘靖从初入仕途至元和九年(814)六月以刑部尚书身份行宰相之职的履职经历。他像其父亲和祖父一样,进入朝中所担任的第一个官职就是监察御史,不过尚为"监察御史里行"(详见《旧唐书·张弘靖传》)。里行,非正官,也不规定员额。张弘靖任宰相的具体时间,不见于《旧唐书》《新唐书》本传,但在《新唐书》卷六十二《宰相(中)》的表格中有明确记载,元和九年六月张弘靖由河中节度使回朝任"刑部尚书、同中书门下平章事",这是他行使宰相职务的开始。该年十二月,张弘靖担任中书侍郎(详见本篇启文注释[1]),但该表未指出授予"同中书门下平章事"的职务,按理说,这种记述或表示他已不再是宰相了,但是在该表元和十一年中又指出"正月己巳,弘靖罢检校吏部尚书、河东节度使"。这里引用的材料来自"宰相世系表",所记载的史料当都是与任职宰相的事情有关,若元和十一年正月前张弘靖已不是宰相,那么这一条史料就没有记载的必要了,而于元和九年十二月中所载的"张弘靖守中书侍郎"之事就可为张弘靖淡出宰执画上句号。既然"元和十一年正月"的事仍在宰相世系表中,则说明自元和九年六月至元和十年年底,张弘靖一直是宰相,由此可知,《新唐书·宰相(中)》表述张氏任中书侍郎之职务不够严谨，元和九年十二月"宰相世系表"中提及的"中书侍郎"后应当有"同平章事"的职务。《旧唐书·张弘靖传》确亦能佐证这个问题，其云："寻加中书侍郎平章事。"此处实际上指出元和九年十二月张弘靖不仅由尚书省刑部尚书进至中书省中书侍郎，而且也指出其在朝中依然处于宰相位上。张弘靖离任宰相后，任职过"检校吏部尚书、同中书门下平章事，充太原节度使""吏部尚书、检校右仆射、宣武军节度使""检校司空平章事，充幽州、卢龙等军节度使"。因幽州兵乱之事，张弘靖被贬谪到抚州任刺史。不久，升为太子宾客，少保，少师。

三代为相的张氏得到了时人的高度评价。白居易《除张弘靖门下侍郎平章事制》评价弘靖与其父及祖父云："惟乃祖乃父，代居相位，咸有成绩……三代为相，邦家之光。"(《白氏长庆集》卷五十四)《山西通志》卷八十三："张嘉贞……为政严肃，甚为人吏所畏。开元初奏事至京师，上闻其善政，数加赏。"陆贽撰《张延赏中书侍郎平章事制》(《全唐文》卷六百四十一)云："张延赏，崇饬文行，励精理道，践历中外，所至有声。虑必周密，心无屈挠，简廉以肃吏，慈惠以爱人。"唐宪宗文《授张宏靖刑部尚书平章事制》(《全唐文》卷五十七)云："爱统方州，载膺节制，奉法遵制，在公忘私，人无不怀，绩用丕茂。"这些评价，或总论三代，或点评个人，均能从某些角度反映出张氏三相的为人处世、履职实绩与社会影响。

二、"四代掌纶诰"的秘书实践

唐李翱《卓异记》之"四代掌纶诰"下载："张嘉贞、延赏、弘靖、次宗，从嘉贞至弘靖掌纶诰继世，人以为冠古绝今，次宗又拜焉,前古未有,士林称之。"纶诰,皇帝的诏令文告。这里指张氏四代均有过为皇帝撰写制诏敕令之类公文的经历。担当起草诏书者,既需博学多才、落笔神速,又需忠于职守、严守制度,他们常能接触君主,是皇帝信得过的人,当然也就是握有权柄的人。此类职务官品虽不高,但地位令人羡慕,确为时人所重。直接为皇帝宰相起草文稿、管理文书,此为"掌纶诰"的狭义内涵,而广义的内涵则包括记录皇帝日常起居言行、记录宰相议事决策、收受与传颁文书,以及处置与保管文书档案等等。依今日学术界之说法,则主要是在皇帝和中央机构长官身边从事秘书工作,办文是其主要工作,辅助决策是其人生价值的重要体现,有些职官还承担如今日之办会、办事等事务性秘书工作。

从张嘉贞的仕进履历可知,他担任过中书舍人,做过中书侍郎、中书令,有过"掌纶诰"的深刻体验。张弘靖父亲张延赏经宰相元载推荐,在肃宗朝担任过给事中,在代宗朝,担任过中书舍人。张弘靖在德宗朝担任过知制诰、中书舍人;元和时为宰相期间转任过中书侍郎。张弘靖之长子张文规任职过拾遗,在裴度为相期间,还担任过中书省右补阙。张弘靖第四子张次宗开成中为起居舍人,李德裕再执国相时(开成、会昌年间),引为考功员外郎、知制诰。张弘靖之孙张彦远(张文规之子)宣宗朝担任过左补阙,张弘靖之重孙张茂枢(张次宗之孙)天祐年间升至祠部郎中、知制诰,他们虽然在朝廷禁中职掌过"纶诰",已难有"四代掌纶诰"的显赫与荣耀了(此处对第五代、第六代的高层秘书经历不展开阐述)。从张嘉贞至张弘靖均职掌过中书舍人之任,他们就职于中书省,主要负责皇帝诏书的起草工作,属于中国古代典型的高级文字型秘书。中书省常设中书舍人六人,其品秩为正五品上,他们除承担拟制诏书外,还掌管着相当复杂的文书管理及其他事务性工作。他们的工作性质与职能在中书省中居于枢纽地位。《旧唐书》卷四十三《职官二》云:

> (中书舍人)掌侍奉进奏,参议表章。凡诏旨敕制及玺书册命,皆按典故起草进画;既下,则署而行之……制敕既行,有误则奏而正之。凡大朝会,诸方起居,则受其表状而奏之。国有大事,若大克捷及大祥瑞,百寮表贺,亦如之。凡册命大臣于朝,则使持节读册命之。凡将帅有功及有大宾客,皆使劳问之。凡察天下冤滞,与给事中及御史三司鞠其事。凡百司奏议,文武考课,皆预裁焉。

此则史料对中书舍人的职掌情况进行了阐述。概言之,其职能为:服侍皇帝和长官,向皇帝报告军国情况,参与讨论进献君主的奏章等。细言之,大约包括八大方面:(1)负责为皇帝起草文书,进呈皇帝审批同意后,按规定发至有关部门予以实施。(2)下达的制敕等皇命文件在执行过程中,若发现有错误,则及时向皇帝奏报,请求改而正之。(3)在百官聚会、朝廷大典时,各方前来向皇帝请安、问好,要侍从于皇帝左右,接受表状并奏报皇帝。(4)遇到国家大喜事,如大捷、大祥瑞等,接受百官贺表并奏报皇帝。(5)当皇帝在朝堂上册封大臣时,中书舍人宣读文本。(6)作为皇帝特使,慰问有功劳的将帅和国之贵宾。(7)与门下省给事中及由大理寺、刑部和御史台组成的"三司"共同审理天下冤案和难结之案件。(8)初审中央各司上报的奏议表疏,提出处理意见,并呈报皇帝;涉及文官武职考核之事,也参与裁决。由上述中书舍人之详细职能来看,张家三代掌其职务,贴近了皇帝,走进了机密,参与了决策,此令文人羡慕之理,不言而喻。张延赏担任过给事中,给事中是门下省的重要属官,白居易撰写的诏书中云:"给事中之职,凡制敕有不便于时者,得封奏之;刑狱有未合于理者,得驳正之;天下冤滞无告者,得与御史纠理之;有司选补不当者,得与侍中裁退之。率是而行,号为称职。固不专于掌侍奉赞诏令而已。"(《郑覃可给事中制》,载《白氏长庆集》卷四十八)白居易以"敕"之名义申述了给事中的职责和功能,强调了给事中除承担文书审议的工作外,还承担着司法审理和人事审查等责任。给事中的职掌虽不是拟制诏书,但其具有审议中书省所出之诏令,尤其是具有对下行诏书和上行奏章的封驳之权,也即具有干预"纶诰"的大权,因而,也是文人企慕艳羡之职位。张弘靖和其子张次宗均担任过"知制诰"的职位。知制诰,词语义为掌管起草诰命之意,后用作替皇帝起草诏书的官职名称。唐初以中书舍人为之(六员中任命一人),掌外制,有资格"进画给食于政事堂"(《新唐书·百官志》卷四十七)。进画,进呈文件给皇帝圈阅审批而后发布实施的意思。其后亦有以他官掌诏书策命者,则称某官知制诰。开元末,唐玄宗改翰林供奉为翰林学士,凡选入翰林院的中央机构官员入院一年,则迁知制诰,专掌内制,为皇帝主管诏诰等文书工作。《旧唐书·张弘靖传》载其任"知制诰"三字,是在"兵部郎中"和"中书舍人"之间,很难判断其官位是"兵部郎中"的兼职还是"中书舍人"的加官。而《新唐书·张次宗传》之"考功员外郎、知制诰"的表述,则容易判断其"知制诰"的职务为兼职。"拾遗""右补阙"和"起居舍人",也是宫廷中重要的文职官员。左右拾遗品秩为八品上,左右补阙品秩为七品上,左拾遗补阙供职于门下省,其职掌是:"掌供奉、讽谏、扈从、乘舆。凡发令举事有不便于时、不合于道,大则廷议,小则上封。若贤良之遗滞于下,忠孝之不闻于上,则条其事状而荐言之。"(《唐六典》卷八)右拾遗补阙,供职于中书省,职掌同左拾遗补阙。"起居舍人"为中书省属官,从六品上,其职掌为:"掌修记言之史,录天子之制诰、德音。如记事之制,以纪时政之损益,季终则授之于国史。"(《唐六典》卷九)"拾遗""右补阙"和"起居舍人",都与进奏言论或记录皇帝的行为信息关联,与文字工作密切,可以说仍与"纶诰"有关系,按今日之观点,他们所从事的均是秘书工作。至于中书令、中书侍郎这些职务,或者是中书省的实际主官或者是皇帝为表示尊崇而给予重臣的优待,但他们都与中书省有关,都与该省的中心工作——文书工作有过关联,因此,也可以说张氏家人担任这些职务时都与"纶诰"工作有着不可分割的联系。

张氏"四代掌纶诰"为他们的时代作出了贡献,也给后人留下了不少珍贵的文化遗产,惜多已散佚,但从片光零羽中穿越历史仍可想见他们当年的丰华和美誉。张嘉贞今存遗文八篇,均收入《全唐文》卷二九九,其中《奏宥反坐罪》《答劝置田园札》就是其公文的代表,短小精悍而意味深长。《全唐诗》卷一一一录其诗三首,分别为《奉和早登太行山中言志应制》《恩敕尚书省僚宴昆明池应制》《奉和圣制送张说巡边》。张延赏公文类作品今不见,《全唐文》卷四百三十二录其《南门记》文一篇。张弘靖今存文两篇,《全唐文》卷五四四录其文《应乾圣寿太上皇册文》《唐文拾遗》卷二五录其文《萧斋记》;《全唐诗》卷三六六存其诗《山亭怀古》一首。张次宗今无诗留存,《全唐文》卷七六〇收其文八篇,分别为《谢赐端午衣物状》《谢赐冬衣状》(同名两篇)、《荐前汉州

刺史薛元赏状》《荐前淮南节度掌书记殿中御史李躔状》《荐前澧
州刺史崔芸状》《奖擢荐观察判官陆畅请章服状》《请立前节度使
李德裕德政碑文状》。唐宪宗文《授张宏靖刑部尚书平章事制》
（宏靖即弘靖）高度评价张弘靖的文才云："素推君子之风，雅有
大臣之体，蕴积稽古之学，发挥经纬之文。"其实，唐宪宗对张弘
靖的评价也可援用于对张家四代职掌"纶诰"者之文才和实绩的
共性评价。今人学者周祖谟主编的《中国文学家大辞典·唐五代
卷》①，将张嘉贞、张弘靖、张次宗三代人的名字和史料列入其中，
此项成果为今人研究张氏的政治作为和文化功绩提供了切点和
线索，值得今之读者去研读和传播。

上门下裴相公启[1]

　　某启：曩者淮右逋诛，即戎岁久[2]。天子斋戒，以命元臣。登坛之
日，上略前定[3]。从九天而下，纵以神兵；分六符之光，扫其长彗[4]。
授钺于西颢之半，策勋于北陆之初[5]。功成偃节，复执大柄[6]。君臣
相遇，播于乐章；山河启封，载在盟府[7]。上方注意，人益具瞻[8]。因
鱼水之协符，极夔龙之事业[9]。时属四始，恩覃万方[10]。致君及物，
其德两大[11]。古先畯贤所未备者，我从容而保之[12]。殆非人事，抑有
幽赞[13]。

　　夫异同之论[14]，我以独见剖之。文武之道，我以全材统之。崇
高之位，我以大功居之。造物之权[15]，我以虚心运之。然持盈之
术[16]，古所难也。实在阴施及物，厚其德基，以左右功庸，而百禄是

---

①周祖谟：《中国文学家大辞典·唐五代卷》，中华书局，1992年版。

荷[17]。人所钦戴,久而愈宜[18]。昔袁太尉不忍锢人,而楚狱衰息[19]。一言之庆,子孙丕承[20]。以今日将明之材,行前修博施之义[21]。笔端肤寸,泽及九垠[22]。犹夫疾耕,必有滞穗[21]。

某顷堕危厄,尝受厚恩[23]。诅盟于心,要之自效[24]。常惧废死荒服[25],永辜愿言。敢因贺笺,一寄丹恳。顾非奇理,不足以萦于冲襟[26]。然则利于行者,固在乎常谈;而卓诡孤特之言,未必利于行也[27]。伏惟以愚言与贤者参之。谨启。

【注释】

[1]门下裴相公:指裴度。时裴度守门下侍郎、同平章事。《旧唐书·宪宗纪下》:"(元和十二年七月)丙辰,制以中书侍郎、平章事裴度守门下侍郎、同平章事、使持节蔡州诸军事、蔡州刺史、充彰义军节度、申光蔡观察处置等使,仍充淮西宣慰处置使。"

[2]淮右:淮西。逋诛:逃避诛罚。即戎:用兵;作战。这两句指吴少诚、吴少阳、吴元济相继割据淮西,不奉朝廷,朝廷与割据之藩镇之间开战已经很长时间了。刘禹锡《贺收蔡州表》表述为"三纪之逋诛",也即有三十多年了。

[3]元臣:重臣。指裴度。登坛:登上坛场。这里指唐宪宗任命裴度,不仅虔诚地进行斋戒,还举行了隆重的登坛仪式。上略前定:上策已经提前准备好。

[4]纵:发出。六符:三台六星的符验。用以称颂皇帝或辅臣之词。《汉书·东方朔传》:"愿陈《泰阶六符》,以观天变,不可不省。"颜师古注:"孟康曰:'泰阶,三台也。每台二星,凡六星。符,六星之符验也。'应劭曰:'《黄帝泰阶六符经》曰:泰阶者,天之三阶也。上阶为天子,中阶为诸侯公卿大夫,下阶为士庶人。'"长彗:即彗星。其为绕太阳运行的一种星体。后曳长尾,呈云雾状。俗称扫帚星。其出现常被看作为重大灾难的预兆。文中喻叛军。

[5]授钺:古代大将出征,君主授以斧钺,表示授以兵权。西颢:秋季。西方曰颢天,秋位在西,故称。西颢之半,文中指八月。北陆之初:指初冬,文

中指十二月。《旧唐书·宪宗纪下》"(元和十二年)八月戊午朔。庚申,裴度发赴行营,敕神策军三百人卫从,上御通化门劳遣之……十二月壬戌,以彰义军节度、淮西宣慰处置使、门下侍郎、同平章事裴度守本官,赐上柱国、晋国公、食邑三千户。"

[6]偃节:放下符节。指完成使命归来。大柄:喻握有治事的大权。指行使宰相职权。

[7]启封:古代天子把土地分封给宗亲或有功的大臣。盟府:古代掌管保存盟约文书的官府。《左传·僖公五年》:"(虢仲、虢叔)为文王卿士,勋在王室,藏于盟府。"孔颖达疏:"以勋受封,必有盟要,其辞当藏于司盟之府也。"

[8]这两句指皇上正在重视,民众更加瞻望。具瞻,喻指宰辅重臣为人所瞻望。具,俱的意思。

[9]这两句意思是,凭借君臣之间的和谐成效,达到像辅弼能臣夔与龙所建立的功业。夔龙之典出自《尚书·舜典》,其云:"帝曰:夔,命汝典乐,教胄子……龙,朕堲谗说殄行,震惊朕师……命汝作纳言,夙夜出纳朕命,惟允!"

[10]四始:文中指农历正月旦,即正月初一早晨,为岁始。《史记·天官书》:"正月旦,王者岁首;立春日,四时之始也。四始者,候之日。"张守节正义:"谓正月旦,岁之始,时之始,日之始,月之始,故云'四始'。"恩覃万方:皇恩遍及天下。此处指平定淮西以后,宪宗大赦天下之事。《旧唐书·宪宗纪下》"(元和)十三年春正月乙酉朔,御含元殿受朝贺,礼毕,御丹凤楼,大赦天下。"

[11]这两句指裴度既辅助皇帝,又推恩及天下,其两种功德并大。

[12]古先:往昔;古代。畯贤:才德杰出的人。畯,通"俊"。我:这里不是指刘禹锡自己,而是连接语,表示"我以为是"或"我是说"的意思。保之:指拥有它。

[13]人事:人之所为;人力所能及的事。幽赞:谓暗中受神明佐助。

[14]异同之论:关于进讨淮西叛军之官军屡败之事,朝中大臣意见不一。《旧唐书·裴度传》:"自讨淮西,王师屡败。论者以杀伤滋甚,转输不逮,拟议密疏,纷纭交进。度以腹心之疾,不时去之,终为大患,不然,两河之盗,亦将视此为高下,遂坚请讨伐。上深委信,故听之不疑。"

[15]造物:创造万物。这里指行使相权管理国家。

[16]持盈:保守成业。《国语·越语下》:"夫国家之事,有持盈,有定倾,有

节事。"韦昭注:"持,守也。盈,满也。"

[17]德基:德行的根本。左右功庸:辅佐业绩。左右,帮助、辅佐之意。百禄是荷:承接百福。《诗经·玄鸟》:"殷受命咸宜,百禄是何。"何,通"荷",担负的意思。

[18]钦戴:敬佩爱戴。

[19]这两句用东汉袁安释放受牵连锢人之事,以表示怜悯和仁爱。(详见《谢中书张相公启》注释第[14]。袁息:衰而止息。

[20]庆:福泽。丕承:很好地继承。

[21]将明:谓人臣奉行王命,明辨国事。《诗经·烝民》:"肃肃王命,仲山甫将之。邦国若否,仲山甫明之。"将,行。若,善。前修:前贤。博施:普遍施与;多多给予。

[22]肤寸:比喻极小或极少。九垠:九州。疾耕:努力耕作。滞穗:遗留下来的稻穗。此喻遗留未任用的人才。《诗经·大田》:"彼有遗秉,此有滞穗。"

[23]尝受厚恩:当指元和十年时任御史中丞的裴度进谏帮助刘禹锡改播州刺史为连州刺史之事。

[24]诅盟:誓约。要之自效:总之就是要献出自己的一切。自效,愿为别人或集团贡献自己的力量或生命。

[25]废死荒服:废弃不用而死于边远之地。荒服,古"五服"之一,称离京师二千到二千五百里的边远地方,亦泛指偏僻荒远地区。《尚书·禹贡》:"五百里荒服。"

[26]冲襟:旷淡的胸怀。

[27]常谈:平常的言论。卓诡:高超奇异。孤特:特出;孤高。

【助读】

裴度四拜相位,梦得三呈启书

裴度是中唐宪宗、穆宗、敬宗、文宗时代的砥柱之臣,在中唐削藩平乱过程中,他辅弼君主,出将入相,屡建奇功。在其曲折盘旋的仕进道路中,有过居官相位,四主国政的经历,取得了令人景仰的威信和业绩。刘禹锡是中唐时期才华横溢、锐意革新，却屡遭贬谪而又矢志不改报国初心的一代忠臣。裴度的仕宦生涯，总趋势为慷慨激昂与回转翔飞，刘禹锡则多表现为沉渊吟叹与匍匐旋进。刘禹锡的仕进之路，多得裴度的解困与提携。下面主要阐述裴度四度在朝秉持相权的历程，同时，就刘禹锡三上启书呈裴度的有关情形作些分析。

唐宪宗在位时期（806—820），努力振兴国家经济，政府财政相较于安史之乱以来的情况有所好转，同时，重视国家统治，着力用兵以消除藩镇叛乱，自元和十二年至十三年取得了平定淮西吴元济和山东李师道的重大胜利，天下藩镇畏惧而臣服，唐王朝复归于统一，从而达到了历史上称誉的"元和中兴"。在此中兴过程中，裴度曾发挥了重大作用，亲自领兵督阵铲除了淮西叛军，又积极出谋平定了山东乱贼，在元和十四年离开京师，以检校左仆射、同中书门下平章事之衔任职地方大员，执掌太原尹、北都留守、河东节度使之大印。当河朔藩镇朱克融、王廷凑复乱之际，裴度奉诏兼任镇州四面行管招讨使，自受命以来，他"日搜兵补卒，不遑寝息。自董西师，临于贼境，屠城斩将，屡以捷闻"（《旧唐书·裴度传》）。裴度在朝参议国政，"素称坚正，事上不回"（《旧唐书·裴度传》），也就是素来有坚定正直的声誉，侍奉皇帝忠心耿耿、百折不回，因而，其在国家治理方面也美名远扬。裴度在军国大业中功勋卓著，堪为"元和中兴"时期的中兴重臣。在裴度的仕宦生涯中，他曾多次出将入相，下面梳理一下他在朝为宰相的经历。

1.《旧唐书·裴度传》卷一百七十云："（元和十年六月裴度遭刺脱险后）居三日，诏以度为门下侍郎、同中书门下平章事。"然而《新唐书·宰相（中）》云："（元和十年）乙丑，御史中丞裴度为中书侍郎、同中书门下平章事。"孰对孰错？从下面几则材料当能证明《旧唐书·裴度传》记载有误。

其一，《旧唐书·裴度传》的另一处记载中出现了自相矛盾的表述。其曰："（十二年）朝议大夫、守中书侍郎、同平章事、飞骑尉、赐紫金鱼袋裴度，为时降生，协朕梦卜，精辨宣力，坚明纳忠……可门下侍郎、同中书门下平章事、蔡州刺史，充彰义军节度、申光蔡观察等使，仍充淮西宣慰招讨处置使。"这里所引的是皇帝诏书，指出裴度帅师出征时为"门下侍郎"，而此之前是"中书侍郎"。其二，《旧唐书·宪宗纪》中关于裴度此次出征前的授职也记作"中书侍郎"。其三，冯宿《为裴相公谢淮西节度使表》（《全唐文》卷六百二十四）亦可佐证问题，其云："臣度言：伏奉去年七月二十五日制书，除臣门下侍郎同中书门下平章事，充淮西节度观察处置等使、蔡州刺史并淮西宣慰处置等使。"这则材料说明，裴度元和十二年帅师离京时皇上授予他的职务已由原先的"中书侍郎"等改为"门下侍郎"等职务。谢表中的"去年"非为今日所谓"上一年"之意，而是逝去的或过去的日子。年，日期，表示某一确定的具体时间；此谢表中之"年"，就是指"七月二十五日"。因此，根据以上三条材料可知：《旧唐书·裴度传》中记元和十年裴度拜门下侍郎当错，而《新唐书·裴度传》不误。

2. 自元和十二年七月裴度任门下侍郎、同中书门下平章事等职务后，他亲赴淮西征讨吴元济叛军，自此时至班师回朝，他当不参与国家政事。《旧唐书·裴度传》："（元和十二年）十一月二十八日，度自蔡州入朝，留副使马总为彰义军留后……二月诏加度金紫光禄大夫、弘文馆大学士，赐勋上柱国，封晋国公，食邑三千户，复知政事。""复知政事"，指重新执掌朝政大权。结合冯宿《为裴相公谢淮西节度使表》中提及的"七月二十五日制书"的内容，可知，自元和十二年七月二十五日后至次年二月，裴度虽是宰相，但他不在门下省处理政务，也不参加政事堂的议事与决策。

3.《旧唐书·裴度传》："度执性不回，忠于事上，时政或有所阙，靡不极言之，故为奸臣皇甫镈所构，宪宗不悦。十四年（819），检校左仆射、同中书门下平章事、太原尹、北都留守、河东节度使。"《新唐书·宰相（中）》："（元和十四年）四月……丙子，度检校左仆射，兼门下侍郎、同平章事、河东节度使。"通过比较可知，《新唐书》异于《旧唐书》的是：裴度出京外任的具体时间是在元和十四年四月；他的"同平章事"非为普通的使相，还兼任"门下侍郎"之职；他所兼任官职比《旧唐书》少了"太原尹、北都留守"两项官职。裴度此次离京，缘于谗言构陷，宪宗对裴度表示"不悦"，因此他虽兼任门下侍郎，但由于人居京外，无法参知国家政事，实际上其所兼官职近乎于一种仅表示尊崇的加官。又，《旧唐书·裴度传》："（长庆）二年三月……以度守司徒、扬州大都督府长史，充淮南节度使，进阶光禄大夫。"根据《旧唐书》裴度本传，当此之前，裴度身在河东，一直专注于山东平叛之事，然受元稹攻击，唐穆宗欲罢免裴度兵权，授其为"守司徒，同平章事，充东都留守"，"遂诏度自太原由京师赴洛"。此举受到谏官们强烈反对，裴度回京师面奏皇帝时的陈词"慷慨激切"，遂使皇上接受了裴度建议，终下诏令改授其为"守司徒"，至扬州任淮南节度使。裴度加官之品秩虽得到了提升，但实际上其手中兵权却遭到了削减。然而，裴度并未赴任扬州，其官职又发生了戏剧性变化。又,《旧唐书·裴度传》云:"度方受册司徒,徐州奏节度副使王智兴自河北行营率师还,逐节度使崔群,自称留后。朝廷骇惧,即日宣制以度守司徒、同平章事,复知政事,乃以宰相王播代度镇淮南。"这里需要着重纠正的是,自长庆以来至大和四年六月前,《旧唐书·裴度传》中关于裴度加官"守司徒"之说均为错误,皆是"守司空"。《旧唐书》其他地方的记载也时会出错。《旧唐书·穆宗纪》:"(长庆二年二月)以河东节度使、司空、兼门下侍郎平章事裴度,守司徒、平章事,充东都留守,判东都尚书省事、都畿汝防御使、太微宫等使。"这是关于调裴度自太原至洛阳的任命信息,此条材料,前任官中"司空"之说当不误,而就任官职之"守司徒"或亦是误笔。稽核相关文献或可辨明这个问题。《新唐书》阐述这段史实时均为守司空。《全唐文》卷六百四十八之《加裴度幽镇两道招抚使制》云:"河东节度观察处置等使、金紫光禄大夫、守司空兼门下侍郎、同中书门下平章事、太原尹、北都留守、上柱国、晋国公食邑三千户裴度……可依前守司空兼门下侍郎、同中书门下平章事、河东节度使、充幽镇两道招抚使。余如故。"这段史料又见于《元稹集》卷第四十二,该篇制文题下小注曰:"马注:长庆元年七月,朱克融反于幽,王庭凑反于镇,命度诏抚之。"①可见,裴度在长庆元年(821)不是"守司徒",而是"守司空"。李绛大和四年(830)二月去世,刘禹锡四月在长安替裴度撰写了《代裴相祭李司空文》,开篇即云:"四年月日,特进守司空兼门下侍郎平章事裴度,谨以清酌少牢之奠,敬祭于故相国魏郡公之灵。"可见至大和四年四月,裴度仍是"守司空"。《全唐文》卷七十一唐文宗所撰《加裴度司徒诏》曰:"特进、守司徒兼门下侍

---

① 《元稹集》,中华书局,1982年版,第462页。

郎、同中书门下平章事,充集贤殿大学士、上柱国、晋国公、食邑
三千户、食实封三百户裴度……在宪宗时,扫涤区宇,尔则有出
军殄寇之勋;在穆宗时,混同文轨,尔则有参戎入辅之绩;在敬宗
时,阜康兆庶,尔则有活国庇人之勤;迨弼朕躬,总齐方夏……可
司徒,平章军国重事。待疾损日,每三日五日一度入中书。散官
勋封实封如故。"文宗所撰之诏指出在自己为天子时,要将裴度
原"守司徒"等职位和待遇提升为"司徒平章军国重事"。由刘禹
锡《代裴相祭李司空文》之记载,授"司徒"之职当在大和四年四
月之后,至于何时晋升司徒,可见下述材料。大和四年六月,裴
度曾请求辞去谋划国家"机务"之重职。《旧唐书·裴度传》:"(文
宗)四年六月,诏曰:'……可司徒,平章军国重事。'……九月,加
守司徒,兼侍中,襄州刺史,充山南东道节度观察、临汉监牧等
使。"此中所涉及的诏书当就是上述文宗所撰《加裴度司徒诏》,
可见至大和四年六月,裴度才由"守司空"身份变为"司徒"身
份。以上针对《旧唐书》"守司徒"之说进行了甄别,认为裴度在
大和四年六月前不能记之为"守司徒",而当为"守司空"。至此,
再把话题回转到长庆二年三月,因徐州节度副使驱逐崔群之事,
裴度留在京师"守司空兼门下侍郎、平章事"(《新唐书·宰相
(下)》),重新行使相权。一波似渐平,然一波又掀起。在唐穆宗
长庆二年(822)五月后,裴度又受到了李逢吉的陷害。《新唐书·
宰相(下)》:"六月甲子,度罢为尚书左仆射。"也即裴度被贬并削
去了相位。不久,即出任山南西道节度使,但并无"同平章事"使
相之衔。直到长庆四年唐敬宗登基后,愕然发现这个问题,才在
裴度以"仆射"出任兴元的官职中加上"同平章事"之使相官职。
《新唐书·宰相(中)》将此事记之于长庆四年六月。又,《旧唐书·

裴度传》云："宝历元年十一月度疏请入觐京师，明年(宝历二年)正月度至，帝礼遇隆厚，数日宣制，复知政事。"

由以上阐述，并结合第2点论述，可知，裴度自元和十三年二月后"复知政事"，至元和十四年四月被授予检校左仆射、河东节度使等职务离开京师前，他在相位上处理军国大事，此时表明他是实职宰相的官职为"门下侍郎、同中书门下平章事"；长庆二年三月至长庆二年六月，裴度在京师以守司空兼门下侍郎、平章事身份为宰相，此次为相时间很短，三个月左右；宝历二年正月，裴度回京受到敬宗的重视，不久担任宰相。

4. 裴度于唐敬宗宝历二年正月由兴元回京师朝拜唐敬宗，于次月再登相位主持朝政。《旧唐书·敬宗纪》："(宝历二年)二月……丁未，以山南西道节度观察处置等使、光禄大夫、守司空、同中书门下平章事、兴元尹、上柱国、晋国公裴度守司空、同平章事，复知政事。"这次知政事主要是以守司空、同平章事的资格行使宰相之权。当年八月裴度兼任了"判度支"之职，分管国家财政。这一年十二月敬宗遇害，裴度因定策诛灭凶犯刘克明并迎立江王(后之文宗)登基有功，加授"门下侍郎"之职务。《新唐书·宰相(下)》载："(大和元年)十月丙寅度罢度支……(大和四年)六月丁未，度平章军国重事……九月壬午，度为司徒兼侍中、山南东道节度使。"大和四年九月裴度罢相出为襄州刺史，充山南东道节度观察，其原因一方面源于年老有病而自请离开相位，另一方面则与李宗闵、牛僧孺等"牛党"派大臣之排挤有关。此后，裴度就再未至朝廷担任宰相了。后来，裴度于大和八年三月以本官判东都尚书省事，充东都留守；九年十月进位中书令；开成二年五月，复以本官兼太原尹、北都留守、河东节度使；开成三年冬病重。开成四年正月，皇帝诏其回京，拜为中书令；该年三月去世。从本段阐述可知，裴度最后一次居于相位、行使相权是在宝历二年(826)二月至大和四年(830)九月期间，在这四年多时间里，裴度持续为唐王朝的稳定和发展作出了重要贡献。

元和十二年至大和初年，刘禹锡曾三次上书献给裴度，所上启文既反映了刘氏一贯的政治心态和情感倾向，也揭示出刘禹锡的仕进转折与裴度具有密切关系。

刘禹锡元和十年二月自朗州回到长安，三月与柳宗元等去玄都观看花，或由于题写了语带讽刺的"紫陌红尘拂面来，无人不道看花回"的诗句，遂被远放播州为刺史，比柳宗元、韩晔、陈谏等的任所要远得多，时任御史中丞的裴度，以刘禹锡老母年高为由、以传统的人之尽孝为理在皇帝面前替刘禹锡求情。其云："刘禹锡有母，年八十余。今播州西南极远，猿狖所居，人迹罕至。禹锡诚合得罪，然其老母必去不得，则与此子为死别，臣恐伤陛下孝理之风。伏请屈法，稍移近处。"(《旧唐书·刘禹锡传》)此次进奏确实改变了刘禹锡的命运，诏许改播州为连州。在危急关头，裴度能有此义举，是出于裴度一贯乐于助人(或救人)的秉性，还是另有其他原因呢？裴度为相期间常常能够仗义执言、解人危难，深得民心。此类事情在《旧唐书·裴度传》中有多处记载，如曾解救下邽县县令裴寰；在甘露事变中为受牵连的数十家申辩，从而使他们得以活命等。这些说明裴度仁厚坚正，具有侠义衷肠。由此或可推知，早年他助力刘禹锡改变任所，与其一以贯之的正直品格和助人习惯是有关联的。今人学者卞孝萱在《刘禹锡的交游》①一文中认为刘禹锡母系中的卢瑶、卢珦与裴度

①卞孝萱：《刘禹锡的交游》，《扬州师院学报》(社会科学版)，1981年第2期。

同出刘太真师门,他们很注重同门情谊,因此,可以说裴度救助刘禹锡除欣赏刘的才能外,当主要与裴、卢之间的交往有着一定的关系。

　　元和十二年裴度用兵淮西,取得了平定吴元济叛乱的胜利,举国欢腾,刘禹锡迅即向皇帝呈献了《贺收蔡州表》,同时也写成启文一封献给裴度。根据所呈启书的时间先后,兹将《贺门下裴相公启》视为第一封启书。其云:

> 　　某启:伏以相公含道杰出,降神挺生。坐筹以弼睿谟,秉钺以行天讨。风云助气,山岳效灵。制胜于尊俎之间,指踪于韝绁之末。萧斧既定,衮衣以归。君心如鱼水,人望如风草。一德交畅,万邦和平。运神思于洪炉,纳生灵于寿域。文武丕绩,冠于古今。某恪守退荒,不获随例拜贺。

平定淮西取得胜利,刘禹锡十分兴奋,于是他写信热烈祝贺裴度的文韬武略和丰功伟绩,并抒发出强烈的赞美之情。皇帝的"睿谟"中蕴含着裴度的筹划之功,帅师征讨以显替天行道之威。得风云山岳之助,战果辉煌,遂凯旋。裴度与君主关系笃厚,如鱼之得水;为众人所景仰,似草被风而必偃。在这篇启文连珠式之美赞中,还有许多高度评价的论功之语,如"一德交畅,万邦和平""文武丕绩,冠于古今"等等。刘禹锡赞美裴度的措辞如此高调,是出于真情,还是顺应俗套?根据刘禹锡与裴度的交游关系,结合消灭吴元济叛军的历史史实,可认为刘之美誉确为出自肺腑而并非曲意奉承。一则,因为裴度对刘禹锡有恩,私情化的亲近决定了刘氏之祝贺当出自真心;二则,永贞革新时革新派的政治理念中包含着削藩主张,对刘禹锡而言,平定藩镇虽为己所未竟之志,但当他听到消灭叛军的喜讯时,欣喜若狂,如同自己取得了胜利,于是他自然会充满真情地予以表达,也就是说刘禹锡上书裴度的启文非为应酬讨好而作,实出于崇拜和敬意。

在元和十三年正月,刘禹锡写了第二封呈裴度的启书,即本篇文章《上门下裴相公启》。在这篇启文中,刘禹锡一再述赞裴度的功绩和才能。首先,以叙事为主要表达方式概述出征淮西至胜利归来的平叛过程。为征讨割据淮西的叛军,承接古之"国之大事,在祀在戎"的法则,天子举行了隆重的斋戒登坛仪式,任命大臣、筹谋策略。天纵神兵,上下齐心合力,一举歼灭了吴元济叛军。此次淮西征讨,自秋季开始,而冬季即告大捷,随之,裴度回朝重新掌握相权。其次,该启文着重赞誉君臣之间的信赖与和谐关系。裴度因功高德隆,皇帝重视,封赏优厚,万众景仰,实已成就辉煌事业,如古之夔龙般负有盛名。接着,以极具抒情的口吻分析了裴度的天赋雄才、卓识眼光、文武之道、崇高地位以及虚己而用权的胸怀和方略。然后,以"持盈之术,古所难也"之语转入本文讨论的关切之处,即如何致功远大、承享百禄,令人敬佩爱戴,而又具有"久而愈宜"的可持续发展前景?刘禹锡认为关键在于厚德及物,并使用了袁安释放囚犯的经典案例,以阐述助人之德和泽及子孙的道理。至此,刘禹锡以环环紧扣之理路,将话题引入"滞穗"问题,认为贤相在位提携那些被阻止、被遗弃的人才功莫大焉。最后,刘氏表达出上书裴度的根本目的,即渴望其能够帮助自己脱困厄于"荒服"之地。在文末的请托之词中,内含着多层意思。第一层意思重在表达感激之情和效劳之愿。"某顷堕危厄,尝受厚恩",指元和十年,裴度在御史中丞位上向皇上进谏,从而使刘禹锡由播州刺史改为连州刺史一事。刘禹锡重提此事,表示知恩不忘而谋求报答之意。至于如何报答,刘氏以"自效"二字总之,小言之,即献出自己的一切为裴度效劳,大言之,则当为君、为国奉献自己的力量,甚至是生命。刘氏之崇高德性和境界,由此可见一斑。第二层意思表达无建树之忧。生怕废死荒地而无法兑现诺言,即文中之"永辜愿言",所以上书"贺笺"而"一寄丹恳"。第三层意思重在表述自己言论的价值。阐述自己提出的一些观点并非"奇理",所言不值得"萦于冲襟",甚至可以忽略不计。然而作者又笔锋一转,提出了经典的陈述:"利于行者,固在乎常谈;而卓诡孤特之言,未必利于行也。"此话朴实平淡,但含有深刻的道理,也携带着言外之意,即请裴度体谅他的赘语和琐言。结合全文来看,刘禹锡致裴度的信中敢于论述治理之道,有敞开心扉的坦诚,却无卑躬屈膝的哀怜,则表明刘禹锡与裴度关系非同一般,由此更可见刘氏积极向上的心态和勇于进取的自信。至于该篇启文是否起到了改变命运的作用,结合刘氏的仕宦经历,此信当未带来福音。瞿蜕园《刘禹锡集笺证》本篇启文后"笺注"云:"元和十三年(八一八)平淮西以后,裴度得君,为时人所属望,禹锡诸人之重被录用,最为难逢之机遇,而柳宗元既已辞世,禹锡又同时丁忧,遂终不获及于宽政,此人事之不幸也。"瞿氏之论早出,但随着学术研究的深入,此表述似有问题,或过于笼统而难以切中问题所在。瞿氏认为裴度未能解救刘柳的主要原因,或在于柳宗元和刘母去世而造成时间上面的不凑巧,也就是说存在着时间上来不及的矛盾。其实,该篇启文写于元和十三年正月,而柳宗元病逝于柳州任所是在元和十四年十月或十一月,刘禹锡之母病逝于连州也在元和十四年秋冬之际,可以说,若裴度想给予援助的话,从刘禹锡上书裴度至刘母去世,其间有一年半以上的时间,这是完全有时间实施援引的。此处暂不论柳宗元与裴度之间的关系深浅,然就刘禹锡与裴度之间的深厚关系而言,裴度主观上不愿意援引是不太可能的。这中间或别有原因。淮西大捷后,朝廷内外大喜大庆,于此时皇帝大赦天下当属常情。《旧唐书》卷十五《宪宗纪(下)》:"(元和)十三年春正月乙酉朔,御含元殿受朝贺,礼毕,御丹凤楼,大赦天下。"随后,朝廷有关部门会迅速编制赦免人员名册,但一个事实很明显,即裴度自元和十二年七月二十五日后至次年二月份"复知政事"前,裴度正帅师征讨吴元济,他虽为宰相,但不在朝廷理事,因此,时空矛盾使他很难有机会面见圣上替刘禹锡说情。或可以说,刘禹锡当错过了此次大赦的机会。至于刘氏《上门下裴相公启》中所谓"复执大柄"当不误,但何时能回朝行宰相之权,刘禹锡恐并不知情。元和十三年二月后至元和十四年四月,在这一年多的时间里,裴度虽在相位,但长期忧心于山东平叛战事,或无暇顾及刘禹锡之事,或因为十三年正月大赦机会已错过,只能再等待、寻找下一次机缘。尽管可以如此推测,但十四年四月后,裴度赴太原外任,已不在相位,即使想助力刘禹锡也难有机会了。

刘禹锡第三次呈献裴度的启书为《谢裴相公启》,大和元年六月作于洛阳。此文云:

> 某启:某遭不幸,岁将二纪。虽累更符竹,而未出网罗。亲知见怜,或有论荐。如陷还泞,动而愈沈。甘心终否,无路自奋。岂意天未剿绝,仁人持衡,纾神虑于多方,起埋沈于久废。居剥极之际,一阳复生;出坎深之中,平路资始。通籍郎位,分曹乐部。乔木展旧国之思,行云有故山之恋。姻族相贺,壶觞盈

门。官无责词,始自今日。禽鱼之志,誓以死生;草木之年,惜共
晚晚。章程有守,拜谢无由。瞻望岩廊,虔然心祷。谨启。

元和十四年秋冬之际刘禹锡卸任连州刺史,扶母亲灵柩回洛阳
丁忧,服除后,于长庆元年(821)冬被唐穆宗起用为夔州刺史,而
后在唐敬宗长庆四年(824)夏转为和州刺史,至唐敬宗宝历二年
(826)秋,刘禹锡罢和州刺史而回归洛阳。途径扬州,他初逢白
居易于宴席之上,即席赋诗《酬乐天扬州初逢席上见赠》,其中有
"巴山楚水凄凉地,二十三年弃置身"一联。"二十三"年约指被贬
谪朗州、连州、夔州、和州这些年头,这二十多年来,刘禹锡涉足
巴山楚水,身心罹痛,备受打击。这样的艰难岁月,铭刻于刘禹
锡的记忆深处,在日后的生活中常常忆起。大和元年他被任命
为尚书省分司东都的主客郎中,这个官职已不再是被打击的符
号了,"居剥极之际,一阳复生;出坎深之中,平路资始"语句足以
说明刘禹锡的官运已经在向好处发展。而刘禹锡之所以能够获
得东都主客郎中一职,当与裴度的提携有关。裴度宝历二年二
月至大和四年九月居官京师,执掌相权,刘禹锡于此间能够自和
州归洛阳并被授予新的官职,当与裴度的推荐分不开。《谢裴相
公启》的主旨重在向裴度表示感谢。感谢"仁人持衡,纡神虑于
多方,起埋沈于久废",所夸赞的"仁人"即指裴度。谢启的情感
发自内心,基调向上,无华丽之饰词,有素朴之真诚,于平淡叙述
与物我融情中见真切动人之处。

上述三封启书反映出刘禹锡一段由艰难而渐至平和的仕宦
生活,其间,禹锡之环境改变多与裴度的爱护和提携有关。从刘
禹锡后期的仕宦生涯来看,其进退出处依然与裴度的政治轨迹

息息相关。《旧唐书·刘禹锡传》的一段史料当能说明问题,其云:"禹锡甚怒武元衡、李逢吉,而裴度稍知之。大和中,度在中书,欲令知制诰。执政又闻《诗序》,滋不悦。累转礼部郎中、集贤院学士。度罢知政事,禹锡求分司东都。终以恃才褊心,不得久处朝列。六月,授苏州刺史。"这段材料说明,裴度深知禹锡之才,曾推荐其任职"知制诰","知制诰"是令人艳羡而拥有诸多权利的职位,但由于执政者攻击刘禹锡所写《再游玄都观绝句》,裴度之举荐受阻而作罢。"集贤院学士"是刘禹锡乐于居之的职务,在其任上,他的业绩十分突出,正如《苏州谢上表》所云:"在集贤院,四换星霜,供进新书,二千余卷。"而推荐刘禹锡进入集贤院的正是裴度,当时裴度兼任集贤院大学士。大和四年后,裴度由于受到李宗闵党人的排挤,罢相外任,自此,刘禹锡也自请外任,从此离开了京师。至于这段材料以"恃才褊心"评价刘禹锡,当失之偏颇,此与史家所谓的正统意识有关系,相信历代读者应自能明辨之。

主要参考文献

（按出版年代先后排序）

[1] 司马光著：《资治通鉴》，中华书局，1956年版。

[2] 宋敏求编：《唐大诏令集》，商务印书馆，1959年版。

[3] 刘昫等著：《旧唐书》，中华书局，1975年版。

[4] 欧阳修、宋祁撰：《新唐书》，中华书局，1975年版。

[5] 陈国磐著：《隋唐五代史纲》，人民出版社，1979年版。

[6] 辞海编辑委员会编：《辞海》，上海辞书出版社，1979年版。

[7] 中国历史大辞典·隋唐五代史编纂委员会编：《中国历史大辞典·隋唐五代史卷》，上海辞书出版社，1979年版。

[8] 白居易著，顾学颉校点：《白居易集》，中华书局，1979年版。

[9] 董诰等编：《全唐文》，中华书局，1983年版。

[10] 张国刚著：《唐代官制》，三秦出版社，1987年版。

[11] 山东大学古籍整理研究所编：《文学典故词典》，齐鲁书社，1987年版。

[12] 杜佑撰：《通典》，中华书局，1988年版。

[13] 商务印书馆编辑部编：《辞源》，商务印书馆，1988年版。

[14] 瞿蜕园著：《刘禹锡集笺证》，上海古籍出版社，1989年版。

[15] 刘禹锡著：《刘禹锡集》，中华书局，1990年版。

[16] 刘国盈著：《韩愈评传》，北京师范学院出版社，1991年版。

[17] 邱树森著：《中国历代职官辞典》，江西教育出版社，1991年版。

[18] 李林甫撰、陈仲夫点校：《唐六典》，中华书局，1992年版。

[19] 周祖譔主编：《中国文学家大辞典·唐五代卷》，中华书局，1992年版。

[20] 闵琦、陈兆钢著：《中国古代官制》，新华出版社，1993年版。

[21] 孔令纪等主编：《中国历代官制》，齐鲁书社，1993年版。

[22] 卞孝萱、卞敏著：《刘禹锡评传》，南京大学出版社，1996年版。

[23] 黄寿祺、张善文撰：《周易译注》，上海古籍出版社，2001年版。

[24] 文物出版社编：《中国历史年代简表》，文物出版社，2001年版。

[25] 陶敏、陶红雨著：《刘禹锡全集编年校注》，岳麓书社，2003年版。

[26] 黄永年主编：《二十四史全译〈旧唐书〉》，汉语大词典出版社，2004年版。

[27] 黄永年主编：《二十四史全译〈新唐书〉》，汉语大词典出版社，2004年版。

[28] 辛夷、成志伟主编：《中国典故大辞典》，北京燕山出版社，2009年版。

[29] 罗竹风主编：《汉语大词典》，上海辞书出版社，2011年版。

[30] 程俊英撰：《诗经译注》，上海古籍出版社，2012年版。

[31] 尹占华、韩文奇著：《柳宗元集校注》，中华书局，2013年版。

[32] 杨剑宇著：《中国秘书史》，华东师范大学出版社，2013年版。